冰与火之歌

卷四 群鸦的盛宴 12 [下]

[美]乔治 R.R.马丁 著

屈畅 胡绍晏 译

重庆出版集团 重庆出版社

Copyright ©1999 by George R.R. Martin
The Song of Ice and Fire (Book 4)
A Feast for Crows
By George R.R. Martin
Simplified Chinese Translation Copyright © 2018 by Chongqing Publishing House Co., Ltd.
This edition arranged with The Lotts Agency Ltd.through Andrew Nurnberg Associates International Limited.
All rights reserved.

本书中文简体字版通过美国 Lotts Agency 公司及安德鲁·纳伯格联合国际有限公司独家授权出版
版权所有，侵权必究
版贸核渝字（2016）第 153 号

图书在版编目(CIP)数据

冰与火之歌. 12：卷四，群鸦的盛宴. 下 /（美）乔治·R.R. 马丁著；屈畅，胡绍晏译. —重庆：重庆出版社，2018.1
ISBN 978-7-229-12865-4
Ⅰ. ①冰… Ⅱ. ①乔… ②屈… ③胡… Ⅲ. ①长篇小说－美国－现代 Ⅳ. ① I712.45
中国版本图书馆 CIP 数据核字(2017) 第 280223 号

冰与火之歌 12
【卷四】群鸦的盛宴（下）
BING YU HUO ZHI GE 12
［JUAN SI］ QUNYA DE SHENGYAN （XIA）

[美] 乔治·R.R. 马丁 著　屈　畅　胡绍晏　译
责任编辑：邹　禾　唐弋淄
装帧设计：谢颖设计工作室
封面图案设计：罗　烜
插图：曹　珂
责任校对：李小君

重庆出版集团 出版
重庆出版社

重庆市南岸区南滨路 162 号 1 幢　邮政编码：400061　http://www.cqph.com
重庆出版社艺术设计有限公司 制版
重庆市鹏程印务有限公司 印刷
重庆出版集团图书发行有限责任公司 发行
E-mail:fxchu@cqph.com　邮购电话：023-61520646
全国新华书店经销

开本：890mm×1230mm　1/32　印张：9.5　字数：213 千
2018 年 1 月第 2 版　2024 年 4 月第 4 次印刷
ISBN：978-7-229-12865-4
定价：40.00 元

如有印装问题，请向本集团图书发行有限公司调换：023-61520678

版权所有　侵权必究

运河边的猫儿

日出之前,她在和布鲁斯科的女儿们共享的房顶小屋里醒来。

猫儿总是第一个醒来。跟泰丽亚和布瑞亚一起挤在毯子底下温暖舒适,她能听见她们轻微的呼吸。她翻身坐起来摸索,布瑞亚睡意呢喃地抱怨了一句,然后背过身去。灰石墙中的寒气让猫儿身上直起鸡皮疙瘩。她在黑暗中迅速穿上衣服,套外套时,泰丽亚睁开眼睛叫她:"猫儿,亲爱的,把我的衣服拿来。"她是个迟钝的女孩,瘦得皮包骨头,老抱怨说冷。

猫儿替她取来衣服,泰丽亚在毯子底下扭动着钻进衣服里,然后她们一起将她的大个子姐姐从床上拉起来,布瑞亚带着睡意含含糊糊地威胁她们。

等她们三个爬下连通屋顶阁楼的梯子,布鲁斯科和他的儿子们已上了屋后小水渠中的船。跟每天早晨一样,布鲁斯科大吼大叫,让女孩们快点,他的儿子们则帮助泰丽亚和布瑞亚上船。猫儿的任务是解开柱子上的绳索,将绳子扔给布瑞亚,然后用一只穿靴子的脚把船推离码头。布鲁斯科的儿子们努力撑篙,码头和甲板之间渐渐变远,猫儿奔过来,跃上甲板。

在那之后,她有很长一段时间无所事事,只能坐着打哈欠,任由布鲁斯科和他的儿子们推着船在黎明前的黑暗中前进,经过一条条错综复杂的小水渠。今天看起来是罕有的好天气,清新爽朗。布拉佛斯只有三种天气:雾天不好,雨天更糟,下冰雨是最糟的。但偶尔会有一天早晨，破晓时天空呈现出粉红与湛蓝，空气中有刺鼻的咸味。这样的天气猫儿最喜欢。

他们来到一条宽阔的水道，即"长渠"，然后转向南边的鱼市。猫儿盘腿坐着，竭力抑制打哈欠的冲动，仔细回忆梦中的细节。我又梦到自己是一头狼。她记得最清楚的是气味：树林与泥土，狼群的弟兄，马、鹿和人的气息，各不相同，而浓烈的恐惧气息始终不变。有些个晚上，狼梦如此鲜活生动，甚至她醒来后依然能听见弟兄们的嗥叫。有一次，布瑞亚声称她在睡梦中一边低吼，一边在被子底下乱动。她以为那是蠢笨的谎话，直到泰丽亚也这么说。

我不该做狼梦，女孩告诉自己，我是猫儿，不是狼。我是运河边的猫儿。狼梦属于史塔克家族的艾莉亚。可尽管她努力尝试，仍无法摆脱艾莉亚的影子。不管睡在神庙底下，还是跟布鲁斯科的女儿们共享房顶小屋，狼梦始终困扰着她……有时还有噩梦。

狼梦是好的。在狼梦里，她敏捷强壮，奔逐猎物，身后跟着自己的族群。她讨厌另一个梦，在那个梦中，她只有两条脚，而不是四条；在那个梦中，她一直在寻找母亲，跌跌撞撞地穿过烂泥滩，穿过鲜血和烈火；在那个梦中，天空始终下着雨，她能听见母亲的尖叫，但有个狗头怪物不让她去救妈妈；在那个梦中，她总是在哭泣，像个吓坏了的小女孩。猫儿不会哭，她告诉自己，跟狼一样。这不过是个蠢笨的梦而已。

布鲁斯科的小船顺长渠路过真理宫的绿铜拱顶，又驶经普莱斯坦殿和安塔里昂殿的高大方塔，然后穿越甜水渠那硕大无朋的灰色桥拱，来到一个叫淤泥镇的城区。这里的建筑较小，不那么宏伟。晚些时候，运河将被蛇舟和驳船塞得水泄不通，但在黎明前的黑暗中，这条船几乎独占水道。布鲁斯科喜欢在泰坦巨人宣告日出的当口到达鱼市。那沉闷的声响穿过礁湖，虽因距离遥远而有所减弱，但足以唤醒沉睡的城市。

等布鲁斯科和他的儿子们将船泊在鱼市，里面已挤满了售卖鲱鱼、鳕鱼、牡蛎和蛤蜊的人，还有管家、厨子、百姓家的主妇，以及船上下来的水手。他们一边检视早晨的水产，一边高声议价。布鲁斯科在小船之间走来走去，审察各种贝类，不时用拐杖敲敲木桶或箱子。"这个，"他会说，"对。"嗒嗒。"这个。"嗒嗒。"不，不是那个。是这里。"嗒。他不爱说话，泰丽亚说她父亲吝啬话语跟吝啬钱财一样。牡蛎、蛤蜊、螃蟹、蚌壳、扇贝，有时还有虾……布鲁斯科都买，取决于当天什么货好。他们将他敲打过的木桶和箱子搬到小船上。布鲁斯科脊背不好，比一大杯黄啤酒重的物体，便拿不动。

完事之后，猫儿身上已有了一股海水和鱼的味道。她习惯了，几乎闻不出来。她也不介意干活，背负沉重的木桶而腰酸背痛，代表自己正越变越强壮。

一旦所有木桶装载完毕，布鲁斯科亲自将船推离岸边，他的儿子们沿长渠将大家撑回家。布瑞亚和泰丽亚坐在船前面窃窃私语。猫儿知道她们在谈论布瑞亚的男朋友，父亲入睡后，她爬上房顶跟他约会。

"了解三件新事物，再回我们这儿来。"慈祥的人送猫儿进城之前命令她，而她总能做到。有时不过是三个新的布拉佛斯语词语；有时她带回水手的故事，奇妙而不可思议，发生在布拉佛斯群屿之外的广阔世界：战争，癞蛤蟆雨，龙的孵化；有时她学会三个新笑话或三个新谜语，或各种行当的诀窍。她时不时还会得知一些秘密。

布拉佛斯外号"秘之城"，遍地皆是迷雾、假面和低语。女孩了解到，这座城市的存在本身就是个持续一世纪之久的秘密，而它的具体位置更隐藏了三百年。"九大自由贸易城邦都是古瓦雷利亚的女儿，"慈祥的人教导她，"其中布拉佛斯是离家出走的私生女。我们是一群混血儿，是奴隶、妓女和窃贼的子孙。我们的先辈从几十个不同国度会聚到这个避难所，以逃避奴役他们的龙王。无数神祇也跟随他们一起到来，但他们所共有的只有一个神。"

"千面之神。"

"千面之神有诸多名字，"慈祥的人说，"在科霍尔，他是'黑山羊'；在夷地，他是'夜狮'；在维斯特洛，他是'陌客'。最终，所有人都必须向他折腰，不管他们敬拜七神还是光之王，是月母是淹神还是至高牧神。人类属于他……除非有谁能永生不死。你知道有谁能永生不死吗？"

"没有，"她回答，"凡人皆有一死。"

每当猫儿在月黑之夜潜回小山丘上的神庙，总能发现慈祥的人在等她。"跟离开我们时相比，你多了解到些什么？"他总是会问。

"我了解到瞎子贝括贩卖的牡蛎的辣酱是用什么做的，"她说，"我了解到'蓝灯笼'的戏班要演出《哀面领主》，'戏子船'打算以《醉酒七桨手》回应。我了解到，每当受人尊敬的商旅船长摩雷多·普莱斯坦出海航行时，书贩洛托·罗内尔就睡到他家里，'母狐号'返乡后，他又搬出去。"

"了解这些事有好处。你是谁？"

"无名之辈。"

"你撒谎。你是运河边的猫儿。我很了解你。去睡吧，孩子。明天你必须侍奉。"

"凡人必须侍奉。"她每三十天中有三天侍奉千面之神。月黑之时，她就成了无名之辈，成了千面之神的仆人，身穿黑白长袍，走在慈祥的人身边，提着灯穿过芳香弥漫的黑暗。她擦洗死者，搜查衣服，清点钱币。有些日子，她仍替乌玛帮厨，切碎大大的白蘑菇,剔除鱼骨。这些都发生在月黑之时。其余日子她是个孤儿,穿一双比脚大太多的破旧靴子,褐色斗篷边缘磨得破破烂烂,一边吆喝"蚌壳,扇贝,蛤蜊",一边推小车穿行于旧衣贩码头。

她知道今晚月亮会变黑,因为昨晚它只剩窄窄一条。"跟离开我们时相比,你多了解到些什么?"慈祥的人一见面就会问。我了解到布瑞亚在父亲睡觉时,跟一个男孩在房顶碰面,她心想。泰丽亚说,布瑞亚让他摸自己,尽管他不过是房顶上的耗子,所谓房顶上的耗子都是贼。但这只是一件事。猫儿还需要两件。她不担心。有船的地方就有新鲜事。

等他们回到家,猫儿帮布鲁斯科的儿子们把货物从小船卸下。布鲁斯科和女儿们将贝壳分到三辆推车里,铺在层层海藻上。"卖完了才准回来。" 布鲁斯科每天早晨都会这样嘱咐女孩们,然后她们便出发叫卖。布瑞亚推小车去紫港,那里停泊海船,可以卖给布拉佛斯水手;泰丽亚去月池附近的小巷,或在列神岛的庙宇间兜售;猫儿十有八九先去旧衣贩码头。

布拉佛斯人才许使用紫港,从水淹镇直到海王殿;来自其他自由贸易城邦及世界各地的船只使用旧衣贩码头,跟紫港相比,这里比较简陋、粗糙和肮脏,也更为嘈杂,各地水手商人挤在码头和街道中间,招待别人,并寻找猎物。走遍全布拉佛斯,猫儿最喜欢这里。她喜欢嘈杂,喜欢奇异的气味,喜欢看那些船趁晚潮抵达,看那些船出发。她也喜欢水手们:喧闹的泰洛斯人嗓音洪亮,胡子染成各种颜色;金发的里斯人斤斤计较,试图压低她的价格;伊班港人矮胖多毛,用低沉嘶哑的嗓音喃喃咒骂;还有她看中的夏日群岛人,皮肤如柚木般乌黑光滑,穿着红、绿或黄色的羽毛披风,他们的天鹅船上高耸的桅杆和白帆华丽壮观。

时而也遇到维斯特洛的桨手和船员,他们有的来自旧镇的宽帆船,有的来自暮谷城、君临或海鸥镇的划桨商船,还有的来自青亭岛的大肚子平底运酒船。猫儿懂得布拉佛斯语中"牡蛎，蛤蜊，扇贝"这些词，但她沿旧衣贩码头叫卖时说贸易黑话——码头、船坞及水手酒馆中流行的话，混合了十来种不同语言中的污言秽语，伴随着手势，其中大多极具侮辱性。猫儿爱讲黑话，惹她的人多半会见识到把大拇指夹在两指间的下流手势，或被形容为屁股蛋或骚骆驼。"也许我没见过骆驼，"她告诉他们，"但我闻得出骆驼的骚味。"

那样子偶尔会激怒别人，但她不怕，因为她有手指匕首。她不仅始终保持匕首锋利，也时时练习使用它。某天下午，红罗戈在快乐码头等兰娜空闲，便教了她如何将匕首藏进袖子，又如何迅速抽出来，还教她平滑地割开钱袋，不让主人注意到。了解这些事有好处，连慈祥的人也赞同；尤其是夜里，当刺客和房顶上的耗子四处活动的时候。

猫儿在码头边结交朋友；挑夫和戏子，绳匠与补帆工，酒馆老板、酿酒人、面包师傅、乞丐跟妓女。他们从她那儿买蛤蜊和扇贝，告诉她真实的布拉佛斯，编造虚假的自我，并嘲笑她说的布拉佛斯话，但她从不让这事困扰自己，她会用下流手势反击，还管他们叫骚骆驼，惹得他们纵声大笑。吉洛罗·多塞尔教她唱不正经的歌，他弟弟吉勒诺告诉她抓鳗鱼的最好地点，"戏子船"的戏子们教她英雄的站姿和戏中的台词（那些著名的戏剧，例如《洛伊拿之歌》，《征服者的两个老婆》和《商人满足不了的妻子》）。眼神悲伤的小个子奎尔为"戏子船"编写所有低俗喜剧，他提出要教她女人如何接吻，但塔甘纳罗拿鳕鱼砸他，这一话题就此作罢。魔术师科索莫教她变戏法。他能吞下老鼠，然后把它们从她耳朵里拉出来。"这是魔法。"他说。"这不是，"猫儿道，"老鼠一直在你袖子里。我看到它在动。"

"牡蛎，蛤蜊，扇贝"是猫儿的魔法词语，跟所有魔法词语一样，几乎能让她去任何地方。她登上来自里斯、旧镇和伊班港的船，在甲板上当场售卖牡蛎。有些日子，她推小车经过权势人家的高塔下，向门口的卫兵兜售烤蛤蜊。有一次她在真理宫台阶上叫卖，另一个小贩试图将她赶走，于是她掀翻那人的推车，让他的牡蛎在鹅卵石上到处乱滚。方格码头的海关官员会主动向她购买，而在圆顶和塔楼低于礁湖的绿色水面的水淹镇，来回的船夫也会找她。有一回，布瑞亚来月经，卧床不起，猫儿便推她的车去紫港，向海王游艇上的桨手推销螃蟹和虾，那艘游艇从船头到船尾布满了张张笑脸。她还沿甜水渠来到月池，既卖给身穿彩纹绸缎、昂首阔步的刺客，也卖给穿单调灰褐色外衣的看护人和执法官。但她总会回到旧衣贩码头。

"牡蛎，蛤蜊，扇贝，"女孩边喊边顺着码头推车，"牡蛎，蛤蜊，扇贝。"一只肮脏的橘黄色猫被她的喊声吸引，跟在她后面走，再往前，又出现了第二只，那是个垂头丧气、满身烂泥的家伙，尾巴只有短短一截。猫都喜欢猫儿的气味。有些日子，日落之前，她身后会跟上十几只猫。女孩时不时扔一只牡蛎给它们，看谁能抢到。她注意到，最大的公猫很少获胜，战利品往往属于比较小巧灵活的猫，它们精瘦、凶悍又饥饿。和我一样，她告诉自己。她最喜欢某只瘦骨嶙峋的老公猫，它一只耳朵被咬掉了，让她想起自己从前在红堡里到处追逐的一只猫。不，那是另一个女孩，不是我。

昨天停在这里的两艘船离开了，又有五艘新船泊进来：包括一艘名叫"癞皮猴"的小型宽帆船，一艘散发出沥青、鲜血和鲸油味道的巨型伊班捕鲸船，两艘潘托斯的破烂平底船及一艘古瓦兰提斯的绿色细长划桨船。猫儿在每条踏板跟前停下来叫卖蛤蜊和牡蛎，先用黑话，继而用维斯特洛通用语。捕鲸船上有个船员大声咒骂她，把她的猫都吓跑了，而一名潘托斯桨手问她她两腿之间的蛤蜊要多少钱。她在其他船上的遭遇好一些，绿色划桨船的大副吞下

7

五六只牡蛎，然后告诉她，他们在石阶列岛遭到里斯海盗袭击，船长遇害。"桑恩那混蛋干的，他带着老母之子号和那艘巨大的瓦雷利亚人号。我们运气好，将将逃脱。"

小巧的癞皮猴号来自海鸥镇，上面的维斯特洛船员很乐意用通用语跟人聊天。其中一人问她，君临的小女孩怎会到布拉佛斯码头边卖蚌壳呢？她只好把故事又讲了一遍。"我们要在这边待上四天四夜，"另一个告诉她，"上哪儿能找点乐子？"

"'戏子船'的戏班正上演《醉酒七桨手》，"猫儿告诉他们，"'烂泥窖'有斗鳗鱼，就在水淹镇大门口。你们愿意的话，还可以去月池，刺客们晚上在那儿决斗。"

"啊，这些都很好，"另一个水手说，"但渥特想要女人。"

"最好的妓女在快乐码头，就是'戏子船'停泊的地方旁边。"她指点着说。码头边有些妓女非常歹毒，而刚来的水手完全不能分辨。丝芙蓉最可恶。大家说她抢过十几个男人，之后还把人杀了尸体翻进水渠喂鳗鱼；"醉女儿"清醒时也许很可爱，一喝酒就不行了；"祸害"简妮其实是男人。"找快乐梅丽。梅瑞琳是她的真名，但大家都叫她快乐梅丽，她也确实很快乐。"每次猫儿经过妓院，快乐梅丽都会买上一打牡蛎，分给她的姑娘们。她有一颗善良的心，这点大家都同意。"除此之外，她还有全布拉佛斯最大的胸。"快乐梅丽喜欢自吹自擂。

她的姑娘们也都很善良："红脸"蓓珊妮，"水手之妻"，可以凭一滴血预测你未来的独眼伊娜，漂亮的小兰娜，甚至长小胡子的伊班女人艾萨朵拉。她们也许并不美丽，但对她很好。"挑夫都去快乐码头，"猫儿向"癞皮猴"上的人保证，"'小伙子们给船卸货，'快乐梅丽说，'我的姑娘们给驾船的小伙子卸货。'"

"歌手歌颂的那些美丽妓女呢？"最年轻的癞皮猴问，他是个长雀斑的红发男孩，最多十六岁，"她们真有传说中那么漂亮吗？

我上哪儿找一个这样的?"

他的船友们看着他哈哈大笑。"七层地狱里面,小子,"其中一个说,"船长自己或许可以找朵交际花,前提是卖掉这艘该死的船。那种妞儿是给老爷们准备的,我们这种人沾不到边。"

布拉佛斯的交际花世界闻名。歌手颂扬她们,金匠和珠宝匠争相为她们打造物品,手艺人乞求她们光顾,贸易巨子支付相当于王室成员赎金的高额费用,以求在舞厅、宴会以及戏剧演出时挽她们的手臂,刺客以她们的名义互相厮杀。猫儿推着小车在运河边行走,有时会瞥到某位交际花乘船经过,去与情人共度良宵。交际花都有自己的游船,有仆人撑篙载她们赴约。"女诗人"手中总拿着一本书,"月影"只穿白色与银色的衣服,"美人鱼女王"与她的美人鱼们寸步不离——那是四位豆蔻年华的少女,为她牵起裙摆和长发。交际花们一个比一个美,连"蒙面女士"也不例外,但只有她认可的情人才能看见她的脸。

"我卖过三只扇贝给一个交际花,"猫儿告诉水手们,"她走下游船时招呼我。"布鲁斯科早就跟她讲清楚,决不能跟交际花讲话,除非她们先开口。那女子朝她微笑,付给她十倍于扇贝价格的银币。

"是哪一个呢?哈哈,'扇贝女王',对不对?"

"是黑珍珠。"她告诉他们。快乐梅丽说"黑珍珠"是最有名气的交际花。"她有真龙血脉,"梅丽告诉猫儿,"第一任'黑珍珠'是个海盗女王,后来被某位维斯特洛王子收作情妇,生下一个女儿,长大后成了交际花。而女儿的女儿又继承母业,代代相传,直到现在的第四任。她跟你说什么,猫儿?"

"她说,'我要买三只扇贝,'还问,'你有没有辣酱呢,小家伙?'"女孩回答。

"你说什么了?"

"我说，'没有，女士，'然后又说，'别叫我小家伙。我的名字是猫儿。'应该为我准备热辣酱才是。贝括有辣酱，他卖出的牡蛎是布鲁斯科的三倍。"

猫儿也告诉过慈祥的人"黑珍珠"的事。"她真名叫贝乐洁·奥瑟里斯。"这是她了解到的三件事之一。

"对，"牧师轻声说，"她母亲是贝罗娜拉，但第一任'黑珍珠'也叫贝乐洁。"

猫儿知道"癫皮猴"上的人们不关心交际花母亲的名字，她转而询问七大王国的消息和战争的情况。

"战争？"其中一人笑道，"什么战争？没有战争。"

"海鸥镇没有，"另一人说，"谷地没有。小公爵没让我们卷入战团，跟他母亲一样。"

跟他母亲一样。谷地的夫人是她姨妈。"莱莎夫人，"她说，"她是不是……？"

"……死了？"满脑子想着交际花的雀斑男孩替她说完，"对，她被自己的歌手谋害了。"

"哦。"与我无关。运河边的猫儿没有姨妈。从来没有。猫儿推起小车离开癫皮猴号，在鹅卵石上一路颠簸。"牡蛎，蛤蜊，扇贝，"她吆喝，"牡蛎，蛤蜊，扇贝。"大部分蛤蜊卖给了挑夫，他们在给青亭岛的平底大运酒船卸货，其余的卖给了一群修补密尔商船的人，那艘船是在暴风雨中损坏的。

沿码头继续往前，她遇到了塔甘纳罗，他背靠一根柱子坐着，身边是"海豹王"卡索。他买了些蚌壳，卡索吼了一声，让她握它的鳍肢。"跟我干吧，猫儿，"塔甘纳罗一边从蚌壳里吸出肉，一边怂恿。自从"醉女儿"用匕首刺穿小纳博的手之后，他一直在寻找新拍档，"我给的比布鲁斯科多，你闻起来也不会再像鱼。"

"卡索喜欢我的气味，"她说。海豹王吼了一声，仿佛表示赞同,"纳博的手还没好?"

"三根手指无法弯曲,"塔甘纳罗在吞食蚌壳的间隙抱怨,"一个不能用手指的贼顶啥用?纳博挑选要摸的口袋很在行,挑选婊子可不怎么样。"

"快乐梅丽也这么说。"猫儿很难过。她喜欢小纳博,尽管他是个小偷,"他将来怎么办?"

"他说去划桨。他觉得两根手指足够了,而且海王一直在雇佣桨手。我告诉他,'不行,纳博,大海比淑女更冷淡,比婊子更残忍。你倒不如砍下那只手,然后去讨饭。'卡索知道我说得对。是不是,卡索?"

海豹吼了一声,猫儿忍不住微笑。她又扔给它一只扇贝,然后独自离开。

猫儿到达快乐码头时,天已快黑了,小巷对面就停泊着"戏子船"。几个戏子坐在倾斜的船身上,一袋酒在他们手中传来递去,当他们看见猫儿的推车,便过来买牡蛎。她问他们,《醉酒七桨手》准备得怎样,"忧愁的"乔斯摇摇头。"昆斯终于撞到艾拉括跟斯洛伊上床,于是他们用道具剑决斗,然后双双气鼓鼓地离开。今晚只剩五位醉酒桨手了。"

"桨手人数不足,只好用醉酒的程度弥补,"弥尔梅罗宣称,"比如我就能胜任。"

"小纳博想当桨手,"猫儿告诉他们,"你们有了他,就是六个。"

"你快去见快乐梅丽,"乔斯催她,"你知道少了你的牡蛎,她脾气得有多坏。"

然而当猫儿溜进妓院时,发现快乐梅丽坐在大厅里,闭着眼睛听戴利恩弹奏木竖琴。伊娜也在,她正梳理兰娜的金色长发。又是蠢笨的情歌。兰娜总爱央求歌手给她表演蠢笨的情歌。她是最年轻的妓女，才十四岁。猫儿知道，快乐梅丽给她定的价是其他姑娘的三倍。

看到戴利恩厚颜无耻地坐在那里，她便怒从心起，只见他一边用手指拨弄竖琴，一边朝兰娜抛媚眼。妓女们叫他黑衣歌手，但现在他身上已几乎没有黑色。他用唱歌挣来的钱把自己由乌鸦变成了孔雀。今天他穿松鼠皮镶边的长毛绒紫披风，白色与淡紫色的斜纹上衣，以及刺客们那种五彩长裤，除了今天穿的，他还拥有一件丝斗篷和一件金线镶边的酒红色天鹅绒披风。他全身上下唯一的黑色是靴子。猫儿曾听他对兰娜说，他把黑衣服全扔进了水渠里。"我跟黑色划清界限了。"他宣布。

你是守夜人军团的成员，她心想。戴利恩正在唱某个蠢笨的淑女从某座蠢笨的塔楼上跳下来，因为她蠢笨的王子死了。淑女应该去干掉杀害王子的人。而歌手应该待在长城。戴利恩刚出现在快乐码头时，艾莉亚冲动得想问他是否愿意带她回东海望，结果却听他告诉蓓珊妮，自己永远也不会回去了。"硬邦邦的床，腌鳕鱼，站不完的岗，那就是长城，"他道，"况且，东海望没一个人有你一半漂亮。我怎么忍心离开你呢？"猫儿听他对兰娜说过同样的话，还有对"猫舍"的一个妓女，甚至在"七灯之院"表演的晚上，他对"夜莺"也说过。

胖子揍他那晚我要在就好了。快乐梅丽的妓女们仍时时拿这件事当笑话。伊娜说她一碰那胖子，他的脸就涨得像甜菜根一样红，但当他开始惹麻烦，快乐梅丽把他拖了出去，扔进运河。

猫儿正想着那胖小子，回忆自己如何从泰洛和渥贝罗手里解救他，"水手之妻"出现在她身边。"他唱的歌真好听，"她用维斯特洛通用语喃喃低语，"诸神一定很钟爱他，给了他这样的嗓音，还有那张漂亮的脸。"

他脸虽漂亮，心却肮脏，艾莉亚想，但没有说出来。戴利恩同

"水手之妻"结过一次婚,"水手之妻"只跟与她结婚的人上床。快乐码头有时一晚上要举行三四次婚礼。通常是由浑身酒气、精神亢奋的红袍僧艾泽黎诺主持,不然就是尤斯塔斯,他曾当过外域圣堂的修士。倘若红袍僧和修士都不在,会有妓女跑去"戏子船",带回一名戏子。快乐梅丽总是说戏子扮演僧侣要比真正的僧侣强很多,尤其是弥尔梅罗演得可好了。

婚礼喧闹欢乐,人们喝下许多酒。每次猫儿推着车碰巧路过,"水手之妻"都坚持让新婚丈夫买点牡蛎,说是圆房时能更加坚挺。她这么做是出于好心,她平时还很爱笑,但猫儿感觉她的笑中似乎有点悲哀。

据其他妓女说,"水手之妻"每当月经来潮时,就会造访列神岛,她知道那里的所有神祇,甚至包括那些已被布拉佛斯人遗忘了的神。她们说她去为自己第一个丈夫祈祷,她真正的丈夫,在海上失踪了,当时她跟兰娜差不多大。"她认为如果找对了神,也许神灵会操控风向,将她的爱人吹回来,"认识她最久的独眼伊娜道,"但我祈求这种事千万别发生。她的爱人死了,我能从她的血里尝出来。若他真回到她身边,将是一具尸体。"

戴利恩的歌终于结束。当最后一个音符在空气中隐去,兰娜叹口气,歌手将竖琴放到一边,把她抱到怀里。他刚开始轻轻触摸她,猫儿就大声说:"牡蛎,有人要吗?"快乐梅丽突然睁开眼。"好的,"女人道,"拿进来吧,孩子。伊娜,去弄点面包和醋。"

膨胀的红日悬在一排桅杆后的天空中,猫儿揣着鼓鼓一袋钱币离开快乐码头,推车空了,只剩盐与海藻。戴利恩也要离开,他边走边告诉她,他答应今晚要在绿鳗客栈唱歌。"每次在绿鳗客栈表演,我都能挣到银币,"他夸耀,"那儿有船长和船主出没。"他们穿过一座小桥,沿曲折偏僻的小巷前进,日头的影子越来越长。"很快我就能在紫港表演,然后是海王殿,"戴利恩续道。猫儿的空车在鹅卵石上嗒嗒作响,奏出轻快的乐章,"昨天我跟妓女们一起吃鲱鱼,一年之内,我将跟交际花一起享用帝王蟹。"

"你的兄弟呢?"猫儿问,"那个胖子。他找到去旧镇的船了吗?他说他本来要跟乌莎诺拉小姐号一起出航。"

"我们都要去。那是雪诺大人的命令。我告诉山姆,扔下老头,但蠢胖子不肯听。"最后一缕落日在他发际闪耀,"好了,现在太迟了。"

"就是这样。"猫儿说,他们踏入一条蜿蜒的小巷,里面黑沉沉的。

等猫儿回到布鲁斯科的房子,夜晚的雾气已开始在小水渠上方聚集。她放下推车,在布鲁斯科的账房里找到他,然后把钱袋"砰"的一声扔到他面前的桌子上,又"砰"的一声扔下一双靴子。

布鲁斯科拍拍钱袋:"很好。但这是什么?"

"靴子。"

"好靴子很难找,"布鲁斯科说,"但这双对我来说太小了。"他提起一只,斜眼打量。

"今天晚上月亮黑了。"她提醒他。

"你赶紧回去祈祷吧。"布鲁斯科推开靴子,倒出钱币清点,"*Valar dohaeris*。"

valar morghulis,她心想。

她穿行于布拉佛斯的街道,雾气从四周升起。当她推开鱼梁木门,进入黑白之院时,略微有点颤抖。今晚燃烧的蜡烛不多,犹如黯淡的星星。黑暗中,所有神祇都是陌客。

在地窖里,她解开猫儿破旧的斗篷,将猫儿沾有鱼腥味的棕色上衣从头上脱出来,踢掉猫儿浸满盐渍的靴子,钻出猫儿的内衣裤,然后在柠檬水里沐浴,洗掉运河边的猫儿身上特有的气味。她从水中出来时，已用肥皂把身子擦洗得干干净净，褐发贴在脸颊上，猫儿不见了。她换上干净的袍服和一双柔软的布拖鞋，去厨房向乌玛讨些食物。牧师和侍僧已吃过了，厨师给她留了一块美味的炸鳕鱼和一些黄芜菁泥。她狼吞虎咽地吃下去，洗好碟子，然后去帮流浪儿准备药剂。

她的任务是取东西，爬上梯子，找流浪儿需要的药草。"甜睡花是种慢性毒药，"流浪儿边告诉她，边用槌臼研磨，"几小粒便能减缓心脏跳动，抑制癫痫病发作，使人平静坚强。一撮确保一夜无梦安眠。三撮会使睡眠没有终点。它很甜，因此最好混在蛋糕、派饼和蜜酒里。给，你可以闻到那甜味。"流浪儿让她嗅了嗅，再派她爬上梯子找一只红玻璃瓶。"这种毒药比较猛烈，嗅不到也尝不出，更容易隐藏。人们叫它'里斯之泪'。它能溶于酒或水中，扰乱肠胃，像肠疾一样致人死亡。你闻一下。"艾莉亚嗅了嗅，什么味道也没有。流浪儿将"里斯之泪"放到一边，打开一只矮胖的石罐。"这种药膏里添加了石蜥的血，涂在煮熟的肉类上很香，吃了之后却癫狂暴躁，人兽皆然。被石蜥毒感染的老鼠甚至会去咬狮子。"

艾莉亚咬紧嘴唇："它对狗有效吗？"

"对暖血动物都有效。"流浪儿扇了她一巴掌。

她一只手捂住脸颊，吃惊更甚于疼痛："你干吗？"

"思考时会咬紧嘴唇的是史塔克家族的艾莉亚。你是史塔克家族的艾莉亚吗？"

"我是无名之辈。"她生气了，"你是谁？"

她没指望流浪儿回答，对方却开了口。"我出生时是一个古老家族的唯一子嗣，贵族系谱的继承人。"流浪儿答道，"母亲在我很小时就死了，我对她没有记忆。我六岁那年父亲再婚，继母对我很好，直到她生下自己的女儿。从此以后，她的愿望就是要我死，好让自己的亲生骨肉继承财产。她本该寻求千面之神的帮助，却又无法承受他所要求的牺牲，因此她设法给我下毒，把我变成了你现在看到的这个样子。然而我没死，当红手之院的医师把她干的事告诉我父亲之后，父亲来到这里，将所有家产连同我一起奉献。千面之神听取了他的祈祷，我被带到神庙侍奉，而父亲的妻子接受了恩赐。"

艾莉亚谨慎地打量她："这是真的吗？"

"里面有真话。"

"也有谎言？"

"有一件事不是事实，还有一件有所夸大。"

流浪儿讲自己的故事时，艾莉亚一直观察着她的脸，但对方没有透露任何信息。"千面之神拿走了你父亲三分之二的财产，并非全部。"

"就是这样。那是我夸大的部分。"

艾莉亚咧嘴一笑，但当她意识到自己在笑，连忙收起表情。控制你的脸，她告诉自己，笑容应是仆人，当你召唤时才出现。"哪一部分是谎言呢？"

"没有。我撒谎说自己在撒谎。"

"是吗？还是你现在也在撒谎？"

流浪儿不及回答，慈祥的人微笑着走进屋子："你回到我们这儿来了。"

"月亮黑了。"

"是的。跟离开我们时相比，你多了解到哪三件事？"

我多了解到三十件事，她差点说出口。"小纳博的三根手指无法弯曲。他想当桨手。"

"了解这件事有好处。有别的吗？"

她回想一天的经历。"昆斯和艾拉括发生争斗后离开了'戏子船'，但我认为他们会回来。"

"你是认为,还是你知道?"

"只是认为。"她不得不承认,尽管她很肯定,戏子跟其他人一样要吃饭,而昆斯和艾拉括的水平还不够去"蓝灯笼"。

"就是这样,"慈祥的人道,"第三件事呢?"

这次她没犹豫。"戴利恩死了,就是那位睡在快乐码头的黑衣歌手。他果真是守夜人的逃兵。他们割了他的喉咙,将他推进水渠,并拿走了他的靴子。"

"好靴子很难找。"

"就是这样。"她试图让自己的脸保持平静。

"我在想,谁会干这件事呢?"

"史塔克家族的艾莉亚。"她注视着他的眼睛,注视着他的嘴巴,注视着他下巴的肌肉。

"那个女孩?我以为她早已离开布拉佛斯了。你是谁?"

"无名之辈。"

"你撒谎。"他转向流浪儿,"我嗓子很干。请帮我拿一杯红酒,再给我们的朋友艾莉亚拿一杯热牛奶,她回来了让我们很意外。"

艾莉亚穿行于城中时一直在寻思,假如她告诉慈祥的人戴利恩的事,他会怎么说。或许他会生她的气,或许他会赞许她给予歌手千面之神的恩赐。这次对话在她头脑里演练了数十遍,好像戏子排戏一样。但她从没想到会喝热牛奶。

牛奶来了之后,艾莉亚将它喝下。有一点点烧焦,回味苦涩。"现在去睡吧,孩子,"慈祥的人说,"明天你必须侍奉。"

当晚,她又做梦了,但跟其他梦不同,这个梦里,没有狼群。她独自逡巡,在房顶跳跃,于运河边安静地行走,追逐迷雾中的阴影。

第二天早晨醒来时,她瞎了。

山姆威尔

月桂风号是一艘来自盛夏群岛高树镇的天鹅船,那里的人们肤色漆黑,女人生性风流,甚至神祇也很怪异。他们位于日光烧灼的多恩南海,没有修士带领大家念悼词,因此这项任务落到山姆威尔·塔利身上。

下午十分闷热,一丝风也没有,但山姆还是穿上黑衣。"他是个好人,"他开始说……话一出口,就知道错了。"不。他是个伟人。他是学城的学士,青年时戴上颈链,立下誓言,后来又加入守夜人军团,并一如既往,恪尽职守。他的名字取自英年早逝的英雄骑士,然而尽管他活过长久岁月,其一生亦同样伟大。他的睿智、高尚与仁慈无人可及。于绝境长城效力期间,他辅佐过十余任总司令,自始至终给予忠诚的谏言。他也为国王们提供谏言,而且本身有机会成为国王,可当人们将王冠献给他时,他却让给了弟弟。试问,有多少人能做到这点?"山姆感觉到泪水夺眶而出,知道自己撑不下去了。"他是真龙血脉,但他的火焰已经熄灭。他是伊蒙·坦格利安,他的守望至死方休,于斯结束。"

"他的守望至死方休,于斯结束。"吉莉一边跟着他轻声念,一边摇晃怀抱中的婴儿。蔻佳·莫先用维斯特洛通用语,然后又用盛夏群岛语为她父亲、崇及其余聚集的船员们说了一遍。山姆垂下脑袋放声哭泣,悲哀得整个身子都在颤抖。吉莉站到他身旁,让他靠在她肩上。她眼中也有泪水。

空气潮湿温暖,出奇地平静,月桂风号漂浮在远离陆地的深蓝色海洋上。"黑衣山姆说得好,"崇说,"现在,让我们为他的生命干杯。"他用盛夏群岛语说了句什么,一桶兑有香料的朗姆酒便被推到后甲板上打开,当班的船员个个喝下一杯,以兹纪念盲眼老龙。船员们识得他的时间虽短,但盛夏群岛人敬重长者,并有为亡人举行盛典的习俗。

山姆没喝过朗姆酒。这种酒味道奇特,容易上头;入口虽甜,但有股强烈的余味烧灼舌头。他累,累极了,每块肌肉都在疼,甚至有些自以为没长肉的地方也疼。他膝盖僵硬,双手覆满新磨的水泡,旧水泡破裂之处则沾着黏黏的皮。然而朗姆酒和悲哀似乎占据了他的整个心灵。"把师傅带到旧镇,博士们也许能救他。"他告诉吉莉,他们在月桂风号高高的前楼上呷朗姆酒,"学城的医师是七大王国最好的。我一度以为……我希望……"

在布拉佛斯,伊蒙似乎有望复原。崇关于龙的谈话几乎让老人恢复常态。那晚,他吃光了山姆置办的食物。"没人想到是女孩,"他说,"预言说的是王子,不是公主。我以为是雷加……他出生那天,烟雾从烈火熊熊的盛夏厅中升起,而盐来自为死者流下的眼泪。他小时候也跟我一样如此相信,后来却认为自己的儿子才应和了预言,因为他确信在他种下伊耿的当晚,一颗彗星出现在君临上空,那便是所谓的'星辰泣血'。我们全是傻瓜,自以为是的傻瓜!错误恰恰出在对预言的解释上。我们忘了巴斯的提醒,龙没有固定的性别,非雄非雌,不断变幻,像火焰一样摇摆不定。语言的局限误导了我们一千年。丹妮莉丝才是真正诞生于烟与盐之地,而她的龙证明了她的身份。"单单谈到她,他便精神抖擞。"我必须去她那儿。必须。啊,我要是再年轻十岁就好了。"

老人如此坚决,甚至靠自己的双腿走上月桂风号的踏板。行程由山姆安排,崇从水中救了他一命,但羽毛披风也因此而毁了,山姆便将自己的剑连同剑鞘一起赔给这位身材魁梧的大副。他们只剩下从黑城堡地窖里带出来的书。山姆闷闷不乐地将它们交出去,崇问有什么问题,他说:"这些本来是要给学城的。"大副将这番话翻译过去之后,船长大笑。"库忽鲁·莫说灰衣人最终仍会得到这些书,"崇告诉他,"只不过得从库忽鲁·莫那儿买。对于没有的书籍,学士们愿意付上好的银币,甚至是红红黄黄的金子。"

船长还想要伊蒙的颈链,但山姆拒绝了。他解释道,交出颈链是学士最大的耻辱,崇重复了三遍,库忽鲁·莫才接受。等交易完成,山姆只剩鞋子、黑袍和内衣,外加琼恩·雪诺在先民拳峰找到的破号角。我别无选择,他告诉自己,我们不能留在布拉佛斯,而除了偷窃与乞讨之外,也没有其他方法支付旅资。再说,即使再花三倍价钱,只要能让伊蒙学士安全抵达旧镇,他也心甘情愿。

然而南行途中风雨频仍,每场风暴都是对老人身心的摧残。在潘托斯,他要山姆带他上甲板,并描绘城市的景象,但那是他最后一次离开船长的床。之后不久,他又开始神志不清。等月桂风号绕过泣血塔,进入泰洛西港,伊蒙已不再说要找船去东方,反而又提起旧镇和学城的博士们。

"你必须转告他们,山姆,"他说,"转告博士们,一定要让他们明白。跟我同时代的人已死了五十年,其他人不认识我。我的信……在旧镇,一定被当成老糊涂的胡言乱语。我无法说服他们,你能够。告诉他们,山姆……告诉他们长城的境况……告诉他们尸鬼和走动的白鬼,蔓延的寒气……"

"我会的,"山姆承诺,"我会支持你的观点,师傅。让我们一起来,我们俩一起。"

"不,"老人道,"你一定得去。告诉他们。预言……我弟弟的梦……梅莉珊卓夫人读错了征兆。史坦尼斯……史坦尼斯确实有一点龙王血统,这没错,他的兄弟们也都有。雷拉,伊戈的小女儿,他们的龙血来自于她……她是他们的祖母……小时候爱叫我学士伯伯。我记得这些,因此存有希望……也许只是我的主观愿望……我们想要相信一件事,便会自欺欺人。尤其是梅莉珊卓,她大错特错。那把剑不对,她应该知道……有光无热……空洞的魔力……那把剑不对,虚假的光明会把我们带向更深沉的黑暗。山姆,丹妮莉丝是我们的希望,去学城告诉他们,让他们弄明白,必须派个学士去找她,辅佐她,教导她,保护她。这么多年来,我逗留人世,等待,观察,当黎明到来时,我却已经太老。我快死了,山姆。"他直言承认,眼泪从白色盲眼中涌出。"对于像我这样衰老的人来说,死亡应该没什么可怕,可我怕。是不是很傻?既然我一直处于黑暗中,怎么还怕黑呢?然而我忍不住去想,等最后一丝温暖离开躯体,接下来会怎样。如修士们所说,在天父的黄金宫殿里欢宴?我会不会再见到伊戈,发现戴伦依然健康快乐,听妹妹们为自己的孩子唱歌?或者马王们说得对,我会骑着烈焰熊熊的火马永远在夜空中奔驰?还是我必须回到这悲伤的尘世?谁说得准呢?有谁曾越过死亡之墙目睹真相?只有那些尸鬼,而我们知道他们是什么样。我们知道。"

山姆无言以对,只能尽力给老人一点点安慰。后来吉莉也进来给他唱了首歌,那是她跟卡斯特别的妻子学的,内容完全不知所云。但歌曲使老人微笑,也助他入睡。

那是他最后的清醒时日。再往后,老人蜷缩在船长舱室中一堆毛皮底下,昏睡时远远多过醒着的时候。他会在睡梦中喃喃自语,醒来后呼唤山姆,坚持要托付他一些事,但等山姆赶到,他已忘了要说什么。即使记得,也都语无伦次。他提到梦境,却没说是谁的梦,还提到点不燃的玻璃蜡烛和无法孵化的蛋。他说斯芬克斯即是谜题,并非出谜题者,天知道那是什么意思。他要山姆念巴斯修士写的一本书,此人的著作在受神祝福的贝勒王统治期间惨遭焚毁。有一回他哭着醒来。"龙有三个头,"他哀叹,"但我年迈体弱,无法成为其中之一。我应该跟她在一起,为她指引方向,可我的身体啊，实在难以胜任。"

月桂风号穿行于石阶列岛期间，伊蒙学士有一半时间记不得山姆的名字。有时他把山姆当成某个已故的兄弟。"他太虚弱，受不了长途旅行，"山姆在前楼上告诉吉莉，一边继续啜饮朗姆酒，"琼恩应该预见到这点。伊蒙已经一百零二岁了，绝不该把他送到海上。倘若留在黑城堡，他也许可以再活十年。"

"也许她会烧死他。那个红袍女。"即使与长城相隔万里，关山阻断，吉莉也不愿说出梅莉珊卓夫人的名字，"她要用国王之血去祭奠她的火焰。瓦迩知道。雪诺大人也清楚，所以才要我带走妲娜的婴儿，留下自己的代替。在船上，伊蒙学士长眠不醒，但假如留下，就会被她活活焚烧。"

他还是会被焚烧，山姆可怜兮兮地想，只不过这回得由我来干。坦格利安家族总是将死者交付给火焰，但库忽鲁·莫不许在月桂风号上举行火葬，因此伊蒙的尸体被塞入一桶黑肚朗姆酒里保存，直至船抵达旧镇。

"他临死前一晚问我，可不可以让他抱抱孩子，"吉莉续道，"我怕他抱不住，但我错了。他摇晃孩子，哼歌给孩子听，妲娜的儿子抬手摸他的脸，拉他的嘴唇。我以为会弄疼他，结果那只让老人笑了出来。"她抚摸着山姆的手。"我们可以给小家伙取名为'学士'，假如你同意的话。当然，等他长大，不是现在。"

"'学士'不是个名字。你可以叫他伊蒙。"

吉莉考虑了一下。"妲娜在战场将他生下，四周是刀剑交击，他应该叫这个。'沙场之子'伊蒙或'钢铁之歌'伊蒙。"

我父亲大人也会喜欢这名字。战士的名字。这男孩是曼斯·雷德之子，也可算卡斯特之孙，他决不会像山姆那么懦弱。"好。就这么办。"

"等他长到两岁，"她承诺，"之前不行。"

"孩子在哪儿？"山姆这才想起来。笼罩在朗姆酒和悲伤中，他过了这么久才意识到吉莉没带着婴儿。

"蔻佳在看护他。我托她带一会儿孩子。"

"哦。"蔻佳·莫是船长的女儿，比山姆还高，纤瘦如一支长矛，皮肤漆黑光滑，仿佛磨亮的黑玉。她是船上红箭手们的首领，手中一张双弧金心木弓拉开之后可以射四百码远。在石阶列岛遭遇海盗攻击时，蔻佳射杀了十来个人，而山姆的箭全部落入水中。除了自己的弓，蔻佳最喜欢抱着妲娜的儿子在膝头一颠一颠，并用盛夏群岛语给他唱歌。实际上，野人王子成了所有女性船员的宠儿，吉莉似乎很放心地将他托付给她们，而她从来没有信任过男人。

"蔻佳真好心。"山姆说。

"一开始我很怕她，"吉莉道，"她那么黑，牙齿又大又白，我还以为她是兽人或妖怪，但她不是。她很善良。我喜欢她。"

"我知道你喜欢她。"吉莉大半辈子唯一认识的男人是凶残的卡斯特，除此之外，她的世界中全是女人。男人让她害怕，女人不会，山姆意识到。他能理解。从前在角陵，他也更乐于跟女孩做伴。妹妹们对他很友善，尽管其他女孩有时会嘲笑他，但恶言笑语比起城堡中男孩子们对他的殴打来，无疑要好得多。即使现在，在月桂风号上，山姆跟蔻佳·莫相处也比跟她父亲相处来得自在。当然，这有可能是因为她会讲通用语，而她父亲不会。

"我也喜欢你，山姆，"吉莉轻声说，"我还喜欢这酒。它就像火。"

对，山姆心想，这是为龙准备的酒。杯子空了，他走到酒桶边注满。太阳低挂于西方，膨胀至平时的三倍那么大，微红的光线为吉莉的脸镀上一层红晕。他们为蔻佳·莫干杯，为妲娜的儿子干杯，又为吉莉那个留在长城的孩子干杯。后来没了理由，只能再为坦格利安家族的伊蒙干了两杯。"愿天父公正地审判他。"山姆边说边吸鼻子。喝完伊蒙学士这两杯，太阳已几乎落下，西方地平线上只剩一条细红线，泛着微光，犹如天边的鞭子。吉莉说酒使得船旋转起来，因此山姆扶她走下阶梯，走向船首的女性舱室。

船舱门口挂着一盏灯，他进去时一头撞在上面。"噢！"他叫道，吉莉说："疼不疼？让我看看。"她凑过来……

……吻他的嘴。

山姆发现自己在回应她的亲吻。我立过誓，他心想，但她的手在拽他的黑衣，解开裤带。他勉强将嘴撤开，趁片刻的空隙说："不。"但吉莉说："要。"然后又用自己的嘴堵住了山姆的嘴。月桂风号在周围旋转，他尝到吉莉舌尖朗姆酒的滋味，接下来，他已在抚摸吉莉赤裸的乳房。我立过誓，山姆再次想到，但一只乳头已伸进了唇间。他吮吸粉红坚挺的乳头，奶水溢满嘴巴，混杂着朗姆酒，如此香甜美妙。我跟戴利恩有什么区别？山姆心想，但那感觉实在太好，他无法停止。突然间，他的阳具伸了出来，从裤子里向上挺起，仿佛一根肥肥的粉红桅杆。它挺立在那儿，看上去傻乎乎的，他差点笑出来，但吉莉将他推到自己的铺位上，裙子撩至大腿，轻声呜咽着趴到他身上。这比她的乳头更美妙。她这么湿，他边想边喘气。我不晓得女人下面会这么湿。"我是你妻子了。"她一边低语，一边在他身上起起落落。山姆呻吟着，他心想，不，不，你不可以做我妻子，我立过誓，我立过誓，但说出口的只有一个字，"要"。

后来，她双臂环抱他入睡，脸搁在他胸口。山姆也想睡，但他更因朗姆酒、母奶和吉莉而陶醉。他知道应该潜回男性舱房中自己的吊床上，但她蜷在他身边，美妙的滋味令他动弹不得。

其他人也进来了，有男有女，他听着他们接吻，欢笑，做爱。这是盛夏群岛人悼念死者的方式。他们以生命来回应死亡。这句格言很久以前山姆在哪里读到过，他不知吉莉是否知道，不知今天的

事是否是蔻佳·莫授意她的。

他呼吸着她的发香,凝视着头顶晃来晃去的灯。即便老妪也无法指引我走出这困境吧。最好是悄悄溜出去跳海。假如淹死了,就无人追究我打破誓言,干下羞耻的事。吉莉也可以找个好男人,而非又肥又胖的胆小鬼。

第二天早晨,他在男性舱房里自己的吊床上醒来。崇大声吆喝着起风了。"起风了,"大副不停喊叫,"快醒醒,起来干活,黑衣山姆。起风了。"崇词语欠缺,以音量来弥补。山姆一骨碌从床上爬起,但立刻就后悔了。他头疼欲裂,手掌上一个水泡在夜里挤破了,他感觉想吐。

然而崇不管这些,山姆只能挣扎着再次穿上黑衣。他在吊床底下的地板找到它们,湿乎乎地揉成一团。他嗅了嗅,看看有多臭。他闻到咸涩的海水和焦油,潮湿发霉的帆布、水果、鱼和黑肚朗姆酒,奇特的香料与异国木材,外加自己浓烈的汗味。吉莉的味道也在上面:她头发清爽的气息,还有她香甜的奶水,这让他很乐意穿上它们。不过他极渴望有双干燥暖和的袜子,他的脚趾头已经长霉了。

一箱子书远不够支付四个人从布拉佛斯到旧镇的旅资。然而月桂风号人手短缺,因此库忽鲁·莫同意带上他们,只要一路干活。山姆抗议说伊蒙学士太虚弱,婴儿下不了地,吉莉又惧怕大海,崇哈哈大笑:"黑衣山姆又肥又胖。黑衣山姆顶四个人的活。"

老实说,山姆笨手笨脚,他怀疑自己能否做好一个人的工作,但他的确尽了力。他擦洗甲板,用石头将其打磨平整;他拖拽锚链、盘绕绳索、捕杀老鼠;他缝补帆布,用汩汩冒泡的热焦油修理船体漏洞;他还帮厨子剔鱼骨,切水果。吉莉经常来帮他。她操作绳具比山姆强,但看到空旷辽阔的水面,有时仍会闭上眼睛。

吉莉,山姆心想,我该拿吉莉怎么办?

那是漫长而闷热的一天,头疼没有尽头。山姆让自己沉浸在绳索、帆布以及崇交付的其他任务中,视线尽量不移到盛放伊蒙学士尸体的朗姆酒桶上……也不移到吉莉身上。干过昨晚那件事,此时此刻他无法面对野人女孩。她走上甲板,他就下去。她走到前面,他就去船尾。她对他微笑,他便扭过头,感觉糟糕透顶。我早该趁她熟睡时跳海,他心想,我一直是个胆小鬼,但从没当过背誓者。

假如伊蒙学士没死,山姆可以向他请教。假如琼恩·雪诺在船上,甚至是派普和葛兰,他都可以去找他们。但现在只有崇。崇听不懂我的话。即使他能理解,也只会怂恿我再去"干"她。"干"是崇学会的第一个通用语词语,他最喜欢这个词。

幸运的是,月桂风号够大——要是在黑鸟号上,他几乎躲不开吉莉——这种来自盛夏群岛的巨船在七大王国被称为"天鹅船",因为它们有翻腾的白帆,船首像又多为鸟类。而且,它们大则大矣,却能以独特的优雅姿态破浪而行。若得劲风支持,月桂风号比任何划桨船都跑得快,不过若是没风,她就无能为力了。

她为一个胆小鬼提供了许多藏身之处。

山姆当值快结束时,终于被逮住了。他正爬下一条楼梯,崇揪住了他的领圈。"黑衣山姆跟崇来。"他拽着山姆穿过甲板,扔到蔻佳·莫脚下。

遥远的北方,有条若隐若现的地平线。蔻佳指向那里:"那便是多恩,沙漠、岩石和蝎子的国度,数百里格之内无法停靠。假如你愿意,可以游过去,然后步行前往旧镇。你需要穿越大沙漠,爬上高山,游过湍流河。不然的话,你去找吉莉。"

"你们不明白。昨晚我们……"

"……向死者致敬,向缔造你们的天上诸神致敬。崇也做了同样的事。我怀着孩子,否则就会跟他在一起。你们维斯特洛人以爱为耻。爱没什么可羞耻的。假如你们的修士这么宣传,只能证明你们的七神是魔鬼。盛夏群岛人通情达理，我们的神赐予我们大腿，好让我们奔跑，赐予我们鼻子，好让我们嗅闻气味，赐予我们双手，好让我们触摸感觉。要怎样疯狂残酷的神才会给予一个人眼睛却告诉他必须永远闭着，决不去看世上一切美好事物？除非它是怪物，来自黑暗的恶魔。"蔻佳将手放在山姆两腿之间。"诸神赐予你这个是有原因的，是为了……你们维斯特洛话叫什么？"

"干。"崇热心地提示。

"对，干。为了愉悦，为了生小孩，这其中没有羞耻。"

山姆退离开她。"不，我立过誓。不娶妻，不生子。我立过誓。"

"她知道你的誓言。虽然从某些方面讲，她还是个孩子，但她不瞎，她知道你为什么会穿上黑衣，为什么要去旧镇，她知道无法留住你。她只需要你陪她一小会儿，仅此而已。她失去了父亲和丈夫，失去了母亲与姐妹，失去了自己的家，失去了整个世界，只剩下你和那婴儿。你要么去找她，要么游过去。"

山姆绝望地看着远处朦胧的海岸线。他知道自己决不可能游那么远。

于是他去找吉莉："我们做的事……假如我能娶妻，我宁愿要你也决不要任何公主或者贵族少女，但我不能，我是只乌鸦，我立过誓。吉莉，我跟随琼恩进入树林，在心树跟前立下誓言。"

"那些树注视着我们，"吉莉一边低语，一边拭去脸上的泪水，"在森林里，它们无所不知……但这里没有树。只有水啊，山姆。只有水。"

瑟曦

天色凄暗阴湿，一上午都在下雨，到得下午，雨虽停了，仍然乌云密布，见不到太阳。连小王后也惴惴不安，她没按惯例带身边那群小鸡、卫兵和仰慕者们出去骑马，而是整天窝在处女居内，听蓝诗人演唱。

瑟曦的心情也不愉快——黄昏时分才大为改观。当灰色的天空凝聚为漆黑，甜美瑟曦号随晚潮入港，奥雷恩·维水求见。

太后立刻召见。看到他的大步子，她心知定有好消息。"陛下，"维水露出宽阔的笑容，"龙石岛是您的了。"

"干得漂亮。"她握住他的手，吻了他的双颊，"托曼陛下一定会很高兴。我们也可以就此释放雷德温大人的舰队，好把铁民驱赶出盾牌列岛。"河湾地方面，一只乌鸦比一只乌鸦带来的消息糟糕，铁民似乎不满足于新近攻占的石头，他们集结军队，直溯曼德河，还袭击青亭岛及其周围的小岛。雷德温的领海只留下十几条战船，至今要么被夺走，要么被击沉。那个自称鸦眼攸伦的疯子甚至派长船进入低语湾，威胁旧镇。

"甜美瑟曦号起航时，雷德温大人正储存物资，准备回师。"维水大人报告，"不难设想，现下他的主力舰队已出海了。"

"祝他们一路顺风，气候也比今天更好。"太后把维水带到窗边坐椅，并肩坐下，"咱们的洛拉斯爵士对这场胜利可有作出贡献？"

对方的笑容消失了："不少人衷心钦佩他，陛下。"

"不少人，"她探询地望着他，"你怎么看？"

"我没见过比他更勇敢的骑士，"维水道，"然而他把一场不流血的胜利变成了屠杀。一千人死亡或重伤，大部分是我们的人，陛下，这不仅包括普通士兵，更有许多骑士和年轻领主，那些最优秀和最勇敢的人。"

"洛拉斯爵士本人呢？"

"他是第一千零一个。战斗结束后，大家将他抬进城内，伤势非常严重，由于失血过多，学士们都不敢为他吸血疗伤。"

"噢，真令人伤感。托曼一定会痛心疾首，他十分仰慕咱们英勇的百花骑士。"

"还有老百姓们，"她的海军上将说，"如果洛拉斯死去，全国上下的少女将泪流成河。"

一点没错。洛拉斯爵士出海那天，三千平民挤到烂泥门观看，其中四分之三是女人。太后心里十分轻蔑，她好想大声尖叫，痛骂这帮绵羊，告诉他们洛拉斯能给的只有微笑与鲜花，然而她不能这么做——她反而宣布洛拉斯爵士是七大王国最勇敢的骑士，并微笑着目睹托曼赐予对方宝石佩剑。国王还顺势拥抱了他，这不在瑟曦计划之内，但现在已无关紧要了。反正太后表现得慷慨大方，而百花骑士已几乎一命呜呼。

"告诉我详情，"瑟曦命令，"巨细无遗，从头到尾慢慢讲。"

等维水说完，房间已变得黑暗。太后点起几支蜡烛，并命多卡莎去厨房拿来面包、奶酪和一点山葵调味的煮牛肉。用餐时，她让奥雷恩把故事又说了一遍，好把细节铭记在心，反复回味。

"不管怎么说，我可不忍心让别人把这噩耗带给亲爱的玛格丽，"瑟曦道，"我亲自来。"

"陛下真是太好心了。"维水笑道。一脸坏笑，太后心想。由近观之，奥雷恩实在没有雷加王子的影子。不错，他们头发类似，然而如果传说属实，里斯城里半数的妓女不也一样？雷加是个顶天立地的男子汉，眼前这位不过是会耍小聪明的孩子罢了。好在他有利用价值。

玛格丽正在处女居内啜饮葡萄美酒，和三位表妹一起玩从瓦兰提斯进口的新游戏。天色虽晚，守卫们还是当即放瑟曦进入。"陛下，"太后道，"我想最好由我亲自来向你通报。奥雷恩从龙石岛回来了，他告诉我，你哥哥成了英雄。"

"我知道。"玛格丽淡淡地说，语气不带惊讶。她为什么要惊讶？从洛拉斯恳求统帅大军的那晚开始，她就知道会是这个结局。然而，当瑟曦把故事和盘托出，小王后的双颊仍旧闪烁着晶莹的泪珠。"雷德温已命矿工在城堡底下挖掘隧道，但百花骑士嫌进展太慢。毫无疑问，他极为关切盾牌列岛上的子民，渴望把他们从水深火热中拯救出来。据维水大人说，接管指挥权不到半天，当史坦尼斯的代理城主拒绝了一对一决斗的提议后，你哥哥便发动总攻。攻城锤撞破城门，洛拉斯当先杀入，他骑马冲入巨龙口中，一身白衣白甲，流星锤左右挥舞，大家说他勇不可挡。"

梅歌·提利尔已哭出声来。"他怎么死的？"她问，"谁杀了他？"

"没人杀得了他，"瑟曦道，"洛拉斯爵士中了冷箭，一箭射中大腿，一箭射穿肩膀，但他坚持奋战，浴血搏斗。后来，他又被钉头锤打碎了几根肋骨。再后来……不……不，最可怕的部分还是别说的好。"

"告诉我，"玛格丽说，"这是命令。"

命令？瑟曦顿了一顿，旋即决定不要破坏当前的气氛。"外城陷落后，敌军遁入内城，洛拉斯穷追不舍。他被沸油当头淋下。"

雅兰小姐的脸色惨白犹如粉笔，她从屋子里逃了出去。

"维水大人亲口保证，学士们做了一切能做的治疗，但你哥

哥的烧伤实在太严重。"瑟曦执起玛格丽的手,以示安慰,"他拯救了王国。"她亲吻小王后的脸颊,尝到泪水的咸味。"詹姆会把他的英雄事迹尽数收录于白典之中,歌手们会将他的名讳传唱千年。"

玛格丽挣脱她的拥抱,用力之猛,几乎让瑟曦摔倒。"他没死!"

"不,不过学士们说——"

"没死!"

"我只想分担你的——"

"我知道你想干什么。出去。"

现下你总算明白小乔去世那晚,我是什么心情了吧。太后鞠了一躬,穿上贵妇人的盔甲。"亲爱的女儿,我真为你感到遗憾。我走了,请不要太过伤感。"

当晚,玛瑞魏斯夫人没来陪寝,瑟曦发现自己无法入睡。若泰温大人尚在人世,一定会称赞我才是他真正的继承人,凯岩城的传人,她一边想,一边听乔斯琳·史威佛在枕头对面轻声打鼾。玛格丽很快就要流下她当初为乔佛里所流的伤心泪了,梅斯·提利尔也会悲痛欲绝,然而太后没给他丝毫兴师问罪的理由。再怎么说,她不正是把自己的荣誉托付给洛拉斯吗?半个宫廷的人都看见百花骑士跪在她面前,言辞真挚地恳求披挂上阵。

他死后,我会为他树立雕像,再给他一场君临城从未见过的华丽葬礼。百姓们会喜欢,托曼也会。可怜的梅斯甚至会因之而感激我。至于梅斯那可恶的母亲,诸神开眼,但愿这消息杀了她。

第二天日出是瑟曦多年未曾目睹的美景,坦妮娅也出现了,她声称自己昨晚一直在安慰玛格丽那帮人,与她们一起饮酒、哭泣,谈论洛拉斯。

"玛格丽仍然认为哥哥没死,"太后一边听玛瑞魏斯夫人报告,一边为上朝换装,"她打算派自己的学士前去照料。她的表亲们则不停地祈祷圣母慈悲。"

"我也会加入祈祷。明天,和我一起去贝勒大圣堂吧,我们要为英勇的百花骑士点起一百根蜡烛。"她转向侍女,"多卡莎,把王冠拿来。对,新的那顶。"这一顶比原先的轻,然而淡白色金箍上嵌有祖母绿,稍微扭头便闪闪发光。

"今天有四个人带来侏儒的消息。"乔斯琳将求见的奥斯蒙爵士带入。

"四个?"太后感到一阵幸福的惊讶。近来,至红堡觐见的形色人等越来越多,个个声称有提利昂的线索。然而一天来四个还是破天荒头一遭。

"是的,"奥斯蒙道,"其中一个带来了人头。"

"那我先见他。把他带进书房。"这次不会再错了吧。等了这么久,我也应该报仇雪恨,让小乔安息了。修士们说七乃是神圣的数字,如果真是这样,那这第七颗人头当能遂她心愿。

来人是泰洛西人,生得矮小粗胖,谄媚的笑容让她不由得想起了瓦里斯。此人分叉的胡须染成绿粉两色。瑟曦厌恶他的外表,但若他箱子里装的真是提利昂的人头,这些便不算什么。箱子由雪松木所制,以象牙雕出藤蔓与鲜花的图案,用白金镶边并做搭扣。名贵之极,但太后只关心里面的内容。至少,箱子够大,提利昂人小畸形,头大得不成比例。

"陛下,"泰洛西人深深鞠躬,低沉地说,"您就跟传说中一样美丽。即使在狭海对岸,您的绝世风采仍旧被人们传颂赞扬。我们也为您的不幸而悲伤,它该是如何地折磨着您温柔的心灵啊。是的,没有人可以把您勇敢的儿子还给您,但我希望自己至少能减轻您的痛苦。"他把手放在雪松木箱子上。"我给您带来了正义,我带来了您的VALONQAR的首级。"

这个古老的瓦雷利亚词语令她不禁汗毛直竖，却也给了她无穷的希冀。"小恶魔不是我的兄弟，以前不是，现在更不是，"她大声宣布，"我也不愿说他的名字。那个名字曾属于伟人，但他玷污了它。"

"在泰洛西，我们称他为'血手'，因为他双手染满鲜血——国王的血，父亲的血，有人说他还杀了母亲，用尖利的爪子撕开子宫降生于世。"

胡说，瑟曦心想。"大概是吧，"她应道，"如果小恶魔的人头真在箱子里面，我将当场赐封你为伯爵，并赏予城堡和土地。"头衔不过是廉价品，而河间地多的是废弃的堡垒，它们荒凉地矗立在焚毁的村落与野草蔓生的田野之中。"朝廷还等着我开会，你快快把箱子打开。"

泰洛西人用浮华夸张的姿势掀开箱子，微笑着退离两步。箱子里面，淡蓝色天鹅绒布上，一颗侏儒的头瞪视着她。

瑟曦瞧了很长时间。"这不是我弟弟。"她嘴里尝到苦味。我抱着这么大希望，尤其是在洛拉斯的事件之后，我还以为诸神……"这个人双眼都是棕色，而提利昂的眼睛一黑一碧。"

"眼睛，眼睛……哦，陛下，很不幸，您弟弟的眼睛已经……已经腐烂了。我用玻璃来代替……然而颜色刚巧弄错了，请您原谅。"

这话让她更愤怒："他是玻璃珠子，我脸上长的可是雪亮招子。告诉你，就算龙石岛上的石像鬼雕像也比这家伙长得更像小恶魔。他秃了顶，而且年纪有我弟弟的两倍，还有，牙齿哪儿去了？这怎么回事？"

泰洛西人在她的怒火面前似乎缩了一圈："他曾有副上好的金牙，陛下，可我们……很抱歉……"

"噢，没到你说抱歉的时候。你会后悔的。"我真想当场扼死他，教他挣扎呼吸，直到面孔变黑，就像我亲爱的儿子那样。她几乎叫出口来。

"这是个误会，诚实的误会，侏儒们长得太像，所以……对了，陛下您看，他也没鼻子……"

"他当然没鼻子，因为被你砍掉了！"

"不是！"泰洛西人额头密布的汗珠出卖了他。

"不是？"一丝满含怨毒的甜蜜渗入瑟曦的语调中，"至少你还不算太笨，上一个白痴居然要我相信某位雇佣巫师让侏儒的鼻子长了回来。不过呢，既然你欠侏儒一个鼻子，那好，兰尼斯特有债必还，马林爵士，把这骗子扔给科本。"

马林·特兰爵士抓住泰洛西人的胳膊，将抗议不止的矮子拖了出去。他们走后，瑟曦转向奥斯蒙·凯特布莱克。"奥斯蒙爵士，清掉这颗头，再带其他三个线人来见我。"

"是，陛下。"

很不幸，这三位自称晓得小恶魔行踪的白痴比泰洛西人更没用。其中一人说小恶魔藏在旧镇的妓院，靠嘴巴取悦男人维生，这是幅滑稽的图景，但瑟曦根本不信；第二个人说侏儒在布拉佛斯加入了杂耍艺人的剧团；第三个人则称提利昂在河间地某个山头上装神弄鬼。对他们三人，瑟曦都是相同的回答。"如果你能指引我麾下勇敢的骑士们去捉拿到小恶魔，一定重重有赏，"她承诺，"听清楚，得是小恶魔本人，如果不是他……好吧，我的骑士不会容忍欺骗行径，也不会容忍白痴的胡言乱语。若报告有误，便割舌头。"此言一出，三位线人无一例外都踌躇起来，纷纷声称自己见到的小恶魔有可能是别的侏儒。

瑟曦没想到世上竟有这么多侏儒。"天下已被这些扭曲的小怪物占满了吗？"最后一个线人带下去之后，她抱怨道，"他们究竟有多少？"

"反正现在比以前少了,"玛瑞魏斯夫人微笑,"我能有幸陪陛下上朝吗?"

"你能忍受朝会的冗长与烦琐的话,就来吧,"瑟曦说,"劳勃在大多数事情上都很傻,但这一桩他是对的:统治王国是多么乏味的工作啊。"

"看到陛下如此烦恼,我很难过。依我之见,咱们不如悠闲一会儿,让国王之手去听取那些无聊的请愿吧。咱们可以扮成女仆,到市场里玩耍,听听他们怎么议论龙石岛的陷落。我知道蓝诗人没被小王后聘为幕僚之前常献艺的酒馆,我还知道一个魔术师的地窖,在那里,魔术师能把水银变成黄金,清水化为美酒,女孩变成男孩。或许他能为你我二人施下魔咒,陛下,您介意做一夜的男人吗?"

如果能当男人,我要成为詹姆,太后心想,如果能当男人,我要以自己之名而非托曼之名君临七大王国。"不介意,只要你还做女人,"瑟曦道,她心知这是坦妮娅想要的回答,"你拿这些色迷迷的东西来引诱我,真是个小坏蛋,不过,身为摄政王太后,我怎能把朝政交给那个双手颤抖不休的哈瑞斯•史威佛呢?"

坦妮娅撅起嘴巴:"陛下太严肃了。"

"没错,"瑟曦同意,"每天结束时我都会为此后悔。"她挽起玛瑞魏斯夫人的胳膊。"走吧。"

今日贾拉巴•梭尔第一个来请愿,作为流放中的王子,他身份最高。只见他穿着明亮的羽毛披风,外表十分光鲜,说出口的却是卑谦的求恳。瑟曦等他说完惯常的言语——无非是要铁王座资助他军队好去夺回家乡红花谷岛云云——随后道:"陛下有自己的战争要打,贾拉巴王子,目前没有一兵一卒可以抽调。等明年吧,再看看情况。"这是劳勃惯常的回答,她决定尽快改变,等到明年,她将宣布永不远征盛夏群岛。但今日有龙石岛的大喜事,还是别再影响心情了。

炼金术士公会的哈林大人第二个前来,他请求若在刚收复的龙石岛上发现龙蛋,让他手下的火术士来加以孵化。"如果有龙蛋存在,史坦尼斯早就卖了换钱,以支持叛乱了。"太后斥道。她本想大大贬损这疯狂的想法一番,自坦格利安家族最后的巨龙死去以后,所有试图将龙唤回世间的努力不仅徒劳,而且带来了死亡、灾祸与耻辱。

一群商人要铁王座居中调解他们与布拉佛斯铁金库之间的纠纷。布拉佛斯人要求立即归还大笔款项,而且拒绝新一轮借贷。我们需要自己的银行,瑟曦决定,"兰尼斯港金库"就挺好。或许等托曼的王位巩固之后,她便着手操办此事,目前,她只好吩咐商人们尽量偿付这帮布拉佛斯的吸血鬼。

教会代表是她的老朋友雷那德修士。六名战士之子护送他穿过城市,一行七人,神圣而吉祥。新任总主教——或者照月童所言,新任大麻雀——做什么都要合乎"七"的标准,连骑士们的剑带都染成七色条纹。此外,水晶装饰在骑士的长剑圆头和巨盔顶上,他们的盾牌更是自征服战争以来就不多见的风筝盾,上面的徽章几世纪之久未曾亮出:黑底上闪耀的七彩宝剑。科本说,迄今已有近百名骑士宣誓加入战士之子,愿意为之献身,而且数目每天都在增长。天底下的白痴还真多咧!

加入的骑士大多是诸侯的门客或雇佣骑士之流,但也有少数出自名门望族,如无继承权的次子幼子、地方领主或企图洗刷罪孽的老人,甚至蓝赛尔也在内。当科本告诉她,她那白痴表弟放弃了刚得来的城堡、领地和老婆,回到都城加入重生的"高尚强大的战士之子"时,瑟曦认为简直是个天大的笑话——而眼下,他竟堂而皇之地站在眼前这群故作虔诚的白痴当中。

瑟曦厌恶他们,她更厌恶大麻雀忘恩负义、无休无止地前来骚扰。"总主教阁下呢？"她劈面质问雷那德，"我要见他本人。"

雷那德修士抱歉地说："总主教阁下派我作他的代表，他要我向陛下声明：他受七神托付，必须与邪恶之行做殊死搏斗。"

"搏斗？怎么搏斗？在丝绸街里宣扬贞洁吗？他以为妓女祷告之后就会变回处子？"

"我们的身躯由天父与圣母形塑而成，雌雄结合，代代繁衍，"雷那德答道，"妇女出卖身上最神圣的部位乃是罪大恶极。"

若非太后心知肚明雷那德修士在丝绸街的每家妓院都是熟客，这番虔诚的声明好歹能留下一点影响。毫无疑问，他觉得背诵大麻雀的废话总比擦地板舒服。"别对我传教，"她告诉他，"妓院老板们来抱怨过了，而且说得在理。"

"罪人们的言语，有何可听之处？"

"罪人们维持着国库，"太后直截了当地道，"有了'侏儒的铜板'，我才能支付金袍卫士的工资，才能建造战舰来保卫海岸。此外，还有贸易问题，如果君临城连间妓院都没有，那商船宁可去暮谷城或海鸥镇也不会来这里，明白吗？总主教阁下曾向我亲口保证会维持市井的安宁，窑子嘛，正是维持安宁所不可或缺的东西。一旦剥夺了人们行淫的权利，人们就会转向强暴，所以，从今往后，叫总主教阁下待在自己的圣堂里好好祷告，那才是此类活动该当进行的地方。"

太后以为盖尔斯大人会紧接着来抱怨财政，出现的却是派席尔国师，他脸色灰败，用懊恼的语调诉说罗斯比本人已病得下不了床。"很遗憾，恐怕盖尔斯大人很快就会与他尊贵的先祖们团聚了。愿天父公正地裁判他。"

罗斯比死后，梅斯·提利尔和小王后会不会顺势强迫我接受粗胖的加尔斯？"盖尔斯大人咳嗽了这么多年，只当是家常便饭，偏偏在这节骨眼上……"瑟曦抱怨,"他咳嗽着度过了劳勃的一半统治期和乔佛里的朝代,现在要死,只能证明有人故意害他。"

派席尔国师满腹狐疑地眨巴眼睛:"陛下?谁——谁想害盖尔斯大人啊?"

"他的继承人,或许吧。"多半是小王后。"又或许是他得罪过的女人。"玛格丽、梅斯和荆棘女王合谋,有何不可?毕竟盖尔斯挡了他们的道。"再或者是什么仇人夙敌之流,甚至就是你干的。"

老人大吃一惊,"陛——陛下说笑吧。我……我替盖尔斯大人清肠、放血、敷药、治疗……用雾汽水减轻他的痛苦,以甜睡花教他少受咳嗽的折磨,不过最近他的肺腔开始出血……"

"算了算了,你回去告诉盖尔斯大人,我不准他死。"

"如您所愿,陛下……"派席尔僵硬地鞠躬。

随后是越来越多的请愿者,数也数不清,无穷无尽,而且一个比一个无聊。到得傍晚,当人流终于到了尽头,她和儿子用了一顿简便的晚餐。"托曼,做睡前祈祷时,记得感谢天父和圣母,让你还是个孩子。当国王多辛苦啊,我向你保证,将来你是决不会喜欢的。这帮人像乌鸦啄尸体一样聚在你周围,个个都想从你身上撕下一块肉。"

"是,母亲,"托曼的语气里有几丝悲伤。是了,定是小王后把洛拉斯爵士的事讲给他听了。他毕竟太小,等到了小乔的年龄,大概连洛拉斯长什么样都不记得了吧。"我不介意他们的话,"儿子说,"我愿意天天陪你上朝,听取请愿。玛格丽——"

"——专门挑拨离间,"瑟曦不让托曼讲完,"总有一天,我会把她舌头拔掉。"

"不准你这么做!"托曼突然叫道,他的小圆脸蛋涨得通红,"不准你拔她的舌头。别碰她!我才是国王,不是你。"

太后惊呆了,她难以置信地瞪着儿子:"你说什么?"

"我才是国王,只有我能决定拔不拔别人的舌头,不是你。我决不允许你伤害玛格丽,决不允许!我不准你碰她。"

瑟曦再不搭话,她揪住托曼的耳朵,把尖叫着的男孩拖到门口,交给柏洛斯•布劳恩爵士。"柏洛斯爵士,陛下情绪失控。请你护送他回房,再把佩特带去。今天,我要托曼亲手鞭打,一直打到那佩特两边屁股都流血为止。如果陛下拒绝,或是敢说一句抗议的话,你就让科本割掉佩特的舌头,好教陛下了解傲慢的代价。"

"遵命,"柏洛斯爵士一面朗声答应,一面不安地瞥瞥国王,"陛下,请随我来。"

夜色降临在红堡,乔斯琳点燃太后的壁炉,多卡莎点起床边蜡烛。瑟曦打开窗户,呼吸新鲜空气。她发现乌云遮蔽了星星。"好黑的夜晚啊,陛下。" 多卡莎喃喃地说。

确实很黑,瑟曦心想,但不及处女居中黑暗,更不及将洛拉斯•提利尔烧成活死人的龙石岛和红堡深处的黑牢。太后忽地想起了法丽丝,旋即决定不再探究。一对一决斗,法丽丝怎会挑了一个白痴丈夫。史铎克渥斯堡传来消息说坦妲伯爵夫人因臀部摔伤引发的风寒致死,弱智洛丽丝成了新任史铎克渥斯堡伯爵夫人,由波隆爵士掌握实权。坦妲死了,盖尔斯也快死了,朝廷里的傻瓜总算绝种了——一个月童已经足够。太后微笑着躺下。我吻她的脸颊,尝到泪水的咸味。

她再度梦见那三位身披褐色斗篷的女孩,那座充斥着死亡气息的帐篷,以及满脸皱纹的老巫婆。

老巫婆的帐篷尖顶高耸,漆黑如夜。她真的不想进去,正如十岁的她也不想进去,但女孩们互相打量着,她不得不进去。梦中三人与现实中完全一致。胖胖的简妮•法曼一贯掉队,实际上,她能走到这儿,堪称奇迹;梅拉雅•赫斯班年纪更大,胆子更大,也长得更漂亮，不过脸上有些雀斑。三个女孩裹粗布斗篷，将兜帽拉起，她们是从卧室里偷偷溜出来，穿过比武校场去找女巫的。先前，梅拉雅听女仆们低声交谈，说这名巫婆不仅能诅咒人，能让男人陷入爱河，能召唤地狱的恶魔，还能预言未来。在现实中，女孩们边跑边咬耳朵，跑到这里已然头昏眼花、气喘吁吁，既兴奋又害怕。梦中不一样，在梦中，校场内的帐篷映照出无数阴影，而经过的骑士和仆人全是由浓雾聚成，女孩们徘徊许久，方才找到老巫婆的住处。这时，火炬都告熄灭。瑟曦看见三个女孩挤在一起，彼此说着悄悄话。回去，她想告诉她们，回去。这里没有你想要的东西。她张口叫喊，却发不出声音。

泰温公爵的女儿当先掀帐而入，梅拉雅紧随其后，简妮•法曼拖在末尾，在前两个女孩身后躲躲藏藏，她一贯如此。

帐篷里充斥着各种气味：肉桂、豆蔻、红胡椒、白胡椒与黑胡椒，杏仁奶和洋葱，丁香、柠檬香草与珍贵的藏红花，以及更稀罕的异国香料。仅有的光明来自于一只做成石蜥头形状的铁火盆，它放射出阴暗的绿光，显得帐篷壁更加冰冷、死寂而腐朽。现实中也是这样吗？瑟曦记不得了。

女巫倒和现实中一样沉睡于酣梦之中。别理她，太后想尖叫，你们这帮小白痴，不要唤醒沉睡的女巫。但她没有舌头，只能眼睁睁看着十岁的女孩掀开兜帽，朝巫婆的床铺踢了一脚，叫道："起来，我们想知道自己的未来。"

"蛤蟆"巫姬睁开双眼，简妮•法曼发出一声恐惧的尖叫，逃了出去，头也不回地冲进夜色之中。噢，肥胖、愚蠢、温顺的小简妮，脸如面饼，身似圆桶，看到影子就害怕。然而她却是最明智的，不是吗？简妮至今仍好端端活在仙女岛，她下嫁给她领主哥哥麾下的一名封臣，生了十几个孩子。

老妇人有双黄色的眼睛，沉淀其中的是难以言喻的邪气。兰尼斯港内传说,当她丈夫用一袋香料把她从东方买来时,她是多么年轻美貌,然而岁月和邪术摧残了她的身体,如今她变得矮小、粗胖、皮肤疙疙瘩瘩,还有一对犹如绿鹅卵石般的丑陋下巴。她牙齿掉光了,双乳垂到膝上,稍稍靠近,便能嗅到病疾的味道,当她开口说话时,喷出的臭气怪异而浓烈。"滚!"她嘶哑地朝女孩们低吼。

"我们为预言而来,"年轻的瑟曦告诉她。

"滚!"老妇人再度嘶吼。

"听说你能预见未来。"梅拉雅道,"我们只想知道自己将来的丈夫是谁。"

"滚!"老妇人第三次吼道。

听听她的话。太后快哭出来了。你还可以逃。逃啊,小白痴!

十岁的金发女孩把手放到背后。"给我们预言,否则我让我父亲大人以轻侮之罪狠狠鞭打你。"

"求求你,"梅拉雅哀告,"讲讲未来吧,我们马上离开。"

"很多来这里的人并没有未来,"巫姬用骇人的深沉嗓音说,她把长袍扫下肩膀,招呼女孩们靠近,"来,不愿走就来吧,傻瓜们。来,来,让我尝尝鲜血的滋味。"

梅拉雅脸色刷白,瑟曦却不为所动。狮子何惧蛤蟆,尤其是又老又丑的癞蛤蟆。她可以拒绝,她可以逃跑,她可以不再回头,但她所做的却是接过巫姬的匕首,用这扭曲的铁器划破拇指,接着又割了梅拉雅的指头。

在阴郁的绿帐篷内,鲜血的颜色也随之成为暗红。看到血,巫姬无牙的嘴巴颤抖起来。"来,"她低声说,"伸过来。"瑟曦伸出手,让老巫婆吸吮血液,对方的牙龈竟如新生婴儿般柔软。太后还记得那张嘴里古怪的寒气。

"你可以问三个问题,"老巫婆吸完那滴血,便道,"但你决不会喜欢我的答案。是问,还是滚,随你挑。"

走啊，太后心想，别问了，走啊。但梦中的女孩不会恐惧。

"我什么时候嫁给王子？"她问。

"永远都不会。你会嫁给国王。"

黄金鬈发下，女孩的脸因迷惑而皱成一团。后来的若干年里，她一直以为这句话是指她在雷加王子的父亲伊里斯去世之前不会嫁给他。"我会成为王后，对吧？"年轻的她问。

"是的，"巫姬的黄眼睛里闪烁着恶毒的光芒，"来日你将母仪天下……直到另一位女人的到来，比你年轻也比你美丽，她会推翻你，并夺走所有你珍爱的东西。"

女孩脸上怒气浮现："她要敢来，我就让我弟弟宰了她！"天真任性的孩子啊，她不肯就此罢休，她非要问出最后一个问题，非要瞥到自己的未来。"我和国王会有孩子吗？"她问。

"噢，当然。十六个属于他，另外三个属于你。"

瑟曦不明白这是什么意思。割伤的拇指隐隐作痛，鲜血滴到地毯上。怎会这样呢？她想继续提问，然而三个问题已经用完了。

老妇人却没说完："他们将以黄金为宝冠，以黄金为裹尸布，"巫婆叫道："将来有一天，当你被泪水淹没时，VALONQAR将扼住你苍白的脖子，夺走你的生命。"

"VALONQAR是什么？怪物吗？"黄金女孩不喜欢这段预言，"你是个骗子，癞蛤蟆，臭猪！你说的我一句也不信！梅拉雅，我们走，不要听她胡言乱语。"

"我也要问三个问题，"她的朋友坚持。瑟曦拽住梅拉雅的胳膊，梅拉雅却挣脱开来，转向巫婆，"我会嫁给詹姆吗？"她脱口而出。

你这笨女孩，她这么问，太后至今仍很生气，詹姆甚至不知道你的存在。幼时的詹姆只晓得习武、驯狗和骑马……他心里也只有她，他的双胞胎姐姐。

"不会是詹姆，不会是任何人，"巫姬道，"你的贞操将被蛆虫夺去，小妹妹，你的死神将在今夜到来。还没嗅到她的气味吗？她就在你身旁。"

"我们只嗅到你的气味。"瑟曦叫喊。肘旁的桌上有个罐子，其中装满浓稠的液体，她顺手抄起来，砸向老妇人的眼睛。现实中，被击中的巫婆用奇特的异国语言厉声惨叫，并在两个女孩逃离帐篷时诅咒她们；但在梦中，巫婆的脸孔融化了，化为缕缕灰雾，只剩下两只狭长的黄眼睛，那是死亡之眼。

VALONQAR将扼住你苍白的脖子，这句话在太后耳边回荡，声音却不属于老妇人。一双粗壮的手从雾气中钻出来，紧紧箍住她的脖子，上面露出一张脸，用不对称的眼睛俯瞰她。不，太后想高叫，但侏儒的指头掐得太深，阻止了她无谓的抗议。她踢打挣扎，毫无作用，很快，她也发出了儿子快死时所发出的那种细得吓人、充满恐惧的嘶声，犹如一个人想用一根芦苇饮尽一条长江。

她在黑夜中喘息着醒来，毯子缠在脖子上。瑟曦拼命扯开，以至于把毯子都撕破了。只是梦，她袒胸露乳地坐着喘粗气，一个反复梦见的梦和一条纠结的毯子，没什么，没什么……

今天，坦妮娅又得陪小王后过夜，睡在她身旁的是多卡莎。太后粗鲁地摇晃女孩的肩膀："起来，去找派席尔，他应该在盖尔斯大人那边。立刻把他带来。"睡意蒙眬的多卡莎跌跌撞撞地翻下床铺，慌乱地找衣服，她的赤脚摩擦着草席，沙沙作响。

不知过了几世纪之久，派席尔国师才姗姗赶到，他站在她面前耷拉着脑袋，沉重的眼皮不住上下打架，用尽全力才克制打呵欠的冲动，细脖子上的颈链似乎随时都能把他给压垮。其实，从瑟曦有记忆时开始，派席尔就已是个老人了，但过去的他毕竟十分庄严：服饰华丽，行礼优雅，不怒自威，那丛大白胡子更赋予他智者的外表。提利昂要了他的胡子，长回来的是几簇稀疏、脆弱、毫不规整的胡碴，完全不能隐藏老人垂落的下巴上松垮的粉红肌肤。他是个废物，瑟曦心想，是过去那个他的残骸。黑牢，外加侏儒的剃刀，合起来摧毁了他。

"你多少岁了？"瑟曦突然问。

"微臣八十有四，陛下。"

"我想要个年轻人。"

国师用舌头舔舔嘴唇。"枢机会推举我为国师时，我才四十二。想当初，喀斯活到八十岁才被推举，艾兰多则在八十九岁，职责很快压垮了他们，两人在朝均不出一年便告去世，接下来选出的是六十六岁的梅龙，但他在前往君临的路上因风寒而死。最后，伊耿国王要学城派个年轻人，他也成为了我服侍的头一位国王。"

托曼将是最后一位。"给我药剂，助我入睡。"

"睡前一杯葡萄酒——"

"我天天喝酒，你这不长眼的白痴。我要强效药，让我不做梦的药。"

"陛……陛下不想做梦？"

"你聋了是不是？你的耳朵跟你的老二一块儿退化了是不是？你究竟能不能给我强效药，还是要逼我命令科本大人来纠正你的失职呢？"

"不，不，没必要牵扯……牵扯科本。您需要无梦的睡眠，我能提供药剂……"

"好，你走吧。"国师转身朝门口走去，太后又把他叫住，"还有一件事。学城里讲解预言吗？未来可以被预见吗？"

老人犹豫半晌，他用一只皱巴巴的手盲目地在胸前摸索，似乎要捻那已不复存在的胡须。"未来可以被预见吗？"他缓缓重复，"也许可以吧。古书中确有相应的魔法……然而陛下若是再问'我们要不要预见未来呢'？对这个问题，我会肯定地回答'不'。有的门还是永远关闭为好。"

"你出去时记得关上我的门。"她早该知道,从他嘴里得到的答案,必定跟他的人一样没用。

第二天她跟托曼共进早餐。男孩驯服多了,看来叫他惩罚佩特特别见效。母子俩吃了煎蛋、煎面包、培根及从多恩通过海路运来的新鲜血橙。儿子和他那几只小猫咪玩,瑟曦看到它们在他脚边欢乐地嬉戏,略感宽心。有我在,谁也不能伤害托曼。为了他的安全,她可以毫不犹豫地处死维斯特洛大半的诸侯和所有老百姓。"乖,跟乔斯琳一起出去吧。"餐后,她吩咐儿子。

接着她找来科本:"法丽丝现下是死是活?"

"嗯,还活着,不过,活得不太……舒服。"

"明白,"瑟曦想了一阵子,"波隆这个人……卧榻之侧,岂容敌人酣睡。说到底,他的权力根植于洛丽丝,若我们正式支持她姐姐……"

"抱歉,"科本说,"恐怕法丽丝夫人已没有能力来统治史铎克渥斯堡了。实际上,单凭她自己,连维持生命都做不到。我很高兴,能在她身上完成许多研究,但课题本身不是没有代价的。陛下,我没有违背您的旨意吧?"

"算了,没关系。"反正想挽回也迟了,索性不去多想。她死掉最好,瑟曦告诉自己,没了丈夫,她本就活不成了。嫁了个白痴丈夫,居然还倾心于他,搞不懂。"此外还有一事。昨晚我做了噩梦。"

"每个人都会时不时做噩梦。"

"梦中的女巫是我小时候见过的。"

"森林女巫?她们算什么,懂一点草药知识,会接生,除此之外……"

"她不一样。当年,兰尼斯港里一多半人跑到她那儿去购买还魂药、春情丹之类的东西,她儿子原本是个富商,后来被我祖上提拔为小领主，她丈夫则是在东方做买卖时爱上她的——许多人认为，这是她施展魔法的结果，不过我觉得她大概是直接动用了两腿间那个洞吧。据说她原本不丑，后来才逐渐蜕变。我记不得她的真名了，那是又长又古怪的东方名姓，我只知道老百姓称她为巫姬。"

"巫姬……难道是巫魔女？"

"是吧？那女人从我指头上吸了一滴鲜血，然后预言了我的未来。"

"血魔法是最黑暗的巫术，也可能是最有力量的。"

此话瑟曦不愿听："这个巫魔女的预言有板有眼，最初我嘲笑它们，然而……很快，事实证明她关于我女伴的话说得半点不差。当她做出预言时，我的女伴才十一岁，健康得跟小马驹似的，而且安安全全地生活在凯岩城中。然后她就掉进井里淹死了。"梅拉雅恳求自己的朋友别把在巫魔女帐篷中听到的事讲出去。不去谈论，便会遗忘，所有的一切都只是一个噩梦，梅拉雅说，噩梦从来不会成真。她们俩当时好小好小，这番话听起来很有道理。

"您还在为童年好友悲伤么？"科本问，"您可是为这事烦恼，陛下？"

"梅拉雅？不，我连她长什么样都不记得了。我烦恼的是……这巫魔女似乎知道我会有几个孩子，她也清楚劳勃的私生子女——在他拥有第一个孩子的若干年前，她便知道了。她保证我会当上王后，又说另一个……"*比你年轻也比你美丽。*"……另一个女人，会夺走所有我珍爱的东西。"

"而您决心阻止这个预言？"

*这是我最大的愿望，*太后心想："预言能被阻止吗？"

"噢，当然，毫无疑问。"

"怎么做？"

"我想，陛下自己很清楚该怎么做。"

她确实知道。她一直都知道。早在那间帐篷时她就知道。她要敢来，我就让我弟弟宰了她！

不过，所谓知易行难，詹姆是无法依靠了，对方突染恶疾也不可能。该怎么做呢？匕首？枕头？一杯毒心酒？几个办法都不妥当。教老头子在睡梦中死去是一回事，如若十六岁少女莫名其妙暴毙于床，肯定会引发无数疑问。再说，玛格丽从不独睡，而即便没了洛拉斯爵士，她也有许多其他武士日夜紧密保护。

剑刃都有两面，保护她的人很可能会是毁灭她的人。只要收集到足够多的证据，到时候就连玛格丽的父亲大人也无法驳回死刑——当然，要做到这点不容易。她的情人是不会承认的，一旦承认自己也要掉脑袋，除非……

第二天，太后去院子里找到奥斯蒙•凯特布莱克，他正跟雷德温的双胞胎之一比武，究竟是弟弟还是哥哥她说不准，她从来就区分不了这对双胞胎。她看了一会儿，然后把奥斯蒙爵士叫到旁边。"陪我散步，"她吩咐，"边走边说，说心里话。我讨厌吹牛，不要再鬼扯什么一个凯特布莱克当三个好骑士了。你要知道，很多事情取决于你的回答。说说你弟弟奥斯尼，他剑术如何？"

"很不错。您见过他打，他没我或奥斯佛利强壮，杀人却最麻利。"

"是吗？他与柏洛斯•布劳恩爵士相比呢？"

"酒肚子柏洛斯？"奥斯蒙爵士咯咯笑道，"他多大年纪了，四十？五十？不管活了多久，至少有一半时间是在醉酒中度过的，而且还那么胖，即便他以前能打，现在也早不行了。陛下啊，柏洛斯爵士想死的话，奥斯尼很容易成全他。可为什么呢？柏洛斯叛国？"

"不。"瑟曦说，叛徒是奥斯尼。

布蕾妮

他们在距离十字路口一里处遇见了第一具尸体。

尸体悬在死树的枝桠底下,那棵树是被闪电劈死的,树干有烧灼的痕迹。食腐乌鸦正啄他的脸,狼群享用过靠近地面的小腿,膝盖以下只剩骨头和破布……外加一只被嚼烂的鞋子,半埋在土壤中。

"他嘴里是什么?"波德瑞克问。

布蕾妮得先稳一稳才敢看。死尸的脸呈现可怕的灰绿色,嘴巴被撑开。有人将一块凹凸不平的白石塞进他齿间。一块石头,或者……

"盐。"梅里巴德修士说。

往前五十码,他们发现了第二具尸体。食腐动物将他拖了下来,遗骸散落一地,上方有根破烂的绳圈挂在榆树枝桠上。要不是狗儿嗅到他,然后跳进草丛搜寻,布蕾妮或许就不知不觉骑过去了。

"你找到什么,狗儿?"海尔爵士跳下马,跟着那条狗大踏步过去,捡回来一只半盔。死人的头颅仍在其中,外加无数蠕虫和甲虫。"上好的钢,"他断言,"而且没太多凹痕,尽管狮子头掉了。波德,想不想要头盔?"

"不要那顶。里面有虫子。"

"虫子洗洗就没了,小子,别像女孩儿一样穷讲究。"

布蕾妮皱皱眉:"对他来说太大了。"

"他会长大的嘛。"

"我不要,"波德瑞克强调。海尔爵士耸耸肩,将破狮盔扔回草丛。狗儿叫了一声,跑到那棵树旁,跷起一条腿来。

再往后,每一百码都会遇到死尸。他们悬在各种树上:岑树、赤杨、山毛榉、白桦、落叶松、榆树、老柳树、庄严的栗树等等。人人脖子上都套着绳圈,吊在树下晃来晃去,人人口中都塞满了盐。他们穿灰色、蓝色或绯红的袍子,但雨水和阳光已令袍子严重褪色,很难区分得出。有人胸口缝有纹章,布蕾妮发现若干斧子、箭和鲑鱼,一棵松树、一片橡叶、一些甲虫和矮脚公鸡,一只野猪头,还有六把三叉戟。这些是逃兵,她意识到,各路诸侯制造的残人,被领主老爷们抛弃的废物。

有的死人秃了顶,有的留胡子,有的年轻,有的老,有的矮,有的高,有的胖,有的瘦。看上去都一个样,肿胀的尸身,饱受腐蚀啮咬的脸庞。绞架之上,人人平等。布蕾妮曾在一本书里读到过,但她记不起是哪一本。

海尔·亨特最终说出了他们全都意识到的事:"这些便是洗劫盐场镇的人。"

"愿天父严厉地裁判他们。"梅里巴德说,他是盐场镇老修士的朋友。

对布蕾妮而言,他们是谁远不如谁吊死了他们来得重要。绞刑是贝里·唐德利恩那伙土匪处决犯人的首选方式,倘若如此,所谓的闪电大王也许就在附近。

狗儿叫了一声,梅里巴德修士环顾四周,皱起眉头:"我们是不是该加快脚程?太阳快下山了,到得晚上,跟尸体做伴可不大妙。这些人活着的时候邪恶凶险,我怀疑他们即使死了也好不到哪里去。"

"这点我可不同意,"海尔爵士说,"这些人死了最好。"然而他还是用脚后跟踢马,稍稍加快速度。

再往前,树木逐渐稀疏,尸体却还那么多。森林变成泥泞的平原，绞架代替了树枝。密密麻麻的乌鸦尖叫着从尸体上飞起，等他们过去，又重新落下。这些是恶人，布蕾妮提醒自己，但这番景象还是让她感到悲哀。她强迫自己依次查看，寻找熟悉的脸孔。她觉得其中有几位在赫伦堡见过，但由于尸身残破不堪，很难确定。没人戴猎狗头盔，根本没几个戴头盔的。大多数人被吊起来之前就被剥去了武器、盔甲和靴子。

波德瑞克问起今夜留宿的旅馆，梅里巴德修士立即热心地解释，也许是想让大家分分心，不再去想路边那些毛骨悚然的哨兵。"有人称它为'老客栈'。数百年来，那里一直有客栈，但现在这家是杰赫里斯一世时期才建起来的，就是修国王大道的那个国王。据说杰赫里斯与他的王后旅行途中在那里睡过觉——有阵子，那儿被称为'双冠客栈'，以示敬意，直到有个店主人建了一座钟塔，客栈便改名'钟鸣客栈'。后来，它的所有权交到一个叫'瘸腿'琼恩·海德的跛脚骑士手中，他老得打不了仗时，改行做铁匠活，新铸了一块招牌挂在院子里的木杆上——一条有三个头的玄铁黑龙。那巨兽如此硕大，乃是用绳索将十几块铁片拴到一起组成。每逢有风吹过，它便会叮当作响，于是乎'响龙客栈'名闻天下。"

"龙还在吗？"波德瑞克问。

"不在了。"梅里巴德修士道，"等铁匠的儿子变成老头，伊耿四世的一个私生子发动叛乱，与嫡出的兄弟为难，他以黑龙为徽纹。当时这片土地属于戴瑞伯爵，伯爵大人对国王赤胆忠心，他看到这条黑龙之后勃然大怒，便砍倒木杆子，将招牌劈成碎片，扔进河里。许多年后，其中一个龙头被水冲上寂静岛，此时它已布满红色铁锈。店主人没敢再挂别的招牌，人们逐渐忘记了龙，开始称这里为'河畔客栈'。那时，三叉戟河就从它后门流过，旅馆建筑有一半位于水面上，据说客人们将鱼线扔出窗外就能钓到鲑鱼。这里原本还有个渡船码头，旅行者可以摆渡去哈罗威伯爵的小镇和白墙城。"

"我们在南边渡过三叉戟河,然后一直朝西北骑行……并非朝着河走,而是远离它。"

"是的,小姐,"修士说,"河流移位了。那是七十年前,还是八十年前?反正是老玛莎·海德的祖父经营此处时的历史。这些故事都是她告诉我的。玛莎是个好女人,喜欢嚼酸草叶,吃蜂蜜蛋糕。她若是没房间给我,就让我睡火炉边,每次送我上路都要额外馈赠一些面包、奶酪和几块旧蛋糕。"

"她是现在的店家吗?"波德瑞克问。

"不,狮子绞死了她。他们走后,我听说她的一个侄子试图重开旅馆,但由于战争,平民百姓在路上行走过于危险,所以没什么顾客。他只得引进妓女,可仍然无法挽救生意。听说某个领主把他也杀了。"

海尔爵士扮了个鬼脸:"我做梦都想不到开旅馆也这么危险。"

"真正危险的是别人玩权力的游戏时你做老百姓,"梅里巴德修士说,"对不对,狗儿?"狗儿叫了一声表示赞同。

"那么,"波德瑞克道,"客栈现在究竟有没有名字?"

"百姓们管它叫十字路口的客栈。长老告诉我,玛莎·海德的两个侄女联手让客栈再度开张营业。"他举起木杖,"倘若诸神保佑,那些吊死的人身后升起的烟就是从它烟囱里冒出来的。"

"他们应该称那地方为'绞架客栈'。"海尔爵士评论。

不管客栈叫什么,它很大,三层楼高,矗立在泥泞的道路间,墙壁、塔楼和烟囱都由上乘的白石砌成,在灰色天空下闪耀着惨淡的光芒。南厢房建在粗重的木桩子上,底下是一片低洼龟裂的土地,杂草丛生,还有褐色的枯草;北厢房依附着一间茅草顶马厩和一栋钟塔。整个建筑围有一圈低矮的墙,由白色碎石搭建而成,覆满苔藓。

至少没人将它焚毁。相较之下，留给盐场镇的只有死亡和荒芜。布蕾妮和伙伴们从寂静岛渡过去时，幸存者们已纷纷逃离，死者交付给大地，唯有镇子本身的残骸暴露在外，遍布灰烬。空中满是烟尘的气味，海鸥在头顶盘旋，发出的叫声像极了人，仿佛是为逝去的孩童们唱的哀歌。连城堡都显得凄凉孤独，像是被遗弃了一样。它是灰色的，跟镇子里灰烬的颜色相同，其方形堡楼俯瞰码头，四周绕着幕墙。布蕾妮等人牵马下了渡船，城堡紧紧关闭，城垛上移动的物体只有旗帜。狗儿吠叫，梅里巴德修士用木杖敲打正门，足足过了一刻钟，才有个女人出现在上方，询问他们有什么事。

渡船已经离开，天空开始下雨。"我是个敬神的修士，好夫人，"梅里巴德朝上面喊，"这些是正直的旅人。我们想要找个地方躲雨，在您的壁炉旁过夜。"女人对他的请求无动于衷。"最近的客栈在十字路口，西边，"她回答，"我们这儿不欢迎陌生人。走吧。"她消失之后，无论梅里巴德的恳求，狗儿的吠叫，抑或海尔爵士的咒骂都无法再让她回来。最终他们只能在树林里过夜，躲在树枝搭成的掩体底下。

然而十字路口的客栈中有人。还没到大门口，布蕾妮就听见了捶打声，微弱但稳定，像在敲钢铁。

"煅炉，"海尔爵士说，"不是这儿有个铁匠，就是老店家的鬼魂在铸造另一条铁龙。"他用脚后跟一踢马。"希望他们还有个鬼厨师，一只松脆的烤鸡足以打消今天的所有烦恼。"

旅馆院子里是一大片褐色烂泥，马儿走得很不舒坦。打铁声更响亮了。布蕾妮看见马厩尽头一辆轮子坏掉的牛车后面闪烁着煅炉的红光。马厩里还有一些马，一具破旧的绞刑架矗立在院子里，有个小男孩抓着上面生锈的铁链晃来晃去。四个女孩站在门廊里看他，最小的才不过两岁，光着身子，最大的九岁或十岁，她用双臂护住小家伙。"孩子们,"海尔爵士朝她们喊,"快把你们的母亲叫来。"

男孩从铁链上跳下来,朝马厩奔去。四个女孩惊慌不安地站在原地。过了一会儿,其中一个说:"我们没有母亲。"另一个补充:"我本来有,但他们杀了她。"四人中最大的那个踏前一步,将最小的推到裙子后面。"你们是谁?"她质问。

"求宿的正直旅人。我叫布蕾妮,这位是梅里巴德修士,在河间地小有名气。那男孩是我的侍从,波德瑞克·派恩,骑士是海尔·亨特爵士。"

捶打声突然停顿下来。女孩从门廊上打量他们,带着十岁孩童所特有的机警:"我叫垂柳。你们要床铺吗?"

"床铺,麦酒,填肚子的热餐,"海尔·亨特爵士边下马边说,"你是店家?"

她摇摇头:"我姐姐简妮才是,可她不在。我们只有马肉吃。如果你来找妓女,这儿没有。我姐姐把她们打发走了。但我们有床铺。有些是羽毛床,稻草的更多。"

"全部有虱子,我毫不怀疑。"海尔爵士道。

"你有钱吗?银子?"

海尔爵士哈哈大笑:"银子?睡一晚上虱子床,外加一块马肉?你打劫啊,小妹妹?"

"我们要银币,否则你去树林里跟死人睡。"垂柳瞥了眼驴子及其背上的木桶和包裹,"吃的?哪儿弄的?"

"女泉城。"梅里巴德说。狗儿叫了一声。

"你都这样盘问客人?"海尔爵士问。

"我们没多少客人,跟打仗之前不同。如今路上大多是麻雀,或者更糟。"

"更糟?"布蕾妮问。

"盗贼，"马厩里传来一个男孩的嗓音，"强盗。"

布蕾妮转身，看到了幽灵。

蓝礼。哪怕心口被锤子击中，她也不至于如此惊慌。"大人？"她张大嘴巴。

"大人？"男孩拨开垂在眼前的一缕黑发，"我只是个铁匠。"

他不是蓝礼，布蕾妮意识到，蓝礼死了。蓝礼躺在我怀中死去。蓝礼是个二十一岁的男人，眼前这位不过是男孩。但他实在太像第一次来塔斯岛时的蓝礼。不，他比当时的蓝礼更小。他下巴更宽，眉毛更浓。蓝礼纤细优雅，这男孩却有厚实的肩膀和铁匠特有的强健胳膊。他穿长长的皮围裙，围裙下赤裸着胸膛，黑糊糊的胡碴覆盖了脸颊和下巴，一头粗厚的黑发长过双耳。蓝礼国王的头发也是这样的炭黑色，但他总是梳洗得干净整齐，有时剪短，有时则随意披在肩头，或用金色发带扎到脑后，从未乱七八糟地纠结在一起，黏糊糊地沾满汗水。而且，尽管这男孩的眼睛也是同样的湛蓝，但蓝礼大人的双眼温暖又热情，充满欢笑，他的眼神中却满是愤怒和怀疑。

梅里巴德修士也看出来了："我们没有恶意，小伙子。玛莎·海德开这家旅馆时，总会给我一块蜂蜜蛋糕，有时甚至是一张床，假如店里没客满的话。"

"她死了，"男孩道，"狮子绞死了她。"

"绞刑似乎是你们最喜欢的娱乐方式，"海尔·亨特爵士说，"我要在附近种地就好了，种大麻，卖麻绳，大赚一笔。"

"所有这些孩子，"布蕾妮对女孩垂柳说，"都是你的……妹妹？兄弟？亲戚家人？"

"不。"垂柳正盯着她看，她对这种眼光很熟悉，"他们不过是……我不知道……有些是被麻雀带来，其余是自己找来的。你是女人，怎么穿得跟男人一样？"

梅里巴德修士答道:"布蕾妮小姐是一位使命在身的女战士,此刻她需要干燥的床铺和温暖的火堆。我们也都一样。我的老骨头说,马上又要下雨了。你有没有房间给我们?"

"没有。"铁匠男孩说。"有的。"女孩垂柳道。

两人大眼瞪小眼,最后垂柳跺跺脚。"他们有吃的,詹德利。小家伙们在饿肚子。"她吹声口哨,仿佛变魔术一般,出现了许多小孩,个个衣衫褴褛。头发蓬乱的男孩从门廊底下爬出来,蹑手蹑脚的女孩凑进面向庭院的窗口。有些孩子紧紧抓着上满弦的十字弓。

"原来这里是'十字弓客栈'。"海尔爵士得出结论。

叫"孤儿客栈"更恰当,布蕾妮心想。

"渥特,帮他们照料马匹,"垂柳吩咐,"威尔,放下石块,他们不是敌人。艾菊,佩特,快去找些木头添到火炉里。'铜板'琼恩,你帮修士卸口袋。我带他们去房间。"

他们要了三间相邻的屋子,每间都有一张羽毛床、一把夜壶和一扇窗。布蕾妮的房里还有壁炉,她多付了几个钱买木柴。"我睡你的房间还是海尔爵士的房间?"她打开百叶窗时,波德瑞克问。"这儿不是寂静岛,"她告诉他,"你可以跟我住一起。"她打算第二天一大早带波德自行出发。梅里巴德修士要去努屯、河弯村及哈罗威伯爵的小镇,布蕾妮认为没必要再跟他走,毕竟他有狗儿做伴。况且长老已让她相信,三河沿岸找不到珊莎·史塔克。"我打算日出前起床,趁海尔爵士仍在睡觉。"布蕾妮还没原谅他高庭的事……而且亨特自己说过,他没有立下任何关于珊莎的誓言。

"我们去哪里,爵士?我是说,小姐?"

布蕾妮没有答案。他们真的位于十字路口:国王大道,河边路,还有谷地的山路在此地会合。山路将引领他们穿越群山,前往艾林谷,珊莎小姐的阿姨死前一直统治着那里;往西是河边小路,沿红叉河直到奔流城,珊莎的舅公被围困于此,苦苦支撑;或者可以随国王大道北行，经艾河城，穿越布满泥沼的颈泽。到时候，无论谁控制卡林湾，只要她能设法通过，就可沿国王大道抵达临冬城。

我也可以沿国王大道往南，布蕾妮心想，潜回君临，向詹姆爵士承认失败，归还他的宝剑，然后找一艘船返回塔斯的家中，正如长老劝导的那样。这是个苦涩的想法，然而她心中确有一部分渴望回到暮临厅，回到父亲身边，另一部分则在寻思，假如她靠在詹姆肩头哭泣，他会不会安慰她。这就是男人们希望的，不是吗？柔弱无助的女子，需要他们保护。

"爵士？小姐？我刚才问，我们要去哪里？"

"去下面大厅，用晚餐。"

大厅里到处是小孩。布蕾妮试图清点人数，但他们没一刻站定下来的，因而有的点了两三遍，有的一次也没算，最后她放弃了。他们将桌子推到一起，排成长长的三条。较年长的男孩奋力从后面搬出长椅——在这里，年长的意思是十岁到十二岁。詹德利最接近成年人，但发号施令的是垂柳，仿佛她是城堡里的女王，而其他孩子不过是些仆人。

假如她是贵族出身，那其他孩子格格不入的姿态，对她就是自然而然的。布蕾妮怀疑垂柳并非像看上去那么简单。她太小，也不够漂亮，不可能是珊莎·史塔克，但年龄跟珊莎的妹妹一致。凯特琳夫人说，艾莉亚没有姐姐的美貌。棕头发，棕眼睛，骨瘦如柴……会不会是她呢？艾莉亚·史塔克的头发是棕色，布蕾妮记起来，但无法确定眼睛的颜色。棕眼棕发，是那样吗？有没可能她其实并未死在盐场镇？

门外，最后一丝光线正在退去，室内，垂柳命人点起四支油腻腻的牛油蜡烛，再让女孩们把炉火烧得又高又旺。男孩们帮波德瑞克·派恩卸下驴子上的包裹，将腌鳕鱼、羊肉、蔬菜、坚果和一轮轮奶酪搬进来，梅里巴德修士则去厨房煮粥。"可惜，我的橘子都没

了,恐怕要到春天才能再见到,"他告诉一个小男孩,"你有没吃过啊,孩子?挤出美味的果汁来吮吸?"男孩摇头否定,修士揉了揉他的头发。"等到春天我给你带一个,假如你做个乖孩子,帮我搅拌这锅粥的话。"

海尔爵士脱下靴子在火边暖脚。布蕾妮坐到他旁边时,他朝房间远处的角落点点头。"那儿地板上有血迹,狗儿在嗅。擦洗过了,但血渗入木头,无法去除。"

"桑铎·克里冈在这个客栈里杀了三名他哥哥的手下。"她提醒他。

"是的,"亨特同意,"但谁说得准他们三个是最早的倒霉鬼……抑或是最后的倒霉鬼呢?"

"你怕几个小孩子?"

"四个可以算几个,十个就太多了,而这里远远不止十个。小孩子就应该包在襁褓里,挂到墙上,直到女孩长出胸脯,男孩大到需要刮胡子。"

"我为他们难过。他们都失去了父母,甚至有的人眼睁睁看着父母遇害。"

亨特翻翻白眼。"我忘了自己在跟女人说话。你的心就像修士的粥,软软的,对不对?咱们的剑妞内心深处,其实是位即将临盆的母亲,渴望有个可爱粉嫩的婴儿吮吸自己的奶头。"海尔爵士咧嘴笑道,"听着,要达成梦想,你首先需要一个男人。最好是丈夫。何不选我呢?"

"要是你仍然希望赢得赌——"

"我想赢得你,塞尔温大人唯一在世的孩子。有的人心甘情愿跟弱智乃至仍在吃奶的婴儿结婚,获得的回报尚只有塔斯的十分之一。我承认,我并非蓝礼·拜拉席恩,但我活得好端端的——有人会说这是我唯一的优点。婚姻对我俩都有好处,我得到土地,你得到一城堡的这些。"他朝孩子们比画了一下,"我有能力,我向你保证。我至少有一个已知的私生女。不用怕,我不会让她给你增添负担。上次去看她时,她母亲泼了我一锅汤。"

红晕爬上她颈项:"我父亲才五十四岁,不算太老,可以续弦生子。"

"这是我承担的风险……假如你父亲再婚,假如他的新娘真能怀孕,假如那婴儿是个男孩,便证明我押错宝了。"

"然后输掉赌注。跟别人去玩你的游戏吧,爵士。"

"没玩过游戏的处女才会这么说,你玩过之后,自然就会转变的。相信我,在黑暗中,你就跟任何一位公主一样美丽,你的嘴唇生来就是为了接吻。"

"嘴唇就是嘴唇,"布蕾妮道,"所有嘴唇都一样。"

"所有嘴唇生来都是为了接吻,"亨特愉快地赞同,"今晚你的房门不要上闩,我会偷偷爬上你的床,证实自己的话。"

"你敢这么干,等离开时就变太监了。"布蕾妮起身走开。

梅里巴德修士询问是否可以带孩子们作餐前祷告。有个光身子的小女孩从桌上爬过来,他没理会。"可以。"垂柳答应,并在桌上爬过来的孩子即将触及那锅粥之前,将她拎了起来。于是他们一起低头感谢天父圣母的施舍……除了铁匠房里的黑发男孩,他双臂交叉抱在胸前,瞪着其他人祈祷。这异状并非只有布蕾妮注意到,祈祷完毕后,梅里巴德修士望向桌子对面:"你不爱诸神吗,孩子?"

"不爱你们的神。"詹德利突然站起来,"我有活干。"他没吃一口就昂首阔步走了出去。

"他爱什么神?"海尔•亨特问。

"光之王。"一个瘦瘦的男孩用尖细的嗓音说,他大约六岁。

垂柳拿勺子敲了他一下:"大嘴本恩。这儿有吃的。你只管吃

东西,别打扰大人们谈话。"

孩子们扑向晚餐,好像狼群吞食受伤的鹿。他们争夺鳕鱼,将大麦面包撕成碎片,把粥弄得到处都是,连硕大一轮奶酪没多久也不见了。布蕾妮用了点鱼、面包和胡萝卜,而梅里巴德修士自己吃一口就喂两口给狗儿。外面开始下雨,屋内的火堆噼啪作响,大厅里充满咀嚼声和垂柳用勺子拍打孩子们的声音。"总有一天,这小女孩会成为某个男人凶悍的妻子,"海尔爵士评论,"很可能是那可怜的学徒小子。"

"该有人给他拿点食物去,趁东西还没吃光。"

"那个人就是你。"

于是她用布包起一角奶酪、一块面包、一只干苹果,还有两薄片炸鳕鱼。波德瑞克起身要跟出去,她让他坐回去吃饭:"我很快便回来。"

院子里雨下得很大。布蕾妮掀起斗篷遮住食物。经过马厩时,一些马朝她嘶鸣。它们也饿了。

詹德利在火炉边,使劲敲打一柄剑,仿佛那是他的敌人。他皮围裙下赤裸着胸膛,浸透汗水的头发垂在额头。她注视了一会儿。他有蓝礼的眼睛和头发,但体型不同。蓝礼公爵身材瘦长,没那么强壮结实……不像哥哥劳勃,劳勃的力量天下闻名。

詹德利停下来擦拭额头时才看到她站在那儿:"你干什么?"

"我带来了晚餐。"她打开布包给他看。

"想吃的话,我自己会动。"

"多吃东西才有力气打铁。"

"你是我妈?"

"不,"她放下食物,"谁是你妈?"

"关你什么事?"

"你出生在君临。"从他说话的方式,她可以确定。

"我和其他许多人都是。"他把剑浸入一盆雨水中淬火。热铁愤怒地嘶嘶作响。

"你多大？"布蕾妮问，"你母亲还活着吗？你父亲呢，他是谁？"

"你问太多了。"他放下剑，"我母亲死了，而我从来不认识父亲。"

"你是个私生子。"

他把这当做侮辱。"我是个骑士。那把剑就是给我自己用的，等铸成之后。"

骑士在铁匠房里干活算什么事呢？"你长着黑头发，蓝眼睛，出生在红堡下。从来没人评论过你的脸吗？"

"我的脸怎么了？不像你那么丑。"

"你在君临城一定见过劳勃国王。"

他耸耸肩："是见过几次。比武大会上，远远地看到。有一次在贝勒大圣堂，金袍子把我们推到一边，好让他通过。还有一次他打猎归来，我正在烂泥门附近玩。当时他醉得太厉害，差点骑马把我撞翻。这个胖酒鬼，比起他那些儿子，还算比较好的国王。"

他们不是他儿子。史坦尼斯跟蓝礼谈判那天说得没错。乔佛里和托曼根本不是劳勃的儿子。而这男孩……"听我说，"布蕾妮刚开口，就听见狗儿高声狂吠，"有人来了。"

"是朋友。"詹德利满不在乎。

"什么朋友？"布蕾妮走到铁匠房门口，透过雨水向外张望。

他耸耸肩："你很快就会见到了。"

也许我不想见到他们，布蕾妮心想。第一个骑手踏着水花奔入院子，透过哗哗的雨声和狗儿的吠叫，她听见对方褴褛的斗篷底下长剑和盔甲的轻微碰撞。他们一边进来，她一边数。二，四，六，七。依骑马的姿势判断，有些人受了伤。最后一位魁梧圆胖，有其他人两个那么大。他的马气喘吁吁，浑身是血，在重压之下步履跟跄。除开他，所有骑手都戴起兜帽，以遮挡倾盆暴雨。此人的面容宽阔无毛，犹如白蛆，圆鼓鼓的脸上生满流脓面疮。

布蕾妮倒抽一口冷气，拔出守誓剑。太多了，她惊恐地想，他们人太多了。"詹德利，"她低声说，"拿剑，穿盔甲。这些不是你的朋友。他们不是任何人的朋友。"

"你说什么？"男孩过来站到她身边，手中拿着锤子。

闪电劈裂南方的天空，骑手们纷纷甩腿下马。片刻间，黑夜亮如白昼。一把斧子泛着银蓝的光，锁甲和板甲也反射光芒，布蕾妮在头一个骑手的黑兜帽底下，看到一张龇着钢牙的狗嘴。

詹德利也看到了。"是他。"

"不是他。是他的头盔。"布蕾妮尽量不让恐惧渗入话音中，但嘴里已如尘土般干涩。她非常清楚是谁戴着猎狗的头盔。孩子们怎么办？她心想。

客栈门"砰"的一声打开。垂柳端着十字弓，跨入雨中。那女孩朝骑手们喊叫，但一阵闷雷滚过庭院，淹没了她的话。等雷声消去，布蕾妮听见戴猎狗头盔的人说："你敢射，我就把那只箭塞进你的洞里面，拿它狠狠地操你，最后把你该死的眼珠挖出来，喂你吃下去。"来人话中的怒气逼得垂柳颤抖着退后一步。

七个，布蕾妮再次绝望地想。七个，她没有机会。没有机会，也没有选择。

她手执守誓剑踏入雨中。"别碰她。想强暴的话，来我这儿试试。"

歹徒们一起转头，其中一个笑出声来，另一个用布蕾妮听不懂的语言说了些什么。长着惨白宽脸的巨人发出恶毒的嘶嘶声，戴猎狗头盔的人笑道："你比记忆中更丑怪了。我宁愿操你的马。"

"马，我们要马，"一名伤员说，"好马和食物。土匪在追我们，把马交出来，我们就走。不伤害你们。"

"去你妈。"戴猎狗头盔的歹徒从马鞍上拽出战斧，"我他妈要把她的腿砍了，教她杵着断肢看我干那拿十字弓的小婊子。"

"用什么干？"布蕾妮嘲笑，"夏格维说他们把你的鼻子连同老二一起割了。"

她以言语相激，果然奏效。只见他怒吼咒骂，向她扑来，脚下溅起黑色泥水。正如她祈祷的那样，其余人站在后面看好戏。布蕾妮静如磐石，一动不动地等待。院子里光线昏暗，脚底泥泞湿滑。*让他冲过来。诸神慈悲，但愿他滑倒在地。*

诸神没那么慈悲，只能靠她的剑。布蕾妮默数，五步，四步，就是现在，守誓剑迎着他冲击的势头劈去。钢铁相交，斧子朝她砸下来的同时，她的剑穿透他的破衣服，在锁甲上划开一道口子。她扭身闪开，边撤边刺他胸口。

他踉踉跄跄流着血追来，发出愤怒的吼叫。"婊子！"他低沉地咆哮，"怪胎！贱货！我要让狗来干你，他妈的贱货！"斧子划出致命的弧线，每当闪电亮起，无情的黑影就转化为银色。布蕾妮没有盾牌，斧头袭来时，她只能退避，忽左忽右地躲闪。有一次，她脚后跟在泥地上一溜，差点跌倒，使尽全力方才恢复平衡，却免不了被斧子擦过左肩。一阵灼痛。"打中那婊子了！"一个人喊，另一个说："看她还怎么躲！"

她躲开了，暗自庆幸他们只是看热闹，没有插手帮忙。她不可能独斗七人，即便其中有一两个伤员。去世多年的老古德温爵士又在她耳边低语。"男人永远会低估你，"他说，"自尊心驱使他们用力，因为他们害怕被议论说给女人弄得如此狼狈。让他们疯狂地消耗体力，而你悄悄积聚力量。等待、观察，孩子，等待、观察。"她等待着，观察着，侧移，后撤，再侧移，刺他的脸，砍他的腿，劈他的手臂。他的斧子越来越沉，动作越来越慢。布蕾妮逼

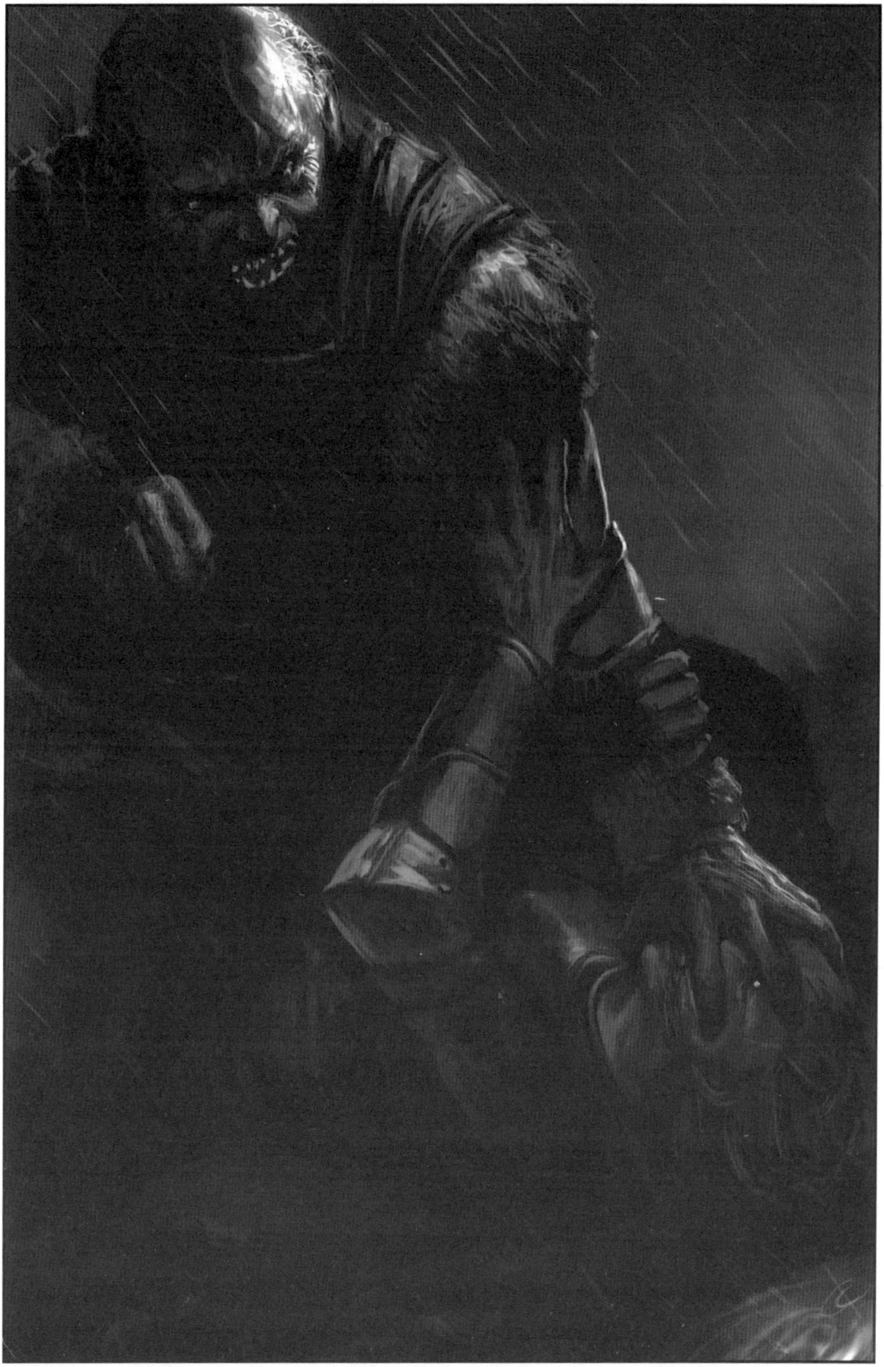

他转身,让他的眼睛迎向雨水,然后迅速退后两步。他再度提起斧头,咒骂着摇摇晃晃地扑来,一只脚在泥地里打了滑……

……她双手握紧剑柄,跃上前去。他一头撞到剑尖上,守誓剑穿透衣服、锁甲、皮革,然后是更多衣服,深入腹中,再从后背冒出,与脊柱擦刮时,发出锉刀般的声响。斧子自他无力的指间滑落,两人撞到一起,布蕾妮的脸跟狗头盔碰个正着,冰冷潮湿的金属抵紧面颊。雨水顺着钢铁流淌如注,当闪电再次亮起,她透过眼缝看到痛苦、恐惧和难以置信。"蓝宝石。"她轻轻地对罗尔杰说,同时把剑使劲一拧,令他一阵抽搐。他沉甸甸地靠在她身上,突然之间,她在黑雨中抱着的已是尸体。她退后一步,让他倒下……

……然后尖牙嘶喊着朝她撞来。

一大团湿羊毛和乳白色的肉将她提离地面,"砰"的一声砸到地上。她猛然落入一摊烂泥,水花溅入鼻子和眼睛,胸口窒息,脑袋"咔嚓"一声撞中半埋入土的石头。"不。"她刚来得及喊出这个字,他已扑倒在她身上,压得她陷入更深的泥沼。他用一只手揪住她的头发,将脑袋往后扯,另一只手伸向她的咽喉。守誓剑已不见了踪影,她只能赤手空拳与他搏斗,但一拳打中他的脸就像打在一团湿乎乎的白面粉上。他冲她嘶嘶怪叫。

她继续一拳一拳接一拳地打他,用手掌跟猛击他的眼睛,但他浑然不觉。她又去抠他的手腕,然而尽管鲜血从抓破的伤口里流出,他却掐得更紧。他压住她,令她窒息。她推他的肩膀,拼命挣扎,但他沉得像匹马,无法撼动。她想拿膝盖顶他胯下,却只够得到肚子。尖牙闷哼一声,扯下她一把头发。

我的匕首。布蕾妮绝望地抓住这个念头。她将手伸进两人之间摸索,指头顺着他肮脏沉重的臭肉蠕动,终于寻到刀柄。尖牙扣紧她的脖子,把她的脑袋往地上猛砸。闪电再次炸裂,这次是在她的脑壳里面,然而她握紧手指,居然将匕首拔了出来。由于被他压住,她无法举起匕首刺戳,只能奋力去划他的肚皮,某种温热潮湿的东西涌入指间。尖牙又嘶嘶怪叫起来,比先前更大声,然后他短暂地放开了她的喉咙,旋即殴打她的脸。她听见骨头碎裂,痛得头晕眼花。当她试图再拿刀划他时,他掰下她指间的匕首,用膝盖磕断了她的前臂。接着,他再次抓住她的脑袋,继续尝试将它从肩膀上扯下来。

布蕾妮听到狗儿的吠声,人们在周围喊叫,雷声轰鸣的间隙,有钢铁交击。海尔爵士,她心想,海尔爵士加入了战团,但所有的一切仿佛都那么遥远,与她毫不相干。她的世界只剩掐着脖子的双手和上方那张阴森森的脸。他越靠越近,雨水从兜帽滴落,呼吸像腐败的奶酪。

布蕾妮的胸腔如在燃烧,脑海的暴风雨令她目眩,浑身上下的骨头都在挤压摩擦。尖牙的嘴豁然张开,裂口大得难以想象。她看到扭曲不齐、锉尖的黄牙齿。当那些牙齿咬到她脸上的软肉时,几乎没有感觉。她在黑暗中盘旋下坠。我不能死,她告诉自己,我还有使命。

尖牙扯下一大团血肉,啐了一口,咧开嘴,再次将尖牙没入她的脸。这一次他咀嚼吞咽下去。他在吃我的肉,她意识到,可她再没力气抵抗了。她感觉自己仿佛飘浮在上方,看着这一幕恐怖景象,仿佛那是发生在别的女人身上,某个自以为是骑士的蠢女孩。很快就结束了,她告诉自己,他有没活活吃了我不重要了。尖牙仰起头,张开大嘴,厉声号叫,并朝她吐舌头。舌头十分尖利,滴着血,比正常人的长很多。它从他的嘴里延伸,越来越长,又红又湿,泛着微光,丑陋又污秽。他的舌头足有一尺长,布蕾妮心想,紧接着,黑暗吞没了她。哦,它看起来就像一把剑。

詹姆

布林登·徒利爵士用一尾黄金和黑曜石精工打造的黑鱼系住披风，他的锁甲是暗灰色，护手、护喉、护胫、护肩和护膝均由黑铁制成，但这些加在一起都不及他的脸色黑。他在吊桥尽头等待詹姆·兰尼斯特，胯下一匹红蓝服饰的栗色战马。

他恨我。徒利的脸棱角分明，一窝乱蓬蓬的硬直灰发下，饱经风霜的面容被凿刻出深深的线条，但其中的神韵仍在，令詹姆不敢忘怀，他忘不了当初那位以九铜板王的故事迷住了年轻侍从的伟大骑士。荣誉的马蹄不安地踩踏吊桥木板，发出"咯哒咯哒"的声响，詹姆费尽思量，犹豫谈判时穿黄金甲还是白袍，最终他选择了皮夹克和绯红披风。

他在布林登爵士身前一码处勒马停下，朝老人点头致意。

"弑君者。"徒利说。

他和詹姆无所不谈，但这是第一次说出这个词，詹姆强忍情绪。"黑鱼，"詹姆应道，"感谢你答应我谈判的请求。"

"我之所以会来，只是以为你要履行对我侄女的诺言，"黑鱼说，"倘若我记得没错，你曾答应凯特琳，用她的两个女儿来交换自由。"他嘴巴抿紧，"人呢？两个女孩在哪里？"

你非逼我说出口？"我没找到她们。"

"真遗憾。这么说，你是回来继续做俘虏的喽？你的牢房我们还留着，并且新换了稻草。"

连粪桶也换了吧？"谢谢关心，爵士先生，但我必须拒绝这份邀请。住自己的帐篷好歹要舒服许多。"

"而凯特琳舒舒服服地进了坟墓。"

我与凯特琳夫人之死毫无瓜葛,詹姆想说,而她的女儿早在我回到君临之前便已不见踪影。他几乎将派遣布蕾妮、并把配剑给她的事和盘托出,但黑鱼看他的眼神就跟当年他杀了疯王、提着血淋淋的长剑坐在铁王座上时,艾德·史塔克看他的眼神一模一样。"我来谈判是为了生者,非为死人。我是为了拯救能活下去的人,不过……"

"……不过前提是我把奔流城交给你。艾德慕就是筹码喽?"浓眉底下,黑鱼的双目刚硬如石。"无论我怎么做,我外甥都难逃一死,所以,请你快快吊死他吧。我猜艾德慕已经厌倦了无休止地站在绞架下,正如我厌倦了看他。"

那是莱曼·佛雷的愚蠢。这场艾德慕与绞架的拙劣表演只会使黑鱼更顽固。"你手上有希蓓儿·维斯特林夫人和她的三个孩子,我愿用你外甥来与他们交换。"

"是吗?就像你愿用凯特琳夫人的女儿来交换自由?"

镇静,詹姆告诫自己。"一个老妇人外加三个小孩子交换你的封君,你决不可能从别人那里得到这样的条件。"

布林登爵士挤出一丝微笑:"你把天下人也看得愣低!弑君者,我告诉你,和背誓的人谈条件好比在流沙上盖房子。凯特根本不该信任你。"

她信任的是提利昂,詹姆想说,结果小恶魔才在故意蒙骗她。"我是在利剑胁迫之下答应凯特琳夫人的。"

"正如你对伊里斯发的誓?"

幻影手指开始抽搐:"这与伊里斯无关。你愿不愿用维斯特林家族的成员来交换艾德慕?"

"不。我的国王将他的王后信托于我,我发誓护得她平安无恙,决不会将她交给佛雷的绞索。"

"这女孩已被赦免了,没人会伤害她。我以我的荣誉向你保证。"

"你以你的荣誉向我保证?"布林登爵士抬起一边眉毛,"你知道荣誉是什么吗?"

荣誉是我骑的马。"如果你不信,我可以当众立誓。"

"饶了我吧,弑君者。"

"我会饶了你,只要你降下叛旗,打开城门,我会饶了全城老小的性命。愿意留在奔流城服侍艾蒙伯爵的均可留下,其他人交出武器与盔甲后自行离开。"

"交出武器?我很怀疑,在被'土匪'屠杀之前他们能走多远。够了,你我都很清楚,你是不会允许他们投奔贝里大人的。至于我呢?你莫非要把我绑赴君临游街,然后像宰艾德·史塔克那样宰了我?"

"我允许你穿上黑衣,你可以在艾德·史塔克的私生子麾下效力。"

黑鱼眯起眼睛:"他?他也是你父亲安排的吗?记得凯特琳从不信任那小子,就跟她不信任席恩·葛雷乔伊一样。她的疑虑向来很有道理。不,爵士,谢谢你,要死的话,我宁愿暖暖和和地死去,手握沾满狮血的鲜红长剑。"

"徒利的血也同样鲜红,"詹姆提醒对方,"若你不肯投降,我只好强行攻城,城中几百人众都无法幸免。"

"我死几百人,你死几千人。"

"最终你的部队将被屠杀殆尽。"

"哼,你是在谈判之前复习了《卡斯特梅的雨季》,好一句一句地唱给我听?弑君者,我的人宁可死于剑下,也不会跪在刽子手面前,任其宰割。"

不妙。"别说气话,爵士。战争结束了,你们的少狼主已经过世。"

"过世？他是被丧尽天良的人谋杀的，你们这帮人无视神圣的宾客律法，必遭天谴。"

"佛雷干的，不是我。"

"你怎么说都行，反正里面有泰温·兰尼斯特的臭味。"

詹姆无法否认："我父亲也死了。"

"愿天父公正地裁判他。"

看样子他是一心要抬杠了。"在呓语森林，我本想亲手杀了罗柏·史塔克，如果教我撞上，我一定做得到——只不过当时有几个傻瓜挡路而已。说实话，那孩子怎么死的就如此重要？形势摆在眼前，他尸骨已寒，而他的王国也随之消亡。"

"看来你不仅残废还瞎了眼睛，爵士。抬头看看吧，冰原狼旗正在城上高高飘扬。"

"我看见了，它似乎孤单得紧。为什么不呢？赫伦堡、海疆城和女泉城纷纷易帜，布雷肯家族屈膝投降，还发兵包围了泰陀斯·布莱伍德的鸦树城。派柏、凡斯、莫顿……你们徒利家所有的封臣都倒戈了，只剩这座奔流城还在负隅顽抗，而城下的军队少说也有城内的二十倍。"

"二十倍的军队需要二十倍的粮草。你的人马能坚持多久，大人？"

"坚持到世界末日，直到城墙之内的你们统统饿死。"他毫不犹豫地撒谎，期望表情没有出卖自己。

黑鱼嗤之以鼻："那是你的末日，我们的补给充足得很，很遗憾没给客人留下什么礼物。"

"我会从李河城运来给养，"詹姆道，"若情势所迫，还可越过丘陵自西境得到补充。"

"那是当然，我可没资格质疑一位重荣誉的好骑士。"

他的轻蔑终于令詹姆按捺不住:"我有办法迅速解决争端,以免生灵涂炭。一对一决斗,我的代理骑士跟你或你的代理骑士比武。"

"我刚才一直纳闷,你到底什么时候才会把这话说出口,"布林登爵士轻笑,"你会派谁?壮猪?亚当·马尔布兰?黑瓦德·佛雷?"他倾身向前,"何不就你和我呢,爵士?"

若在从前,这是一场好斗,詹姆心想,值得歌手为之谱写乐章。"凯特琳夫人释放我时,要我发誓不得再拿起武器反对史塔克家族或徒利家族。"

"原来如此,你保留了最便利的誓言,爵士。"

詹姆脸一沉:"你言下之意,我是个懦夫?"

"不,我说你是个残废,"黑鱼朝詹姆的金手点头,"你我都清楚那东西不管用。"

"我有两只手,"你想为了骄傲而断送性命吗?他心中有个声音说,"对观众而言,残废和老头不正是一对?把我从对凯特琳夫人的誓言中释放出来吧,我很乐意与你决斗。若我胜,奔流城立即投降;若你杀了我,我军罢兵便是。"

布林登爵士再度大笑:"虽然我很乐意卸下你的黄金剑,再挖出你的黑心脏,但有什么用呢?你的保证毫无价值,你的死除了能解我心头之恨,别无益处,因此我不会冒险……再小的风险也不值得。"

幸亏詹姆手中没有武器,否则他便会动手了——结果很明显,不是给布林登爵士杀死,便是命丧城头的弓箭手之手。"你的条件呢?"他质问黑鱼。

"对你?"布林登爵士耸耸肩,"我不跟你谈条件。"

"那你还来谈判作甚?"

"围城枯燥得要命,我是来欣赏你的断肢,并且听听你要如何掩饰自己新一轮丑行的。结果很遗憾，你的表现不及格。弑君者，你总是教我失望。"黑鱼掉转马头，朝奔流城跑去。铁闸门轰然降下，门底尖刺深深刺入烂泥之中。

詹姆也拨转荣誉的马头，骑过长长的路程，返回兰尼斯特军的封锁线。他感觉到众人的目光：城上的徒利家部众，河对面的佛雷。除非是瞎子，谁都明白我遭到了严词回绝。只能强攻。弑君者又得打破誓言了，对吗？反正是往屎堆上再拉一堆屎。詹姆决定头一个攀上城墙，由于金手的缘故，我会是头一个摔下来的吧。

回到营地，小个子卢为他牵马，小派前来搀扶。妈的，你们以为我残废到连马也下不了了吗？"如何，大人？"表弟达冯打趣地问。

"很好啊，没人放箭，我比莱曼爵士受欢迎。"他咧嘴笑道，"对方的意思，不惜把红叉河染得更红。"都怪你，布林登，你让我别无选择。"召开作战会议，召集亚当爵士、壮猪与佛勒·普莱斯特，召集三河诸侯……和我们的佛雷朋友。莱曼爵士，艾蒙伯爵，他们愿意带谁来就都来吧。"

他们很快便来了。派柏大人和两位凡斯大人被倒戈的三河诸侯们推为代表，西境人列席的有达冯爵士、壮猪、亚当·马尔布兰和佛勒·普莱斯特，艾蒙·佛雷伯爵和他的夫人跟在西境人后面，吉娜姑妈一瞪眼便占了把凳子，没人质疑，没人敢跟她争。佛雷家派出瓦德·河文——外号"杂种瓦德"——与莱曼爵士的长子、苍白苗条的艾德温，他鼻子窄，黑发平直，蓝羔羊毛披风下套着上等小牛皮革做的灰夹克，上面装饰有繁复的涡旋花纹。"我代表佛雷家族发言，"他宣布，"我父亲今早上不舒服。"

达冯爵士哼了一声："他是早上喝多了，还是晚上的酒没醒？"

艾德温像土财主似的抿紧嘴巴。"詹姆大人，"他叫喊，"您能容许别人对我如此放肆？"

"是真的？"詹姆问他，"你父亲真的喝醉了？"

佛雷不敢搭话，只拿眼睛瞥瞥伊林·派恩爵士，御前执法官身穿生锈的锁甲站在帐门边，长剑剑柄从他瘦骨嶙峋的肩头伸出来。"我……我父亲肠胃不好，大人，红酒有助于消化。"

"他喝下去的红酒足够消化长毛象了！"达冯爵士说。壮猪哈哈大笑，吉娜姑妈也忍俊不禁。

"行了，"詹姆制止，"讨论城堡吧。"父亲主持作战会议时，总是让将领们先发言，他决定依样画葫芦。"大家说说，该怎么办？"

"首先吊死艾德慕·徒利，"艾蒙·佛雷老爷提出，"作为给布林登爵士的教训，最好的教训。我们把他侄儿的人头送上，想必会吓得他心胆俱裂，开城投降。"

"黑鱼布林登没那么好吓唬，"旅息城伯爵卡列尔·凡斯忧心忡忡地说，酒红色胎记横跨他半边脖子和一边脸颊，"他亲哥哥一辈子都没说服他上婚床。"

达冯摇了摇满头乱发："正如我一直说的那样，我们不得不攻城。塔楼、云梯、撞锤……立刻操办吧。"

"我来打头阵，"壮猪请缨，"让鳟鱼尝尝钢铁与烈火的滋味。"

"那是我的城墙！"艾蒙老爷抗议，"那是我的城门！"他又从衣袖里抽出授权状，"托曼国王——"

"这张纸大家都见过，阿叔，"艾德温·佛雷打断道，"你以为拿它在黑鱼面前挥舞，他就会尊重你的财产吗？"

"攻城代价过于高昂，"亚当·马尔布兰建议，"不如等个月黑风高的夜晚，派十几个好手坐船过河，蒙住桨叶以免发出声响，待接近之后，用抓钩和绳索爬墙，从内部打开城门。诸位同意的话，我将亲自率队。"

"愚蠢！"杂种瓦德·河文叫道，"这把戏都能成功，他就不是黑鱼了。"

"黑鱼很棘手，"艾德温·佛雷同意，"不过他头盔顶上有只黑色鳟鱼，很容易辨认，我建议咱们一边把载满十字弓手的攻城塔移近，一边假装攻打城门。等黑鱼披挂整齐地出现，就万箭齐发，对了，先叫十字弓手在箭上涂抹粪便，以此为标记。布林登爵士一死，奔流城就是我们的了。"

"我的，"艾蒙老爷坚持，"奔流城是我的。"

卡列尔大人的胎记涨红了："粪？你自己的粪吗，艾德温？那玩意儿能毒死人，我不怀疑。"

"黑鱼应该堂堂正正地死，让我去打败他吧，"壮猪一拳砸在桌子上，"一对一决斗，钉头锤、斧头还是长剑，随便。那老头不是我对手。"

"他凭什么接受你的挑战，爵士？"佛勒·普莱斯特质问，"他能从决斗中得到什么好处？难道他赢了我们就会退兵不成？我不相信，他也不会相信，一对一决斗对他毫无利益可言。"

"我和布林登·徒利是老交情，小时候一起在戴瑞大人手下做过侍从，" 亚兰城伯爵，瞎子诺勃特·凡斯道，"若诸位不嫌弃，我愿出面解斗，督促他看清形势。"

"他看得很清楚，"派柏大人说，此人矮小圆胖，罗圈腿，一头凌乱红发，他是詹姆的侍从的父亲，父子俩长得很像，"他不是傻瓜，诺勃特！他可没瞎……他自己知道不能向这帮家伙屈服。"派柏粗鲁地指指艾德温·佛雷和瓦德·河文的方向。

艾德温眉毛一挑："派柏大人是暗示——"

"我没有暗示，佛雷，我是个正派人，怎么想就怎么说。话说回来，你这种家伙会明白正派人的想法吗？反复无常、满嘴谎话的黄鼠狼,我宁愿喝尿也不想听佛雷家的人喷粪。"他在桌上倾身向前,"回答我,马柯在哪里?你们对我儿子做了些什么?妈的,他是你们家婚礼的宾客啊!"

"我们仍待之为上宾,"艾德温宣称,"直到你证明对当今王上,托曼陛下忠诚不渝为止。"

"五位骑士和二十位士兵护送马柯前往李河城,"派柏不依不饶,"他们又算不算宾客呢,佛雷?"

"或许,有的骑士算是座上宾,其他人不过得到应得的惩罚罢。派柏,你最好也把你那叛徒的舌头管好,否则你的继承人就保不住了。"

父亲的作战会议决不会演变至此,詹姆心想,只见派柏跳将起来,"你再说一遍,把剑握在手里再说一遍,佛雷,"矮子咆哮,"你莫非只会喷粪不会打仗?"

佛雷苍白的窄脸变得没有一丝血色,而瓦德•河文也站起来:"艾德温剑术不精……你跟我练练,派柏。我们一起出去,来个痛快了断。"

"这是作战会议,不是作战,"詹姆提醒众人,"你两个都给我坐下。"

没人听命。"坐下!"

瓦德•河文应声坐下,派柏大人却没那么好打发,他喃喃地诅咒着,大步离开营帐。"要我派人把他抓回来吗,大人?"达冯爵士请示。

"派伊林爵士去,"艾德温•佛雷敦促,"我们只要他的脑袋。"

卡列尔•凡斯向詹姆求情:"派柏大人过度悲伤,难以自已,毕竟马柯是他的长子,那些陪同前往李河城的骑士则是他的外甥和表亲。"

"叛臣贼子。"艾德温·佛雷道。

詹姆冷冷地瞪了佛雷一眼。"李河城也支持过少狼主谋反，"他提醒对方，"结果你们背叛了他，比派柏有过之而无不及。"他满意地看到艾德温的浅笑消失了，嘴巴抿紧。我受够了这堆"谏言"，詹姆不想听了："散会，你们各自做好准备，大人们，明天一大早进攻。"

朔风自北方吹来，詹姆闻到腾石河边佛雷家营地的臭气，河对面，艾德慕·徒利仍孤零零地站在高高的灰绞架下，被绳索套着脖子。

姑妈最后离开，她丈夫陪在她身边。"外甥大人，"艾蒙抗议，"攻打我的居城……你不能么做。"他紧张地吞口水，喉结上上下下，"你不能……我……我禁止你这么做。"他又嚼过酸草叶，嘴唇闪着淡红的泡沫。"城堡是我的，我有国王签署的授权状，有小托曼的亲笔签名。我是奔流城的合法领主，我是……"

"只要艾德慕·徒利还活着，你就不是，"吉娜姑妈打断道，"艾德慕心肠软，头脑也迷糊，我都明白，可毕竟他活在世上一天，咱们就多一分威胁。你打算怎么做，詹姆？"

我们的威胁来自于黑鱼，并非艾德慕。"交给我处理吧。李勒爵士，伊林爵士，请随我来，我要造访北岸的绞架。"

腾石河比红叉河深，也更为汹涌，最近的渡口在上流数里格处。詹姆等人赶到时，渡船刚载瓦德·河文与艾德温·佛雷过去，等待期间，詹姆将计划和盘托出。听完之后，伊林爵士朝河里吐了口唾沫。

三人刚踏上北岸，一名醉醺醺的营妓便冲到壮猪面前，提出用嘴巴满足他。"去，去满足我的朋友吧。"李勒爵士边说边把女人推给伊林爵士。妓女笑着去吻派恩的嘴巴，看到他的眼神之后，立时吓得退开。

营火之间布满褐色烂泥和马粪，它们被马蹄人脚踩得稀烂。盾牌上、旗帜上，到处是佛雷家族灰底蓝色的双塔纹章，其间夹杂着效忠于河渡口领主的小诸侯：恩佛德家族的苍鹭、海伊家族的草叉、查尔顿伯爵的三丛槲寄生。弑君者驾临引起了骚动，一个提篮子买猪崽的老妇人张口结舌地望着他，一位有些面熟的骑士单膝跪下，两名正在撒尿的士兵同时回头，结果尿在了彼此身上。"詹姆爵士。"有人叫唤，但他没回头，只管大步向前走。周围这些脸，很多是他在呓语森林想干掉的敌人，当时佛雷家族还在罗柏·史塔克的冰原狼旗下作战。他只觉金手越来越沉。

莱曼·佛雷的长方形营帐无疑是营地中最大的帐篷，块块方形灰帆布缝在一起，看起来就像城墙，而两个尖顶代表李河城的双塔。很明显，莱曼爵士没有不舒服，他正享受呢，帐内飘出女人醉酒后的嬉笑，还有木竖琴弹奏与歌手演唱。我待会再来收拾你，爵士，詹姆心想。

瓦德·河文站在自己朴素的帐篷前，跟两个军官交谈，他盾牌上的双塔纹章是蓝底灰色，并有红色斜纹。他看见詹姆，便皱起眉头，目光中是冰冷的怀疑。这家伙比佛雷家的其他坏蛋都要可怕。

绞架平台离地十尺，由两名长矛兵专职守卫。"未经莱曼爵士允许，您不能上去。"其中一个告诉詹姆。

"我当然能上去，"詹姆用一根指头碰碰剑柄，"问题只在于，我要不要跨过你们的尸体上去？"

两名长矛兵站开了。

绞架下，奔流城的主人呆呆地望着脚下的活动踏板。他双脚黑黑的，全是泥巴，他只穿了短裤，身上徒利家的红蓝丝衣沾满污垢。听到脚步声，他缓缓抬头，舔了舔干裂的嘴唇。"弑君者？"看到伊林爵士，他眼睛瞪大，"好，好，长剑比绳子干脆，来吧，派恩。"

"伊林爵士，"詹姆说，"你听到徒利大人的话了。快去吧。"

哑巴骑士双手举剑。这柄巨剑虽是普通钢铁，却又长又沉，锋利无比，伊林爵士夜夜打磨。艾德慕干裂的嘴唇发出无声的念诵，他闭上了眼睛。这一击派恩用上全力……

"不！停下，不！"艾德温·佛雷气喘吁吁地赶来。已然迟了。"我父亲马上就到，马上就到，詹姆，你不能……"

"你该称我为'大人'，佛雷，"詹姆冷冷地道，"而且'不能'这种话别对我说。"

莱曼爵士果真立马现身，沉重地踏上绞架台阶，身边是一位稻草色头发，和他醉得一样厉害的妓女。妓女的裙服是前扣式，但肚脐以上都没扣，两只大乳房跳将出来，坚挺的棕色大乳头晃来晃去。她头上歪歪斜斜地戴着一顶刻有符文的青铜王冠，若干小黑剑挺立其中。看见詹姆，女人嬉笑道："七层地狱，这位大人是谁？"

"我是御林铁卫的队长，"詹姆带着冰冷的礼数说，"你又是谁呢，夫人？"

"夫人？我不是夫人，我是王后！"

"这话要给我老姐听见就好了。"

"莱曼大人亲手为我加冕的，"女人摇了摇肥屁股，"我是妓女之后。"

不对，詹姆心想，这个头衔也属于我老姐。

莱曼爵士终于找回了声音："闭嘴，婊子，不准在詹姆大人面前胡诌。"佛雷家的继承人脸宽体胖，眼睛小，下巴是一团晃动的软肉，呼吸里有浓重的葡萄酒和洋葱气味。

"哟，开始封后啦，莱曼爵士？"詹姆轻柔地问，"蠢货，这事就跟处理艾德慕大人的事一样蠢。"

"我是为了警告黑鱼啊,我警告他不投降就吊死艾德慕。建起绞架,是为了表明我莱曼•佛雷爵士言出必践,在海疆城,我儿子瓦德拿派崔克•梅利斯特要挟,杰森大人便屈膝投降。可……可这黑鱼是个冷血动物,他不肯投降,所以……"

"……所以你会吊死艾德慕大人?"

对方脸一红。"我祖父大人说……吊死他就没有人质了,爵士,您考虑过这点吗?"

"蠢货才会提出自己不能实现的威胁。假如我说,你不闭嘴,我就给你一巴掌,你怎么做?"

"爵士,您不明白——"

詹姆反手就是一巴掌,用金手打的,但足以令莱曼爵士踉踉跄跄地跌进妓女怀中。"嘿,瞧你头大脖子粗。伊林爵士,需要几剑才能劈开它?"

伊林爵士伸出一根指头抵住鼻子。

詹姆笑道:"吹牛。我说至少三剑。"

莱曼•佛雷"扑通"一声跪下:"我没犯军令……"

"……除了酗酒与嫖妓,对吗?"

"我是河渡口领主的继承人,您不能……"

"我已经警告过你了。"詹姆满意地看到对方脸色顿时煞白。酒鬼、蠢货、懦夫。如果瓦德大人活不过他,佛雷家族便算完蛋。"你被解职了,爵士。"

"解职?"

"你耳朵没坏。滚吧。"

"可……可我该上哪儿去?"

"滚回家还是下地狱,随便,但若明日太阳升起你还逗留在营地,休怪我不客气!把你的妓女带走,王冠留下。"詹姆的视线转向莱曼爵士的儿子,"艾德温,你爹的军队交由你指挥,别表现得跟他一样愚蠢。"

"没问题,没问题,大人。"

"最后,传信瓦德大人,国王要他把俘虏尽数送来奔流城。"詹姆挥挥金手,"李勒爵士,带他下来。"

伊林爵士将麻绳斩断后,艾德慕•徒利便面朝下晕倒在绞架台上,一尺长的绳子仍挂在他脖子上。壮猪扯住绳子,拉他起来。"套项圈的鱼,"他咯咯笑道,"我还没见过这个纹章呢。"

佛雷家的人站开让他们通过,绞架下已围了很多观众,其中至少有十多个衣服不整的营妓。詹姆看见有人怀抱木竖琴:"你,唱歌的,你随我来。"

对方摘下帽子,夸张地一鞠躬:"若您所愿,大人。"

回船途中,没人说话,莱曼爵士的歌手亦乖乖跟上。但等他们一离河岸,划向腾石河南,艾德慕•徒利便抓住詹姆的胳膊追问:"为什么?"

因为兰尼斯特有债必还,詹姆心想,因为你是我唯一能做的补偿了:"把这当成我送你的结婚礼物吧。"

艾德慕警戒地望着他:"结……结婚礼物?"

"你老婆一定很漂亮,别人也都这么说,不这样的话,你怎么会睡她睡得连你老姐和国王被宰了都不知道。"

"我是真不知道,"艾德慕舔舔干裂的嘴唇,"洞房外安排有提琴演奏……"

"洞房内有萝丝琳小姐。"

"她……她是无辜的。瓦德大人和佛雷家的其他人逼她这么做,并非萝丝琳的本意……她一直在哭,可我以为……"

"以为她是被你的命根子吓坏了?噢,为什么不呢。"

"她怀了我的孩子。"

不对,詹姆,她怀了你的死亡。回到帐篷,他遣开壮猪与伊林爵士,留下歌手。"待会儿有请你献艺,"他吩咐对方,"卢,去为我们的客人烧洗澡水;皮雅,拿几件干净衣服来,上面莫要有狮子标记;小派,给徒利大人斟酒压惊。你饿不饿,大人?"

艾德慕点头,眼中仍充满怀疑。

徒利洗澡时,詹姆搬把凳子坐下。污垢将腾腾蒸汽染成灰色。"吃完饭我派人护送你回奔流城。之后怎么做,你自己决定。"

"什么意思?"

"你叔叔老了,没错,人还是很英勇,但他的黄金岁月已经消逝。他没有悲伤的新娘子,也没有需要保护的婴儿,黑鱼只求痛快一死……但你还有好多年可活,艾德慕,而且你才是徒利家家主,不是他,他必须服从你。应当由你来决定奔流城的命运。"

艾德慕凝视着詹姆:"奔流城的命运……"

"献城投降,我将秋毫无犯。城内居民可以自由离开,也可留下来伺候艾蒙伯爵。布林登爵士和愿意追随他的守卫将穿上黑衣,你也一样,当然,你也可以去凯岩城当俘虏,我们将遵照公爵的标准,以礼相待。我还会把你妻子送到你身边,若她生下男孩,将被收养在兰尼斯特家族担任侍酒和侍从,将来可以成为骑士,获得封地,若她生下女孩,成年后我会送她丰厚嫁妆,给她挑户好人家。等战争结束,甚至你自己也可能被释放。一切的一切,只需你献城投降。"

艾德慕从木桶内抬起胳膊,看着水流滴下指头:"假如我不投降呢?"

你非要我说出来吗?皮雅抱着一大堆衣服站在门口,侍从们和歌手也在听。让他们去听,詹姆心想,让全世界都听到,我不在乎。他强迫自己微笑:"你见过我麾下的大军,艾德慕,你见识了那些云梯、塔楼、投石机和攻城锤。只需我一句话,我表弟便会填平你的护城河,砸开你的城门。成百上千的人会死——但别抱任何幻想，其中绝大部分将是你们自家的子民。攻击的第一波将由三河诸侯组成，你将从屠杀那些在孪河城为你而死的人的父兄们开始；第二波是佛雷家族，我手下的佛雷正愁太多；等你的弓箭手用完了箭支，等你的骑士连剑都举不动的时候，我的西境部队才会出现。城堡陷落后，男女老少，统统杀光，连牲畜也不放过。我还要砍伐你的神木林，焚毁塔楼与碉堡，拉倒城墙和营垒，改变腾石河的水道，淹没奔流城的废墟。事成之后，世人将不会记得徒利家族的家堡曾经矗立于此。"詹姆站起身来，"你老婆或许在城陷之前就会生育，你想要孩子，我满足你。用投石机。"

沉默。艾德慕站在木桶里，皮雅把衣服抓在胸前，歌手的指头悬于琴弦上，小个子卢取出一截老面包装盘，假装不在意。用投石机。詹姆心想，如果姑妈在这里，她还会说提利昂是泰温的儿子吗？

终于，艾德慕·徒利找回了声音："我想爬出来杀了你，弑君者。"

"你可以试试，"詹姆静静地等待，结果对方没动，"好好用饭。歌手，替我招待客人，嗯，你会唱那首歌的吧？"

"那首雨的歌？啊，大人，我想我很熟悉。"

艾德慕似乎直到此时才第一次看见歌手："不，不，不要是他，快把他赶出去……"

"怎么，不过是首歌嘛，"詹姆道，"我保证，他唱得没那么坏啦。"

瑟曦

早在她刚认识他时，派席尔大学士就已是个老人了，但过去的三个夜晚，让他似乎又老了一百岁。在她面前，他慢吞吞、颤巍巍地弯下叽嘎作响的膝盖，若非奥斯蒙爵士来扶，他还站不起来。

瑟曦厌恶地审视着他："科本大人告诉我，盖尔斯伯爵已因咳嗽而逝世？"

"是的，陛下，我尽了全力减轻他的痛苦。"

"是吗？"太后转向玛瑞魏斯夫人，"我说'不准'罗斯比死，对吧？"

"是的，陛下。"

"奥斯蒙爵士，你可还记得？"

"陛下您命令派席尔国师拯救他，我们全都听见了。"

派席尔的嘴巴张张合合："陛下，您得明白，我为那可怜人做了力所能及的一切……"

"就像对乔佛里那样？就像对他父亲，对我亲爱的夫君那样？劳勃乃是七大王国最强壮的男子，你却听任他死在野猪手上。噢，别忘了琼恩·艾林，毫无疑问，如果奈德·史塔克被你照管的时间长点，你还会断送他的性命。告诉我，大学士，在学城你只学会了如何绞手掌和如何道歉吗？"

她的质问令老人退缩："没人能做得更多，陛下，我……我一直尽忠、效劳、服务。"

"尽忠？尽忠就是当我父亲大人兵临城下时，哄骗伊里斯王打开城门？"

"我……我……"

"那便是你忠诚的谏言吗？"

"陛下，您很清楚，当时……"

"我清楚的是当我儿子被毒死时你就跟月童一样没用！我清楚的是在国库最需要钱财时你却让我们的国库经理死了！"

老蠢猪抓住她这句话："我……我可以列出名单，推举其他人来接替盖尔斯大人。"

"名单？"瑟曦觉得挺有趣，"我能想象得出你的名单。无非就是白胡子们、贪婪的蠢猪们——还有粗胖的加尔斯，对吗？"她嘴巴一抿，"最近，你上玛格丽那边去的次数太多了。"

"是，是，我……玛格丽王后忧心洛拉斯爵士，几乎发了狂，我为陛下调制安眠药，以及……其他药剂。"

"那当然，说，是不是咱们的小王后唆使你毒害盖尔斯伯爵的？"

"毒——毒害？"派席尔大学士的眼睛瞪得像煮鸡蛋，"陛下您怎能……诸神在上。他的哮喘病根子已有好多年，我……王后陛下……她对盖尔斯大人绝对没有恶意……玛格丽王后为什么要他……"

"……要他死？很简单，为了在托曼的御前会议里安插新棋子，她什么都做得出来。你究竟是瞎了还是被收买了？罗斯比挡了她的路，她便出手捏死了他——在你的纵容之下。"

"陛下，我指天发誓，盖尔斯大人是因为咳嗽死的，死亡原因并无奇异。"他说话时嘴唇不住颤抖，"我一直对国王，对王国……对兰——兰尼斯特家族忠诚不渝。"你心中真是这个顺位？她已把派席尔吓傻了，果实成熟，下面该压榨汁水。"如果是你宣称的这样，那你为何还对我撒谎呢？不用否认，早在洛拉斯爵士前往龙石岛之前，你便开始列席这位'处女'玛格丽的舞会，噢，省省编故事的工夫吧,别跟我说什么去安慰我悲伤的媳妇。你三天两头前往处女居,所谓何来?你和玛格丽有什么好聊?你跟她那个麻子脸的修女搞上了?还是看中了咱们的小布尔威?你是不是做了她的线人,为她监视着我的一举一动?"

"我……我只是遵命行事。学士发誓服务……"

"大学士要为国家服务。"

"陛下,她……她是七大王国的王后啊……"

"我是太后。"

"我的意思是……她是国王的妻子,也是……"

"我明白她是谁。我只想知道她要你做什么,她究竟哪里'不舒服'?"

"不舒服?"老人摸向胡子——那只是他下巴下面褶皱的粉色皮肤上生出来的几丛稀疏白发,"她没——没不舒服,陛下,不是这样的。我的誓言禁止我泄露……"

"你的誓言会让你进黑牢,"她警告他,"你要么说实话,要么被捕。"

派席尔"扑通"一声跪下。"我求求您……我是您父亲大人的人,即便艾林大人当朝为相时,我也做您的朋友……若再有牢狱之灾,我这条老命就保不住了,我……"

"玛格丽要你干吗?"

"她要……她……她……"

"说!"

他屈服了。"月茶,"他低声呢喃,"月茶,为了……"

"我当然知道为什么,"成了,"很好,给我爬起来,有点男子汉的样子好不好?"派席尔费力地起身,花了太长时间,她不得不令奥斯蒙·凯特布莱克再去帮忙。"至于盖尔斯伯爵嘛,相信天父会公正地裁判他。他没留下孩子吗?"

"没有亲生孩子，但有一个养子……"

"……此人不是他的血脉，"瑟曦挥挥手，表示不在意这点小麻烦，"盖尔斯最清楚我们当下资金的缺口有多大，毫无疑问，他临终前会把自己的领地和财富统统捐献给托曼国王。"罗斯比的金子可解燃眉之急，罗斯比的领地和城堡则可封赏给效忠她的人。或许，就赏给维水大人吧。奥雷恩曾暗示想要有座家堡，否则伯爵只是个虚衔——他盯着龙石岛呢，但瑟曦不会把这个给他，罗斯比城更适合他的出身与地位。

"盖尔斯大人全心全意地爱着国王陛下，"派席尔提出，"但……但他的养子，这……"

"……当盖尔斯伯爵的养子听你亲口复述伯爵大人的遗嘱时，想必能理解大人的心意和苦衷。去吧，不要令我失望。"

"遵命。"派席尔大学士急匆匆逃走，几乎被自己的袍子绊倒。

玛瑞魏斯夫人关上房门。"月茶，"她转头面对太后，缓缓地说，"她好蠢啊。她为何要这么做，为何冒这么大风险？"

"咱们的小王后嫌托曼太'小'了吧。"教成年女人嫁给孩子，总是会发生这种事。对寡妇而言就更要命了。她说蓝礼没碰她，我可不信。月茶对女人来说只有一个用途，反正处女是绝不需要的。"我儿子被人欺骗了。玛格丽有了情人。这是叛国，理当处死。"她希望玛格丽·提利尔那老不死的丑陋祖母能亲眼目睹这场审判——你以为逼托曼尽快迎娶玛格丽就是高招？哼，你把你心爱的小玫瑰送上了断头台。"詹姆把伊林·派恩带走了，我们得再找个刽子手。"

"我来吧，"奥斯蒙·凯特布莱克带着轻浅的笑容提出，"玛格丽那漂亮的小脖子，是挥刀的好去处。"

"话虽如此，"坦妮娅道，"但提利尔家在风息堡和女泉城都驻扎了重兵,他们也有刀。"

朝廷被玫瑰们包围了。这让太后烦恼,虽然她仇恨他女儿,但她确实还需要梅斯·提利尔。清除史坦尼斯之后,我可以回头对付他。眼下,该怎么来堵住这位父亲的嘴呢?"叛国罪不可恕,"她宣布,"但我们需要证据,比月茶更确凿的证据,以证实她的不贞,令她父亲无从开脱——否则他便会自己蒙羞。"

凯特布莱克捻捻胡须:"我们是要捉奸在床喽?"

"怎么捉?科本日日夜夜盯着她,她的仆人收了我的钱,提供的却只有无聊琐事。没人见过她的情人,从她房门内传出的是歌声、嬉笑、闲话,别的就没了。"

"玛格丽狡猾得紧,没那么容易被逮住。"玛瑞魏斯夫人道,"她的女伴就是她的城墙。她们和她睡觉,为她更衣,陪她祈祷,跟她读书,同她缝纫。她没去骑马放鹰时,会和小亚莉珊·布尔威一起玩城堡游戏;只要男人出现,她身边要么有修女,要么有表妹们。"

"她总得找机会抛下这群小鸡,"太后坚持,她忽然灵光一现……"难道说她的女伴也参与其中……也许不是全部,但有几个同谋。"

"您指那三位表妹?"连坦妮娅也不敢相信,"可她们不仅比小王后还小,而且看起来都那么纯真。"

"她们是裹着处女白袍的荡妇,罪行骇人听闻,必将为世人唾弃。"太后尝到了甜头,"坦妮娅,你夫君是我的裁判法官,今晚,你们来同我共进晚餐,不可缺席,知道吗?"此事得尽快处理,若是教玛格丽的小脑瓜察觉,她很可能逃回高庭,她也可能前往龙石岛为哥哥送终,到时候就鞭长莫及了。"我会让大厨烤上一只野猪,我们还要听听音乐,以助消化。"

坦妮娅立时反应过来:"音乐,我懂了。"

"告诉你夫君,将歌手准备好,"瑟曦催促,"奥斯蒙爵士,你留下。我们还有事要谈,去把科本也找来。"

遗憾的是,厨房里没有现成的野猪,派猎人也来不及了,厨师只好宰杀了城堡饲养的母猪,火腿肉撒上丁香,再配上蜂蜜和干樱桃烤。这并非瑟曦想要的食物,但她只能将就。

饭后他们吃饴口的白奶酪涂的烤苹果,坦妮娅夫人小口小口地享受,奥顿·玛瑞魏斯则大不同,肉汤和奶酪他都全力以赴,黏糊糊地沾了一脸。他喝得太多,不时偷偷瞅瞅歌手。

"盖尔斯大人真可怜,"瑟曦最后才说正事,"不过,我想没有人会怀念他的咳嗽。"

"是,是,正是如此。"

"国库经理空缺。若非谷地如此动荡,我本想召回培提尔·贝里席,现在嘛……我倒有意让哈瑞斯爵士去试试。反正他不会比盖尔斯更糟糕了嘛,而且他不咳嗽。"

"哈瑞斯爵士乃是御前首相啊。"坦妮娅指出。

哈瑞斯爵士乃是我的人质,连做这个他也很不称职。"托曼应该有一位更强有力的首相。"

奥顿大人从酒盏间抬起眼睛。"强有力,当然啦,"他狐疑地问,"谁……"

"正是你啊,我的大人,你天生就有这个资格,记得吗,你祖父便接替我父亲担任伊里斯的首相。"用欧文·玛瑞魏斯取代泰温·兰尼斯特,好比把驴子当战马驱驰,不过欧文当时已老朽不堪,态度虽然恭顺和蔼,脑子却不太灵光。他孙子更年轻,而且……而且他至少有个强有力的老婆。坦妮娅不能亲自担任她的首相,实在可惜,她至少比她丈夫能干三倍,也有趣多了。然而她是密尔女人,非得打奥顿的幌子不可。"毫无疑问,你会比哈瑞斯爵士干得出色。"哈瑞斯爵士连给我倒夜壶都不配。"你愿意接受职位吗?"

"我……是,当然,陛下给了我莫大的荣誉。"

一份你不配得到的荣誉。"大人,在裁判法官任上,你做得很好,相信你会继续努力……时局艰难哪,眼下有很多棘手的麻烦事。"

等玛瑞魏斯意识到她语中暗示之后,太后微笑着转向歌手:"我也要奖励你,用美妙的歌谣来为我们解闷儿助兴。赞美诸神,它们赐给你甜美的嗓门。"

歌手鞠躬:"陛下过奖了。"

"没有,"瑟曦道,"我不过是实话实说。对了,坦妮娅告诉我,你叫蓝诗人?"

"是的,陛下。"歌手身穿柔软的蓝色小牛皮靴,上等蓝羊毛马裤,淡蓝丝衣以闪亮的蓝绸缎镶边,甚至连头发都染成蓝色——那是泰洛西人的样式,又长又卷,披散在肩,还用玫瑰水洗过。大概也是蓝玫瑰水吧,亏得他牙齿不是蓝的。那两排整齐洁白的牙齿,没有一点瑕疵。

"你的真名呢?"

一轮红晕在他脸上扩散开来:"我小时候叫渥特,农家孩子的名字,却不适合歌手。"

蓝诗人的眼睛很像劳勃,单凭这个,她就有理由整治他:"你生得这么俊,难怪最讨玛格丽王后的欢心。"

"陛下是个大好人,她常夸我取悦了她。"

"噢,这当然啦。我能瞧瞧你的琵琶么?"

"陛下请看。"蓝诗人的礼数之下,隐隐有一丝不安,但他克制住情绪,恭恭敬敬地将琵琶交了出来。没人敢违抗太后的命令。

瑟曦拨了一下琵琶,笑道:"爱情真是件既甜蜜又伤感的事,告诉我,渥特……当你第一回跟玛格丽上床时,她和我儿子结婚没有啊?"

片刻间,对方根本没反应过来,他的眼睛慢慢睁大:"陛下听了奸人诬告……我发誓,我没有——"

"叛徒!"瑟曦操起琵琶狠狠地砸向歌手的脸,彩绘木头被打成了碎片,"奥顿大人,拿下他,关进地牢。"

奥顿·玛瑞魏斯也吓傻了:"这……噢,这太丑恶……您是说他引诱王后?"

"我认为情况恰好相反,但不管怎么说,他都是个叛徒。让他去为科本大人表演吧。"

蓝诗人脸色惨白。"不!"琵琶打碎了他的嘴唇,鲜血流淌下来,"我绝对没有……"玛瑞魏斯揪住他的胳膊,他放声尖叫:"圣母慈悲啊。不要!"

"我不是你的圣母。"瑟曦冷冷地说。

然而在黑牢里,蓝诗人交代的也尽是废话,他不断祈祷,恳求慈悲。没多久,鲜血止不住地从他打碎的牙齿间流出来,流满了整个下巴,他尿了三次,把马裤染成暗蓝色,却还始终拿谎话搪塞。

"有没可能抓错了歌手?"瑟曦忍不住问。

"一切皆有可能。陛下,请放心,我管教他在日出之前说出真相。"黑牢里的科本穿粗羊毛外衣,围了铁匠的皮围裙。他转向蓝诗人。"很抱歉,卫兵们的手段有些粗鲁,实在欠缺教养,"他的声音慈蔼又亲切,"我们只想知道事情的真相。"

"我说的就是真相啊。"歌手啜泣道,坚固的铁环将他扣在冷硬的石墙上。

"还是招了吧。"科本拿出一把剃刀,刀子在火炬下闪着寒光。他割开蓝诗人的衣裳,只留下那双蓝色高筒皮靴。瑟曦饶有兴味地发现,此人两腿间的阴毛是褐色的。"告诉我们,你怎么取悦小王后?"她命令。

"我没有……我只是，只是唱歌而已。我唱歌，表演。王后的女伴们可以作证，她们从头到尾都看在眼里。她的，表妹们。"

"你跟其中几个发生了关系？"

"没有，没有，绝对没有……我只是个歌手，真的，求求您。"

科本叹道："陛下，或许当玛格丽偷情时，这可怜虫只是在旁边表演。"

"不，求求您，她没有……是，我表演，我只是唱歌表演……"

科本大人的手自蓝诗人的胸口缓缓地向上抚摸。"你表演的时候，她有没有把这个含在嘴里啊？"他用拇指和食指捏住一边乳头，轻轻一拧，"有的男人就喜欢这样，他们的奶头比女人还骚。"刀光闪过，歌手厉声尖叫，胸口多了一颗血红的眼睛。瑟曦有些恶心，心里的一部分只想闭上双眼，掉头离开，或是制止拷问，但她毕竟是太后，要处理的又是叛国大罪，容不得丝毫心软。泰温公爵是决不会心软的。

蓝诗人将他的一生断断续续地和盘托出，从命名日开始。他父亲是个蜡烛贩子，小渥特从小也跟着卖蜡烛，直到有一天，他发现自己在琵琶上的天赋。十二岁那年，市集里有场剧团表演，他便偷偷跟他们跑了，从此走遍了半个河湾地，最终来到君临，企望能得到宫中贵人的宠幸。

"宠幸？"科本咯咯笑道，"女人的宠幸吧？恐怕你是太贪心了，我的朋友……而且找错了对象。站在你眼前这位，才是真正君临七大王国的太后陛下。"

是的。全是玛格丽·提利尔的错，她误了渥特一生，他本可以活得潇潇洒洒，将来颐养天年，唱唱小曲，睡睡猪倌女孩和农夫之女，如今却落得身陷囹圄的下场。这全是她的奸情和叛逆，怪不得我。

临到清晨，歌手的蓝色高筒皮靴里已盛满了血，他娓娓道来，活灵活现地讲述玛格丽是如何一面欣赏几位表妹用嘴巴取悦他，一面自己抚慰自己的。有时候，她和其他情人调情，他则演唱助兴。"都有谁呢？"太后逼问，可怜的渥特依次揭发了高个塔拉德爵士、蓝柏特·特拔瑞、贾拉巴·梭尔、雷德温的双胞胎、奥斯蒙·凯特布莱克、修夫·克莱夫顿和百花骑士。

她不高兴了。现下她不敢玷污龙石岛英雄的名声，再说，只要稍微了解洛拉斯爵士的人，都决计不会相信这种事。雷德温的双胞胎也不应当牵扯其中，没了青亭岛的舰队，还说什么对付鸦眼攸伦和该死的铁民？"你只不过是把在她房里认识的达官贵人们一股脑儿背诵出来。我们要真相！"

"真相。真相。"渥特用科本留给他的那颗蓝眼睛看着她，缺了门牙的嘴流下如注鲜血，"我，我可能……记错了一些。"

"霍拉斯和霍柏并未参与，对吗？"

"对，"他立刻承认，"没有他们两位。"

"至于洛拉斯爵士，我敢肯定玛格丽费了不少心机，方才瞒过自己的亲哥哥。"

"是，我记起来了。有一回洛拉斯来访时，她不得不把我藏在被窝里。一定不能让他知道，她特意嘱咐过。"

"原来如此。"几位关键人物没参与其中，这样就好。其他人嘛，哼……塔拉德爵士只不过是个雇佣骑士，贾拉巴·梭尔是个被流放的乞丐，而克莱夫顿是小王后的卫士。奥斯尼是我的棋子。"说出真相，感觉好多了吧？等玛格丽受审时，你一定要记得今天的话。到时候你敢再撒谎……"

"不敢，不敢，我会把真相说出来。等，等审完……"

"……我会准你披上黑衣，不必担心。"瑟曦转向科本，"把他的伤口清理干净,再换好衣服,给他罂粟花奶,以止住疼痛。"

"陛下太好心了,"科本将血淋淋的剃刀扔进醋桶里面,"玛格丽定会怀疑宠爱的歌手失踪一事。"

"歌手总是浪荡天涯,来去匆匆,她有什么好奇怪的。"

瑟曦踏着漆黑的石阶,走出黑牢,只觉气喘吁吁。我得休息一会儿。发掘真相真是件累人的工作,而接下来的事更难办。我必须坚强,为了托曼,为了王国。真可惜,"蛤蟆"巫姬已经死了。去你的鬼预言吧,老巫婆。小王后是比我年轻,但她决不可能比我美,况且她就要完蛋了。

玛瑞魏斯夫人在卧室里等她。现在正是黎明前最黑暗的时刻,乔斯琳和多卡莎睡得正香,但坦妮娅精神饱满。"情况是不是很糟?"她问。

"不说了,不说了。我想睡觉,可又怕做梦。"

坦妮娅抚摸她的头发:"这都是为了托曼啊。"

"是啊,我知道,"瑟曦不禁发抖,"我喉咙干得要命。亲爱的,给我倒点酒吧。"

"没问题,只要能取悦您,叫我做什么都行。"

骗子。她心知肚明坦妮娅想要什么。算了,装装糊涂,有助于稳住这女人跟他丈夫的心。在这个尔虞我诈的世界里,一点点好意,无论出处如何,总值得几个吻吧。反正她不比绝大多数男人糟糕,她也不可能让我怀孩子。葡萄美酒让她平静了些,但还不够。"我想吐。"太后站在窗边,手握酒杯抱怨。

"亲爱的,您先去洗洗澡,这样就会好了。"玛瑞魏斯夫人唤醒多卡莎和乔斯琳,吩咐她们准备热水,等澡盆注满后,她亲自为太后宽衣,用灵巧的手指解开裙带,将裙服褪下肩膀。接着她也脱了自己的衣服,扔在地上。

她们两人一起洗浴,瑟曦靠在坦妮娅的怀抱中。"一定不能让托曼听见这些丑闻,他还小,"她告诉密尔女人,"玛格丽直到现在还日日带他去圣堂,一起为他哥哥祈祷。"与期望的相反,洛拉斯爵士始终不肯断气。"他也喜欢上了她的表妹们。一下子失去三人,他会难过的。"

"也许这三人并非都有罪,"玛瑞魏斯夫人提出,"您说呢?或许其中某位申明大义,抵挡住了诱惑;也或许她为目睹的事情深感羞耻,因而……"

"……因而愿意站出来,大义灭亲。是了,定然是这样,你说最纯洁的是谁?"

"雅兰。"

"最害羞的那个?"

"是的……不过呢,她这人其实机灵得很。交给我就是了,亲爱的。"

"很好。"单凭蓝诗人的一面之词,原难以扳倒提利尔,毕竟歌手们的话向来要打三分折扣。若坦妮娅出马说动雅兰•提利尔,情势就大不相同。"我们还有奥斯尼爵士的证词。其他人也得明白,只有忏悔,才能求取国王的宽恕,发配长城。"贾拉巴•梭尔是个摇尾乞怜的软骨头,其他人嘛……相信科本自有办法。

她们爬出浴盆时,阳光已普照君临,太后的肌肤洗得白白净净。"留下来陪我,"她吩咐坦妮娅,"我不想独睡。"爬进被窝之前,她甚至小声祈祷了一句,祈祷圣母赐她好梦。

结果不管用,诸神一如既往地装聋作哑。瑟曦梦见自己又回到黑牢,这回被锁在墙上的不是歌手,却是她自己。她什么也没穿,被小恶魔咬掉乳头的地方不住往外冒血。"求求你,"她恳求,"求求你,不要伤害我的孩子,不要伤害我的孩子。"

提利昂只是淫亵地望着她,他也什么都没穿,浑身粗毛,仿佛是个畸形小魔猴。"你会看着他们一个接一个戴上王冠,"他说,

"也会看着他们一个接一个死去。"说罢他含住她鲜血淋漓的乳房,大口吸吮,疼痛犹如红热的匕首,刺穿她全身。

她浑身颤抖着在坦妮娅怀中惊醒。"是噩梦,"她虚弱地解释,"我刚才叫唤了吗?很抱歉……"

"梦只是梦。又梦见侏儒啦?不过是个小矮人,怕他作甚?"

"他要来杀我。这是我十岁时的预言。我当时只想知道自己将来会嫁给谁,结果她说……"

"她?"

"巫魔女。"她不由自主地脱口而出。当年梅拉雅·赫斯班说不去谈论,预言便不会成真的话言犹在耳。哎,可她在井中也没有沉默啊,她又叫又闹又诅咒。"提利昂是我的VALONQAR,"她说,"你们密尔人知道这个词吗?在高等瓦雷利亚语中,这是兄弟的意思。"她把梅拉雅淹死后,便向萨拉妮亚修女请教过。

坦妮娅执起她的手,轻轻拍了拍:"没事,她只是个满怀怨毒的老太婆,丑陋又恶心;您年轻貌美,充满生机和骄傲。你说她住在兰尼斯港,所以她晓得侏儒,晓得他如何害了你母亲大人,这并不奇怪。碍于您的身份,恶婆不敢公然毁谤,便拿您弟弟来伤害您。"

是吗?瑟曦希望自己能相信。"不过梅拉雅当晚就死了,正如她预言的那样。我也没嫁给雷加王子。而乔佛里……侏儒在我面前杀了我儿子。"

"您的一个儿子不幸夭亡,"玛瑞魏斯夫人道,"可您还有另一个呢,他强壮又甜美,再也不会有人能伤害他。"

"不会的,只要我还活着。"说出这话,她的信心坚定了几分。是的,梦只是梦。阳光在薄云中闪烁,瑟曦滑出毯子,"今天我要与国王共进早餐,我想看看我儿子。"我所做的一切,都是为了他。

托曼让她很欣慰,她从没像今天早晨这么珍爱他。她跟他讨论小猫咪,国王把蜂蜜滴到刚从烤炉中端出来、热腾腾的新鲜黑面包上。"突击爵士抓到一只老鼠,"他告诉妈妈,"但胡须小姐抢了它的战利品。"

我从来没有如此纯真甜美过,瑟曦心想,然而将来他要如何来统治这个残酷的世界?作为母亲,她只想好好保护他;但身为太后,她必须让他坚强起来,否则铁王座一定会吞噬他。"突击爵士得学会保护自己的权利,"她告诉他,"弱肉强食是个规律。"

国王边想边从指头上舔蜂蜜:"等洛拉斯爵士回来,我就拜他为师,学习长枪、宝剑和流星锤,我会和他一样棒。"

"你会习得一身本领,"太后承诺,"但并非从洛拉斯爵士身上。托曼,他不会回来了。"

"玛格丽说他一定会回来的。我们一直在为他祈祷呢,祈求圣母慈悲,祈求战士给他力量。埃萝说这是洛拉斯爵士一生中最大的挑战。"

她为儿子抚平头发,柔软的金色鬈发令她想起了小乔。"下午,你又要跟你妻子和她表亲们一块儿玩吗?"

"今天不会。她说她今天要焚香绝食。"

焚香绝食?……噢,我差点忘了,今天是处女节啊。瑟曦已有若干年不曾守过此节。哼,结了三次婚,居然有脸说自己是处女。小王后一定会全身白袍,带着那群小鸡去贝勒大圣堂,在少女脚边点起长长的白蜡烛,再将羊皮花环套在神灵的脖子上。她至少会带几只亲信的小鸡去。按照习俗,在处女节,所有寡妇、母亲和妓女都不得前往圣堂,男人也不能去,以免他们亵渎纯洁的圣歌咏唱。只有没被破身的处子……

"母亲?我说错什么了吗?"

瑟曦吻了儿子的额头:"不,你很聪明,我亲爱的。去吧,去

陪你的小猫咪玩会儿吧。"

她赶紧召奥斯尼·凯特布莱克到书房觐见。只见他从校场中昂首阔步地赶来,全身大汗淋漓,单膝跪下时用眼睛脱她的衣服——他一贯如此。

"起来吧,爵士,来,坐我旁边。你为我办事很是勇敢,现在,我有一项艰巨任务要托付于你。"

"啊,我已经为您'坚'、'巨'起来了。"

"那个可以等等,"她用指尖轻轻梳理他的伤疤,"还记得伤你的婊子吗?等你从长城回来,我就把她给你。你喜欢吗?"

"我要的是你。"

这是她想听的答案。"首先,你必须坦承叛国罪行。苦海无边,回头是岸啊,我知道,这对你来说有些艰难,但只有抛开羞耻,才能走向新生。"

"羞耻?"奥斯尼说不出话来,"我告诉奥斯蒙,玛格丽只是逗弄我而已,她根本不让我逾越……"

"你本着骑士精神保护她,"瑟曦打断,"但身为骑士,不应该活在欺骗中。去吧,今晚就去贝勒大圣堂,找总主教大人忏悔。如此深重的罪孽,只有总主教大人方能为你免除地狱的折磨。告诉他,你是如何与玛格丽及其表亲们通奸的。"

奥斯尼眨眨眼睛:"什么,她表亲也在内?"

"梅歌与埃萝,"她决定了,"雅兰没参与。"加点小细节有助于让整个故事更可信。"雅兰她边看边哭泣,恳请同伴们别再造孽。"

"只有梅歌与埃萝?玛格丽参加了吗?"

"玛格丽是关键。一切都是她造成的。"

她把想法和盘托出,奥斯尼一边听,一边缓缓露出理解的表情。等她说完后,他道:"等您砍了她的头,我要她给我那个她从未给过的吻。"

"你想要什么都可以。"

"然后就去长城?"

"只是暂避一时。托曼是个仁慈心肠的好国王。"

奥斯尼挠了挠脸上的伤疤:"一般来说,当我撒有关女人的谎时,总是说自己没碰她们,而她们指认我是个淫贼。这回……对总主教大人撒谎,将来一定会下地狱。"

太后吃了一惊,没料到凯特布莱克这莽夫竟有如此虔诚。"你拒绝我?"

"不,"奥斯尼伸手抚摩她的金发,"我的意思是,要让这个谎撒得天衣无缝,其中得有几分真实……方能取信于人,明白吗?您得让我了解跟王后做爱的滋……"

她真想给他一巴掌。但她已走得太远,太多太多东西系于此举,不能回头了。我所做的一切,都是为了托曼。于是她扭过头,抓住奥斯尼爵士的手,吻他的指头。他的指头粗糙又坚硬,布满练剑留下的茧疤。就像劳勃的手,她心想。

瑟曦搂住凯特布莱克的脖子。"我怎能让你去撒谎呢?"她用沙哑的声音凑在他耳边低语,"一小时后,来我卧室。"

"我等不了那么久。"他把手伸进她的胸衣,一把撕开,丝绸发出"嘎拉"声响,瑟曦觉得半个红堡都听见了。"在我动手之前,把其他的也脱了吧,"他说,"留着王冠,我喜欢看你戴王冠的样子。"

高塔上的公主

这是一间舒适的牢房。

亚莲恩欣慰地想：假如父亲已将她定为死罪，何苦如此麻烦，特意提供舒适囚牢？他不会杀我，她上百遍地告诉自己，他不会那么残忍。我是他的种，他的亲骨肉，他的继承人，他唯一的女儿。如若必要，她可以扑倒在他的轮椅下，承认错误，乞求宽恕。当他看见泪水从她脸上滚落，肯定会原谅她的。

至于她能否原谅自己，就没那么肯定了。

"阿利欧，"从绿血河返回阳戟城的漫长旅途中，她恳求押解者，"我没想过加害那女孩。你得相信我。"

何塔闷哼几声，不予作答。亚莲恩能感觉到他的愤怒。"暗黑之星"逃脱了追捕，作为她纠集的阴谋小集团中最危险的人物，他溜得飞快，带着染血的长剑消失在沙漠深处。

"你了解我，队长，"亚莲恩不断解释，"你打小就了解我。你总是在保护我，正如当初保护我母亲大人——你跟随她从伟大的诺佛斯来到这片陌生的土地，充当她的贴身护卫。我需要你。我需要你的帮助。我没想过——"

"你想没想过不重要，小公主，"阿利欧·何塔道，"你做过的才算数。"他的面容僵硬如石。"我很抱歉。亲王下令，何塔服从。"

亚莲恩以为自己会被带往太阳塔拱顶的镶铅玻璃窗下、父亲的高背座椅跟前，何塔却将她带到长矛塔，交给父亲的管家里卡索和代理城主曼佛里·马泰尔爵士。"公主，"里卡索说，"请原谅一个盲眼老人不能随你一起攀登，我这把老骨头无法驾驭那长长的阶梯。屋子为你准备好了，曼佛里爵士会带你去，请等待亲王心情好转时再作指示。"

"你是说亲王现在心情不好？对了，我的朋友们也被囚禁在此吗？"被捕后，她便跟盖林、德雷等人分开了，而何塔拒绝透露他们的下落，"一切由亲王决定，"这是侍卫队长唯一的说辞。曼佛里爵士略为通融，"他们被带至板条镇，然后由船只送往灰怖堡，听候道朗亲王发落。"

灰怖堡是座残破的古堡，位于多恩海中一块大礁石上，作为一所阴森恐怖的监狱，要犯们往往会被送去那里消磨至死。"我父亲要他们的命？"亚莲恩难以置信，"他们所作所为全是为了我，为了对我的爱。父亲的惩罚应该冲我来。"

"你说得对，公主殿下。"

"我要立刻跟他谈谈。"

"他料到你会这么说。"曼佛里爵士搀着她的胳膊，领她登上阶梯，越走越高，直到她的呼吸渐渐急促。长矛塔高达一百五十尺，而她的房间接近顶端。亚莲恩打量着经过的每一扇门，不知其中是否锁着"沙蛇"。

等自己的房门也被关闭上闩，亚莲恩开始探索新家。房间宽敞通风，不乏装点，地上铺着密尔地毯，有红酒可喝，还有书可读。角落里立着一张席瓦斯棋桌，棋子由象牙和玛瑙雕刻而成，但即使她想下棋，也没对手。她有一张羽毛床，还有一个带大理石座位的厕所，内置一篮药草以消除异味。高处的景观十分壮丽，一扇窗朝东，她可以看到海上的日出，另一扇窗朝西，让她可以俯瞰太阳塔、曲墙和三重门。

探索房间花的工夫还不及她平时系一双凉鞋,但至少让她暂时忍住了泪水。亚莲恩找到一个水盆和一壶凉水,洗了洗手和脸,可无论如何用力地擦,都拭不去悲哀。亚历斯,她心想,我的白骑士。泪水盈满眼眶,突然间,她哭了,整个身子都在抽搐。她回想起何塔沉重的长柄斧如何劈砍他的血肉和骨头,他的脑袋如何在空中旋转。你为何要这么做?为何要抛弃生命?我没想过要你这样,我不希望你这样,我只想……只想……只想……

当晚她哭着入睡……从头到尾。即使在梦中,她也无法平静。她梦到亚历斯•奥克赫特爵士的爱抚和微笑,梦见他爱的宣言……但弩箭始终钉在他身上,伤口流的血,把白袍染成红色。她隐隐知道这是个噩梦。到了清晨,一切都会过去,公主告诉自己,但清晨来临时,她仍在牢里,亚历斯爵士仍是死了,而弥赛菈……我没想过这样,没想过。我没想过加害那女孩,只想让她当上女王。倘若我们没被出卖……

"有人告密。"何塔说过,而这仍然令她愤怒。亚莲恩不停回忆,往心中的怒火添加燃料。怒火强于泪水,强于悲哀,强于黯然神伤。有人告密,某个她信任的人害死了亚历斯•奥克赫特,他虽是死在侍卫队长的斧下,但更是由于叛徒的告密,弥赛菈脸上的伤也是那叛徒造成的。有人告密,某个她爱的人。这是最残酷的伤口。

她在床脚发现一只雪松木箱,里面装满她的衣服,于是她脱下风尘仆仆的外衣——最近她都合衣而眠——找出一件最暴露的丝衣,缕缕丝绸遮盖一切,却什么都没藏住。道朗亲王对待她也许就像对待小孩子,但她不会穿成小孩模样。如果父亲前来斥责她拐带弥赛菈出逃,这样的服装会让他困扰。她指望着这一点。如果我必须匍匐哭泣,就要发挥最大的功效。

她以为他当天就会来,但等门终于打开时,却只是仆人们送午餐。"我什么时候可以见父亲?"她问。无人回答。仆人们送上柠檬和蜂蜜烤的小山羊，葡萄叶间塞满了葡萄干、洋葱、蘑菇和火龙椒。"我不饿，"亚连恩说。她的朋友们正在去灰怖堡的船上吃饼干和腌牛肉，"把这些拿走，给我把道朗亲王请来。"他们留下食物，父亲却没有来。过了一会儿，饥饿削弱了决心，她坐下来吃东西。

等食物吃完，亚连恩就没事可干了。她绕着房间转圈，一圈，两圈，三圈，然后再绕三圈，再三圈。她坐到席瓦斯棋桌边，漫无目的地移动一只象。她蜷在临窗座位里看书，直到文字变得一片模糊，她意识到自己又哭了。亚历斯，我亲爱的，我的白骑士，你为何要这么做？你应该投降。我要你投降，却没说出口。你这英勇的傻瓜，我没想要你死，也没想过让弥赛菈……噢，诸神慈悲，那小女孩……

最后，她爬回羽毛床上，世界重新变黑，除了睡觉，她没事可干。有人告密，她反复回味。有人告密。盖林，德雷和"斑点"希尔娃都是她的童年好友，跟堂姐特蕾妮一样亲近。她不相信他们会告密……这样就只剩下"暗黑之星"，他为何要伤害可怜的弥赛菈？他要我杀她，而非为她加冕，他在沙岩城就是这么讲的。他说这样才能让我得到想要的战争。然而杰洛爵士出自声名在外的戴恩家族，他真的是苹果里的蛀虫？他为何要伤害可怜的弥赛菈？

有人告密。会不会是亚历斯爵士？白骑士的负疚感最终战胜了欲望？他是否爱弥赛菈胜过爱她，因而以出卖新公主来补偿对旧公主的背叛？是否他对自己所作所为太过惭愧，以至于宁肯将生命抛在绿血河，也不愿活下去面对羞耻？

有人告密。等父亲来见她时，她会问清楚是哪一个。然而道朗亲王第二天没有来，第三天也没有来。公主只能独自徘徊哭泣，舔舐伤口。她白天看书，可他们提供的书无聊之极，尽是冗长的古代历史与地理、带注解的地图册、枯燥乏味的多恩律法研究，外加《七星圣经》、《历代总主教纪事》和厚厚一大本关于龙的书，亚莲恩觉得书中的龙几乎跟蝾螈一样无趣。她情愿不惜代价换一本《万船远航记》或《娜梅莉亚女王的爱情》，任何能占据思绪的东西都行，好让她逃离高塔一两个小时。

但她得不到这样的消遣。

从临窗座位，她只需往外一瞥就能看见下方由黄金与彩色玻璃制成的巨大拱顶，她父亲便庄严地坐在那里面。他很快就会召见我的，她告诉自己。

除了仆人，她没有任何访客；鲍斯的下巴胡子拉碴，高个提莫斯严肃端庄，莫拉与梅勒是姐妹，小赛德拉十分漂亮，此外还有母亲的贴身老女仆贝兰达。他们为她带来膳食，替她换洗床单，清空厕所底下的夜壶，但无人跟她说话。她要更多红酒，提莫斯便会去拿；她想吃喜欢的东西，无花果、橄榄或辣椒粉奶酪，只需告诉贝兰达；莫拉与梅勒取走她的脏衣服，还回来时清爽洁净；每隔一天，她能洗一次澡，害羞的小塞德拉为她后背抹上肥皂，还帮她搓头发。

然而没人跟她说一个字，他们也不肯告知，在她这沙石囚牢之外的世界里发生了些什么。"'暗黑之星'被抓住了没有？"有一天她问鲍斯，"他们还在追捕他吗？"他转身走开。"你聋了吗？"亚莲恩朝他大声呵斥，"回来，回答我。我命令你。"她得到的唯一回答是关门的声响。

"提莫斯，"另一天，她尝试高个子，"弥赛菈公主怎样了？我没想让她受伤害。"她最后一次见到公主是回阳戟城的路上。弥赛菈太虚弱，骑不了马，只好坐轿子，头上用丝绸绷带缠住被"暗黑之星"砍伤的地方。她的绿眼睛里闪烁着迷乱的光芒。"告诉我，她没死，求求你。让我知道这些有什么害处呢？告诉我她怎样了。"但提莫斯不肯说。

"贝兰达，如果你真的爱我母亲，"数日后，她转而恳求老女仆，"就同情一下她可怜的女儿吧。告诉我，父亲打算什么时候来见我。求求你。求求你。"贝兰达也仿佛是个哑巴。

这就是父亲的惩罚？不是烙铁，不是刑架，而是简单的沉默？这实在太像道朗·马泰尔的方式了，亚莲恩忍不住笑出声来。他自以为巧妙深奥，其实软弱无能。她决定享受这安静的气氛，利用这段时间治愈伤口，增强意志，为必将到来的一切作好准备。

无休止地想念亚历斯爵士没好处，她让自己去想沙蛇们，尤其是想特蕾妮。亚莲恩爱着她所有的私生堂姐妹，从暴躁易怒的奥芭娅到年仅六岁的小萝芮——最小的一条沙蛇——但特蕾妮始终是她最亲近的伙伴，她从没有过这样一位亲生好姐妹。多恩公主跟弟弟们有隔阂：昆廷打小去了伊伦伍德城，崔斯丹太小。她一直跟特蕾妮在一起，还有盖林、德雷和"斑点"希尔娃。娜梅有时会应酬他们的活动，萨蕾拉则永远想挤进不属于她的空间，但大部分时间是他们五个人相互做伴。他们在流水花园的喷泉与池塘里玩水，骑在彼此光溜溜的背上打斗。她跟特蕾妮一起学识字、学骑马、学跳舞。十岁时，亚莲恩偷了壶红酒，她俩一起喝醉。是的，她俩共享食物、床铺和首饰，本来还想共享第一个男人，可惜德雷兴奋过度，当特蕾妮将他老二从裤子里拉出来时，它全喷射到了特蕾妮的手指上。她确实有双危险的手。回忆让她微笑起来。

公主越想就越思念堂姐妹们。她们或许就在楼下。当天晚上，亚莲恩试着用凉鞋后跟敲地板。没人应答。于是她把身子探到窗外，向下张望。她可以看到下面其他窗户，比她的小，有些不过是箭孔。"特蕾妮！"她叫喊，"特蕾妮，你在吗？奥芭娅，娜梅？你们听得到我吗？艾拉莉亚？有人吗？特蕾妮？"公主半个晚上悬在窗外，一直喊到嗓子疼，但没人呼叫或回应。这让她害怕得无以复加。假如沙蛇们被囚禁在长矛塔，一定听得到她的喊声。为何她们不回答？如果父亲伤害了她们，我决不原谅他，决不，她告诉自己。

过了两星期，她的耐心已被磨得跟纸一样薄。"我现在就要跟父亲说话，"她用自己最威严的语气吩咐鲍斯，"你带我去见他。"他没带她去。"我准备好见亲王了。"她告诉提莫斯，但他转身离开，仿佛没听见。第二天早晨开门时，亚莲恩等在旁边。她顺势挤过贝兰达，把一盘添加香料的鸡蛋撞碎在墙上，但没跑出三码远，就被卫兵们抓住了。她也认识他们，但他们对她的恳求充耳不闻。她被拖回房间，又是踢又是挣扎。

亚莲恩断定需要采取迂回手段。塞德拉是她最大的希望，这女孩年轻、天真，容易上当。公主记得盖林曾炫耀跟她上过床。于是下一次洗澡，当塞德拉往她肩头抹肥皂时，她开始漫无目标地闲扯。"我知道你们奉命不准跟我讲话，"她说，"但没人说我不可以对你们讲。"她从白昼的炎热，说到前天晚餐吃什么，说到可怜的贝兰达变得多么迟缓笨拙。奥柏伦亲王给了他每个女儿一件武器，好让她们有能力自卫，然而亚莲恩·马泰尔没有武器，只有诡计。于是她微笑着施展魅力，不求塞德拉任何回应，无论言语还是点头。

第二天，当女孩服侍她吃晚餐时，她又开始喋喋不休。这回她故意提到盖林。塞德拉听到他的名字，害羞地略略抬起眼睛，差点把正在倒的红酒洒出来。噢，是真的了？亚莲恩心想。

下一次洗澡时，她提起被囚禁的朋友们，特别是盖林。"我最担心他，"她告诉年轻的女仆，"绿血河孤儿自由自在惯了，生性浪荡。盖林需要阳光和新鲜空气，被锁进阴暗潮湿的牢房，怎活得下去呢？他在灰怖堡坚持不了一年。"塞德拉没回答，但当亚莲恩从水里爬出来时，只见她脸色苍白，紧紧地攥着海绵，肥皂水滴到密尔地毯上。

即使如此，又过了四天，再多洗两次澡，女孩才被她争取过来。"求求你，"塞德拉看见亚莲恩画了一幅栩栩如生的画，画中的盖林从牢房窗口跳下来，只为临死前最后一次体验自由的滋味，她终于低声说，"你得帮帮他。请不要让他死。"

"只要我仍被关在这里，能做的便少之又少。"她低声回答，"我父亲不愿见我。你是唯一可救盖林的人。你爱他吗？"

"是的，"塞德拉红着脸低语，"但我怎样才能帮他？"

"你可以为我偷偷带出一封信，"公主说，"你愿不愿这么做？你愿不愿冒险……为了盖林？"

塞德拉瞪大眼睛。她点点头。

我有了一只信鸦，亚莲恩得意地想，但让她送信给谁呢？同谋者中，只有"暗黑之星"逃脱了父亲的罗网。然而现在杰洛爵士很可能已经被捕，即便没有，他也一定逃离了多恩。她接着想到盖林的母亲和绿血河孤儿们。不，他们不行。必须是有权力的人，那些没参与我们的计划，但有理由同情我们的人。她考虑向母亲求救，可惜梅拉莉欧夫人远在诺佛斯，况且这许多年来，道朗亲王不曾听过夫人的话。母亲不行。我需要找个大诸侯当靠山，胁迫父亲释放我。

多恩最强大的领主乃是安德斯·伊伦伍德，血之贵胄，伊伦伍德城伯爵，石路守护，但亚莲恩很清楚，最好别寻求他的帮助，因为此人正是弟弟昆廷的养父。他不行。德雷的哥哥丹泽尔·达特爵士曾热切追求过她，但他为人忠实恭顺，不大可能犯上。此外，柠檬林骑士只能吓唬小领主，无力动摇多恩亲王。他不行。"斑点"希尔娃的父亲也是如此。他也不行。亚莲恩最后断定，她只有两个真正的希望：狱门堡伯爵哈曼·乌勒和天及城伯爵、亲王隘口守护福兰克林·佛勒。

人们常说，乌勒家一半的人是疯子，另一半则更糟。艾拉莉亚·沙德是哈曼大人的私生女,而她和她的小家伙们跟其他沙蛇一起被关了起来。这会激怒哈曼大人,乌勒家的人动怒后是很危险的。也许太危险了。公主不想再将任何人的生命置于危险之中。

佛勒大人是比较安全的选择。他外号"老隼鹰",向来就跟安德斯·伊伦伍德不和,他们两家的恩怨,可以追溯到一千年前。当时佛勒家在娜梅莉亚的征服战争中追随马泰尔,而没有选择伊伦伍德。此外,人人皆知佛勒家的双胞胎是娜梅小姐的好朋友。但这对于"老隼鹰"来讲有多少分量呢?

亚莲恩这封密信犹豫不决地写了好几天。"给带来这封信的人一百银鹿,"她如此开头,以保证信件能送达。她写了自己身在何处,并请求救援,"无论谁将我带离这间屋子,我结婚时决不会忘记他。"让英雄们行动起来吧。除非道朗亲王解除她的继承权,否则她仍是阳戟城的合法继承人,跟她结婚的人有朝一日将会和她并肩统治多恩领。亚莲恩祈祷她的营救者比父亲多年来向她提议的灰胡子老头们年轻一些。"我要一个有牙齿的伴侣。"她最后一次拒绝求婚者时曾对父亲说。

她不敢要羊皮纸,以免引起看守的怀疑,转而从《七星圣经》中撕下一页,把信写在页脚处,然后趁下一个洗澡日塞给塞德拉。"三重门边有个地方,商队穿越大沙漠前会在那里补充给养,"亚莲恩嘱咐她,"找个前往亲王隘口的旅行者,许以一百银鹿,让他把这封信交到佛勒大人手中。"

"好的。"塞德拉将信件藏进紧身胸衣,"太阳下山前我会找到人的,公主。"

"很好,"她说,"明天来向我报告进展。"

然而第二天女孩没有回来。再下一天也没有。为亚莲恩灌浴盆的换成了莫拉和梅勒,然后她们又留下来给她洗背搓头。"塞德拉病了吗?"公主问,但她们都不回答。她唯一能想到的是,她被逮

107

住了。还能为什么呢？当晚她几乎没睡着，担心接下来会怎样。

第二天，提莫斯为亚莲恩带来早餐时，她求见里卡索，而不是父亲。显然她不能强迫道朗亲王来见她，但区区一个管家对阳戟城法定继承人的召唤应该不会不予理睬。

可他真的不理不睬。"你没转告里卡索吗？"第二次见到提莫斯时，她问，"你有没有告诉他，我需要他？"提莫斯拒绝回答，于是亚莲恩抄起一壶红酒，全倒在他头上。仆人带着受伤的尊严，浑身湿漉漉地离开。父亲要让我烂在这里，亚莲恩断定，要不就是打算把我嫁给某个恶心的老笨蛋，一直关到圆房。

亚莲恩·马泰尔从小就期望有朝一日会跟父亲挑选的大诸侯结婚。她一直认定，这是公主的命运……叔叔奥柏伦则持有不同观点。"你们想结婚，就结婚，"红毒蛇告诫女儿们，"不想结婚，便自寻快乐，毕竟这世上的快乐够少的了。但记住一点，千万要小心选择，如果教笨蛋或暴徒缠上，不要找我帮忙，我给了你们工具自己解决。"

道朗亲王的合法继承人不曾享有奥柏伦给私生女儿们的自由。亚莲恩必须结婚，她接受了这点。她知道德雷想要她，还有他哥哥柠檬林骑士丹泽尔。戴蒙·沙德甚至向她求过婚，然而戴蒙是私生子，道朗亲王又不打算让她嫁给多恩人。

这点亚莲恩也已接受。某年，劳勃国王的弟弟来访，她竭尽全力引诱他，但那时她还是个半大小女孩，对她的主动示好，蓝礼公爵似乎困窘多于热情。后来，霍斯特·徒利要她去奔流城见见他的继承人，她向少女点起蜡烛，以示感激，没料到道朗亲王谢绝了邀请。公主甚至考虑过维拉斯·提利尔，即使他是残疾，但这回父亲又拒绝送她去高庭与他见面。她不顾父亲反对，试图在特蕾妮的帮助下私奔……结果他们被奥柏伦亲王在万斯城赶上并带了回来。同年，道朗亲王试图将她许配给本·毕斯柏里，一位至少八十岁的小领主,眼睛看不见,又没有牙齿。

幸亏毕斯柏里前几年死了,使得她目前的处境稍好一点,他既然死了,就不可能再强迫她嫁给他。河渡口领主结了第八次婚,这方面她也安全。但埃尔顿·伊斯蒙仍活着,且没有伴侣。还有罗斯比大人和格兰德森大人。格兰德森人唤"灰胡子",但她遇见他时,他的胡子已变得雪白。欢迎宴会上,他在鱼和肉这两道菜之间睡着了。德雷说那样正合适,因为他们家的纹章是一头睡狮,盖林则怂恿她,看她能否给他的胡子打个结,却不弄醒他。亚莲恩克制住了玩闹的冲动。格兰德森看上去是个欢快友善的家伙,不像伊斯蒙那么爱发牢骚,也比罗斯比精力充沛。然而她决不愿跟他结婚。即便何塔拿着斧子站在后面我也不愿意。

第二天没人来跟她完婚,再下一天也没有。塞德拉也没回来。亚莲恩试图以同样的方法争取莫拉和梅勒,但不成功。若她能跟其中一人独处,也许有点希望,可惜姐妹俩在一起就像一堵墙。到此时,公主甚至乐意接受炽热的烙铁,或在刑架上度过一晚。孤独快把她逼疯了。我所做的事,应当用刽子手的斧头来惩罚,但他甚至连这也不给我。他宁愿把我关起来,彻底遗忘我这个人。不晓得卡洛特学士是否正在撰写声明,把她的继承权转让给弟弟昆廷。

日子一天天过去,直到亚莲恩数不清自己被囚禁了多久。她越来越多地躺在床上,最后除了上厕所,根本不起来。仆人们拿来的膳食原封不动地逐渐变凉。亚莲恩睡了又醒,醒了又睡,仍然疲倦得起不了身。她向圣母祈求怜悯,向战士祈求勇气,然后接着睡。新鲜食物送上来,她还是不吃。有一次她感觉特别有力气,于是将所有食物搬到窗口,抛到下面院子里,这样它们就无法诱惑她了。这举动耗尽了力量,因此她又爬回床上睡了半天。

终于有一天,一只粗糙的手摇她肩膀,把她唤醒。"小公主,"一个她从小就熟识的声音说,"起来穿衣服。亲王召见你。"她的老朋友及保护者阿利欧·何塔站在上方,跟她讲话。亚莲恩露出困倦的微笑。看到这张满是瘢痕的脸,听到那沙哑低沉的声线及浓重的诺佛斯口音,感觉真好。"你们把塞德拉怎样了?"

"亲王送她去流水花园了,"何塔说,"他会告诉你的,但首先你必须洗一洗,吃点东西。"

我看起来一定像头可怜的动物。亚莲恩从床上爬起来,虚弱如同小猫。"让莫拉和梅勒准备洗澡水,"她吩咐他,"告诉提莫斯,给我带点食物上来。别太腻。一点点冷汤,稍许面包和水果。"

"是。"何塔说。她从没听过如此悦耳的声音。

侍卫队长等在外面,公主在里面梳洗,然后稍稍吃了些他们带来的奶酪和水果,并喝了一点红酒,以舒缓肠胃。我怕,她意识到,我生命中头一次害怕父亲。她哈哈大笑,直到酒从鼻子里流出来。她选了一件简朴的象牙色布袍,袖子和上身绣有蔓藤和紫葡萄,没戴首饰。我必须表现得朴素谦逊,诚心悔悟。我必须匍匐在他脚下乞求原谅,否则将再也听不到其他人类的嗓音。

等她作好准备,黄昏已经降临。亚莲恩以为何塔会将她押解到太阳塔,听取父亲的审判,他却把她带到了亲王的书房。道朗·马泰尔坐在一张席瓦斯棋桌后面,患痛风的腿搁在铺有衬垫的足凳上。他把玩着一只玛瑙雕成的象,将它放在红肿的手里翻来覆去。亲王的状况比她以往所见都要糟。他的脸苍白浮肿,关节发炎肿胀,光看着就让她心痛。见他这个样子,亚莲恩很难过……但不知为何,她无法如计划中那样下跪乞求。她只是说:"父亲。"

他抬头看她,黑色的眼睛因痛苦而迷蒙。因为痛风?亚莲恩心想,还是因为我?"瓦兰提斯人是奇异而深奥的民族,"他一边喃喃地说,一边把象放下,"我去诺佛斯途中曾路过瓦兰提斯,后来我在诺佛斯遇见了梅拉莉欧。狗熊伴随着铃声在阶梯上跳舞,阿利欧记得那一天。"

"我记得，"阿利欧·何塔用低沉的嗓音重复，"狗熊在铃声中跳舞，亲王殿下穿着红色、金色与橙色的衣服。夫人问我，这位光彩夺目的人是谁。"

道朗亲王无力地微笑："让我们独处，队长。"

何塔用长柄斧的斧柄一捶地板，转身退下。

"我吩咐他们在你房里放一张席瓦斯棋桌。"父女俩独处后，父亲说。

"我跟谁下呢？"他为何要谈论游戏？莫非痛风夺去了他的智慧？

"跟你自己。很多时候，玩游戏之前，最好先研究一下。对这个游戏，你有多了解，亚莲恩？"

"足够参与。"

"但赢不了。我弟弟喜爱战斗是因为他喜爱战斗本身，而我只玩我能获胜的游戏。席瓦斯不适合我。"他端详她的脸许久，然后才道，"为什么？告诉我，亚莲恩。告诉我为什么。"

"为了家族荣誉。"父亲的语气令她气恼。他听上去如此悲哀，如此疲惫，如此虚弱。你是多恩领亲王！她想大喊，你心中应该充满怒火！"你的软弱令整个多恩蒙羞，父亲。你弟弟代替你去君临，他们却杀了他！"

"你以为我不知道吗？每次闭上眼睛，我就仿佛看到了奥柏伦。"

"毫无疑问，他在叫你睁开眼睛。"她径自坐到席瓦斯棋桌边，父亲的对面。

"我没准你坐下。"

"那就叫何塔回来拿鞭子抽我，以惩罚我的傲慢无礼。你是多恩领亲王，你可以这么做。"她摸摸一枚席瓦斯棋子，重骑兵。

"你们有没有抓到杰洛爵士？"

他摇摇头。"能抓到他就好了。你让他参与真愚蠢。'暗黑之星'是多恩领最危险的人物，你和他合起来给我们大家造成了极大伤害。"

亚莲恩几乎不敢问："那弥赛菈。她是不是……？"

"……死了？没有，但'暗黑之星'确实下了毒手。所有人的目光都被你的白骑士吸引，因此没人能确定究竟怎么回事，似乎她的马被'暗黑之星'的马惊吓，在最后一刻闪避开来，否则他会将那女孩的头砍成两半。结果那一剑划开她的脸颊，深及面骨，并削掉了右耳。卡洛特可以救她性命，但没有一种药膏能令她容貌复原。她处于我的监护之下，亚莲恩，她跟你弟弟订了婚，受我的保护。你让我们全体蒙羞。"

"我没想过伤害她，"亚莲恩强调，"如果何塔不干涉……"

"……你将替她加冕，让她成为女王，反对她的弟弟。如此，她将丢掉性命，而不止一只耳朵。"

"除非我们失败。"

"除非？应该说等你们失败时，报应就到了。多恩领在七大王国中人口最少。少龙主写他那部书时，乐意把我们的军队写得比实际数量多，以夸耀其丰功伟业，我们也乐意顺水推舟，好让敌人惧怕。但身为亲王，我了解真相，勇气无法代替数量。多恩领对垒不了铁王座，至少不能独自取胜——而这正是你要带给我们的。你感到骄傲吗？"亲王没给她时间回答，"我该拿你怎么办，亚莲恩？"

原谅我，她心中有几分想说，但他的话刺她太深："就跟平常一样呗。什么也不做。"

"你让人很难咽下怒火。"

"最好别咽了，免得被噎着。"亲王无语，"告诉我，你怎么知道我计划的？"

"我是多恩亲王。人们会讨好我。"

有人告密。"你既然知道，却还准许我们带弥赛菈离开。为什么？"

"这是我的错，事实证明这是个令人痛心的错。你是我女儿，亚莲恩，是从前那个擦破膝盖就跑来找我的小女孩。我很难相信你会策划阴谋来对付我。我必须知道真相。"

"现在你知道了。而我想知道是谁告我的密。"

"我处在你的位置也会想知道。"

"你告不告诉我？"

"我想不出告诉你的理由。"

"你认为我无法找出真相？"

"欢迎尝试。到最后，你必然不信任所有人……一点点怀疑对一位公主来说是好事。"道朗亲王叹口气，"你让我失望，亚莲恩。"

"乌鸦还说八哥黑。你让我失望了好多年，父亲。"她本不想对他如此无礼，但这些话脱口而出。好吧，我都已经说了。

"是，我太温和、太软弱、太谨慎，对敌人太过仁慈。然而在我看来，你现在正需要一点这种仁慈。你应该恳求我的宽恕，而非进一步激怒我。"

"我只为朋友们恳求仁慈。"

"你真高尚。"

"他们所作所为全是出于对我的爱。他们不应在灰怖堡等死。"

"这点我也同意。除了'暗黑之星'，你的同谋者不过是些糊涂孩子。尽管如此，这并非无害的席瓦斯游戏，你和你的朋友们合谋叛逆，我可以砍他们的脑袋。"

"你可以,但你没有。戴恩,达特,桑塔加……不,你决不敢与这些家族为敌。"

"我敢做的事你做梦都想不到……但这个话题现在先不谈。安德雷爵士被送往诺佛斯去服侍你母亲大人三年;盖林接下来两年将在泰洛西度过,我从绿血河孤儿中他的族人那里索取了押金和人质;希尔娃小姐没受惩罚,但她到了婚嫁年龄,她父亲已将她送往绿石堡跟伊斯蒙大人结婚;至于亚历斯·奥克赫特,他选择了自己的命运,并勇敢面对。御林铁卫的骑士……你究竟对他干了些什么?"

"我跟他上床,父亲。我记得你确实命令过我,要好好款待贵宾。"

他涨红了脸:"就这些?"

"我告诉他,一旦弥赛菈成为女王,她会准许我们结婚。他想要我做他妻子。"

"我敢肯定,你竭尽所能地阻止他违背誓言。"父亲道。

这下轮到她涨红了脸。她引诱亚历斯爵士花了半年时间。尽管他声称自己穿上白袍前有过女人,但依表现来看,要是不说,她绝不会知道。他爱抚的动作笨拙,他的吻紧张不安,第一次做爱时,她用手引导他进入体内,结果他全洒在她大腿上。更糟的是,他被羞耻感淹没,假如他每说一遍"我们不该这么做"她就能得到一枚金龙,那她将比兰尼斯特家族还富有。他冲向阿利欧·何塔是希望救我?亚莲恩心想,还是为了逃避我,用生命来洗刷羞耻?"他确实爱我,"她听见自己说,"他为我而死。"

"倘若如此,他可以是那许许多多人中的第一个。听着,你和你的堂姐妹们想要战争,你们的愿望就要达成了。就在我们说话的当口,另一位御林铁卫正缓缓地向阳戟城进发,巴隆·史文爵士要把'魔山'的脑袋送来给我。我的臣属们一直在尽量拖延,为我争取一点时间。威尔斯留他在骨路捕猎鹰狩，待了八天，而当他从群山中钻出来时，伊伦伍德大人又摆了两个星期的宴会。目前他人在托尔城，乔戴恩小姐安排了许多竞赛，以示敬意。等他抵达魂丘，将会发现托兰夫人比乔戴恩小姐更好客。然而或迟或早，巴隆爵士终究会来到阳戟城，到时候，他要面见弥赛菈公主……和亚历斯爵士，他的誓言兄弟。我们该告诉他什么呢，亚莲恩？我能不能说，奥克赫特死于狩猎事故，或滚下一段滑溜溜的楼梯？我告诉他亚历斯去流水花园游泳，在大理石上滑倒，撞到脑袋，然后淹死了？"

"不，"亚莲恩说，"说他为保护小公主而死。告诉巴隆爵士，'暗黑之星'想杀她，亚历斯挡在中间，救了她的命。"御林铁卫的白骑士正该为此而死，为立誓保护的人献出生命。"巴隆爵士也许会怀疑，正如兰尼斯特家杀死你姐姐和她的孩子们时你也同样怀疑，但他没有证据……"

"……直到他跟弥赛菈谈话。或许我们还得让那个勇敢的孩子遭受不幸意外？但那意味着战争。如果太后之女在我的监护之下丧命，任何谎言都不能让多恩躲过她的怒火。"

他需要我，亚莲恩意识到，所以才派人来找我。

"我可以教弥赛菈怎么说，但我何苦这么做呢？"

一阵怒意掠过父亲的脸："我警告你，亚莲恩。我已经失去耐心了。"

"对我？"该算算总账了，"呵呵，对泰温公爵和兰尼斯特家族，你总是像圣贝勒那样忍气吞声；但对自己的亲骨肉，你却半点宽容也没有。"

"'忍得苦中苦，方为人上人'，亚莲恩，你莫把忍耐当成忍气吞声。从他们告诉我艾莉亚和孩子们死讯的那天起，我就一直致力于泰温•兰尼斯特的灭亡。我满心希望，在亲手杀他之前，能剥夺他所珍爱的一切，可惜他的侏儒儿子抢走了我这份乐趣。他悲惨地死于自己生的怪物手里,对我来说总算是一点点安慰。不管怎样,泰温公爵正在地狱里号叫……但若你的愚行成真,成千上万的人很快就将加入他。"父亲的脸一阵抽搐,仿佛说出这番话让他感到痛苦,"这是你想要的吗?"

公主不接受威胁。"我要释放我的堂姐妹们。我要为叔叔报仇。我要我的权利。"

"你的权利?"

"多恩。"

"我死后你就能拥有多恩。你就那么急切地想摆脱我?"

"这问题我该反问你才对,父亲。这些年来,你一直试图摆脱我。"

"那不是事实。"

"不是?要不问问我弟弟?"

"崔斯丹?"

"昆廷。"

"他怎么了?"

"他在哪里?"

"他在骨道,在伊伦伍德大人军中。"

"我承认,你说谎很有一套,父亲,连眼皮都不眨一下。昆廷去了里斯。"

"你怎么会有这种想法?"

"朋友告诉我的。"她也可以有秘密。

"你朋友撒谎。我向你保证,你弟弟没去里斯。我以太阳、长矛与七神的名义起誓。"

亚莲恩不会轻易上当:"那就是密尔?泰洛西?反正我知道他在狭海对岸,正寻找雇佣兵来窃取我的继承权。"

父亲脸一沉:"你如此怀疑并不光彩,亚莲恩。昆廷才该是阴谋反叛我的人。我将他送走时,他不过是个孩子,尚不理解多恩的需要。对他而言,安德斯·伊伦伍德比我更像父亲,然而你弟弟依然忠诚孝顺。"

"为什么不呢?你喜欢他,一贯如此。他不仅长得像你,'思考'的方式也像你,你打算将多恩传给他——不用费神否认!我看到了那封信。"字字句句如火一样在她记忆中熊熊燃烧,"'有朝一日,你将坐上我的位置,统治多恩领',这是你的原话。告诉我,父亲,你从何时起决心剥夺我的继承权的?从昆廷出生那天,还是从我出生那天?我究竟做了什么,让你如此讨厌我?"令她气恼的是,她眼中盈满了泪水。

"我从不讨厌你。"道朗亲王的嗓音像羊皮纸一样细薄,充满忧伤,"亚莲恩,你不明白。"

"你否认写过这些话吗?"

"不。当时昆廷刚去伊伦伍德那边,我确实打算让他继承我的位置,这没错。至于你,我另有计划。"

"噢,是啊,"她嘲讽道,"这些计划。盖尔斯·罗斯比、瞎眼的本·毕斯柏里、灰胡子格兰德森——你的这些计划。"她不给他解释的机会。"我懂,为多恩提供后嗣是我的职责,我从没忘记这点。我很乐意结婚,但你给我订的亲统统是侮辱,每次都是如此。若你对我有那么一点点爱护,为什么要我嫁给瓦德·佛雷?"

"因为我知道你会拒绝。你到了一定年龄,我必须让人看到,我在为你寻找配偶,否则必将招致怀疑。但我不敢向你提出任何有可能被你接受的人选。你早已有了婚约,亚莲恩。"

婚约?亚莲恩怀疑地注视着他。"你说什么?又一个谎言?你从没讲过……"

"协议是秘密签订的。我打算等你够大再告诉你……我本想,等你长大,但是……"

"我现在二十三岁，已经成年七年了！"

"我知道，我知道。我瞒你太久，是为了保护你。亚莲恩，你天性……对你来说，秘密只不过是一个精彩故事，晚上睡觉时可以悄悄告诉盖林和特蕾妮。盖林会以绿血河孤儿的方式传播流言飞语，而特蕾妮从不隐瞒奥芭娅和娜梅小姐。若教她们知道了……奥芭娅好酒，娜梅跟佛勒的双胞胎过于亲近。佛勒的双胞胎知道后又会跟谁去讲？我不能冒险。"

她迷惑不解。婚约。我有婚约。"是谁？这么多年来，我跟谁订的婚？"

"无所谓。他死了。"

她更加困惑。"老家伙真脆弱。是摔碎了屁股，还是伤寒，或者痛风？"

"是一锅熔化的金子。人算不如天算啊。"道朗亲王用红肿的手打了个疲惫的手势，"多恩是你的，我向你保证，假如我的保证对你来说依然有意义。你弟弟昆廷有更艰辛的道路要走。"

"什么道路？"亚莲恩怀疑地看着他，"你还隐瞒了什么？七神在上，我厌倦了秘密。告诉我其余部分，父亲……要不就指命昆廷为你的继承人好了，然后召唤何塔与他的斧子，让我死在堂姐妹们身边。"

"你真以为我会伤害弟弟的孩子？"父亲露出痛苦的表情，"奥芭娅、娜梅和特蕾妮除了自由什么都不缺，艾拉莉亚和她的女儿们快快乐乐地待在流水花园。多娜在树丛中跑来跑去，拿流星锤砸橙子下来，而艾娜与奥贝娜已成为水池里的霸王。"他叹口气。"你在那些水池里面玩也是不久前的事情。你会骑在一个较年长的女孩肩上……高个女孩，细细的黄头发……"

"简妮·佛勒，或她的妹妹珍妮琳。"亚莲恩已多年没想这些了。"哦，还有佛琳，她父亲是个铁匠，但她头发是棕色的。其实我最中意盖林,当我骑着盖林时,没人可以击败我们,甚至连娜梅与那绿头发的泰洛西女孩都不行。"

"那绿头发的女孩是大君的女儿。我计划送你去泰洛西代替她,你将作为侍酒服侍大君,然后与未婚夫私会,但你母亲威胁说,假如我再偷走她一个孩子,她就要伤害自己,我……我无法对她这么干。"

他的故事越来越离奇。"昆廷是去那里吗?去向泰洛西大君的绿发女儿求爱?"

她父亲提起一枚席瓦斯棋子。"我必须知晓你是如何了解到昆廷在海外的。你弟弟跟克莱图斯·伊伦伍德、凯德里学士及三位伊伦伍德大人麾下最优秀的年轻骑士一起踏上了一段漫长而危险的航程,在终点等待他们的是什么还很难说。而他所要带回的,是我们的渴望。"

她的眼睛眯成窄缝:"我们的渴望?"

"复仇。"他声音很轻,仿佛害怕会有人听见,"正义。"道朗亲王用肿胀发炎的手指将一头玛瑙龙塞入她掌中,低语道:"血与火。"

阿莲

她抓住铁环,将门拉开,只发出轻微的嘎吱声。"乖罗宾?"她唤道,"我可以进来吗?"

"小心,小姐,"双手湿漉漉的老仆人吉思尔警告,"大人刚拿夜壶丢学士。"

"那他就没东西丢我了。你没事做了吗?还有你,玛迪……窗户都关好了吗?家具都盖上了吗?"

"都办妥了,小姐。"玛迪保证。

"再确认一次,"阿莲溜进黑暗的卧室中,"是我啊,乖罗宾。"

有人在暗处吸吸鼻子:"只有你一个人吗?"

"是的,大人。"

"那快过来吧,只有你哟。"

阿莲将身后的门牢牢锁上。门用结实的橡木制成,厚达四寸——吉思尔与玛迪尽可以偷听,却什么也听不见。这是必需的预防措施,吉思尔固然谨慎,玛迪却是个大嘴巴。

"柯蒙师傅要你来的吗?"男孩问。

"才不呢,"她撒谎,"我听说乖罗宾不舒服。"被夜壶砸中的学士跑去找罗索爵士,罗索爵士跑去找她。"如果小姐能让他服服帖帖地下床,"骑士道,"我就不用拖走他了。"

不用那么暴力,她对自己保证。若粗暴地对待劳勃,他的癫痫病便要当即发作。"你饿吗,大人?"她询问小公爵,"我马上叫玛迪送来浆果和乳酪,外加刚出炉的面包与黄油。"话一出口,她

才想起没有刚出炉的面包了,厨房统统关闭,烤箱业已冷却。没关系,只要能哄劳勃起床,我可以命令他们重新点火,她宽慰自己。

"我不想吃东西,"小公爵耍性子尖叫道,"我今天要睡觉。你给我读故事吧。"

"这里太暗,我看不见呀。"窗户挂着厚厚的帘子,房间漆黑一片,"乖罗宾,你忘了今天是什么日子吗?"

"不,"男孩道,"我不走。我就要在床上,我要你给我读飞翼骑士的故事。"

飞翼骑士乃是阿提斯·艾林爵士,传说他不仅将先民赶出谷地,还骑着一只硕大无朋的猎鹰,飞到巨人之枪顶上,杀了狮鹫王。关于他的冒险有几百个故事,小劳勃喜欢之极,统统倒背如流,但他偏要别人读给他听。"亲爱的,我们真的要走了,"她告诉男孩,"我答应你,一抵达月门堡就给你读两个飞翼骑士的故事。"

"三个。"劳勃立马抬价。不管你提出多少,他总是索要更多。

"三个,"阿莲同意,"可以拉开窗帘了吗?"

"不要。光线刺眼睛。上床吧,阿莲。"

她径自走到窗边,小心翼翼地绕开破碎的夜壶——宁肯闻到气味,她也不想瞧见它。"我不会拉得太开,我只想看看乖罗宾今天的模样呢。"

窗帘是豪奢的蓝天鹅绒,她拉开一根手指的距离,并牢牢系好。灰尘在苍白的晨光中舞蹈,细小的菱形玻璃窗格因结霜而模糊。阿莲用掌跟轻轻擦了擦,眺望窗外美好的蓝天和山峦间飘浮的流云。鹰巢城披上了洁白斗篷,头顶的巨人之枪积起了齐腰深的雪。

她转身,只见劳勃·艾林撑着一堆枕头,用小眼睛看她。这脏今今的小孩便是鹰巢城公爵和艾林谷的主人。他腰部以下盖着羊毛毯子，以上则是全裸，肤色惨白，头发跟女儿家一样长，手脚瘦得可怜，胸膛软塌凹陷，肚子又小又扁，眼睛始终红润湿黏。这不是他的错，他生下来便畸小病弱。"您今天早上看起来真威武，大人，"他喜欢别人赞他威武，"我叫玛迪和吉思尔打热水给您沐浴好吗？玛迪会为您搓背洗头，让您干干净净、精神抖擞地出门，这样好吗？"

"不好，我讨厌玛迪！她眼睛上有颗痣，搓背又很痛。妈咪搓背从来不痛。"

"我会特别关照玛迪，不许弄痛我的乖罗宾。换洗得干干净净，你才会舒畅的。"

"我不洗澡。我告诉过你，我头痛得厉害。"

"我给你做热敷好吗？或者来杯安眠酒？不过，只能喝一点点哦。米亚·石东正在下面的长天堡等待，待会你要是压在她身上睡觉，她可受不了。你知道的，她很喜欢你哦。"

"我不喜欢她，她只是个管骡的女孩。"劳勃吸吸鼻子，"柯蒙师傅在牛奶里面添了东西，我喝得出来。昨晚我告诉他我还要喝这种甜牛奶，结果他不给我，连我下命令也不行！我是主人，他应该照我说的做。没有人照我说的做！"

"我会教训教训他，"阿莲保证，"条件是你起床哟。乖罗宾，外面风景多美啊，阳光普照，正是下山的好时机。米亚带着骡子等在长天堡……"

他嘴唇发抖。"我讨厌这些臭骡子。有只骡子想咬我！你去，你去告诉米亚我不走。"他听起来就要哭了，"留在这里，没人能伤害我，妈咪说，鹰巢城是攻不破的。"

"有谁会来伤害我的乖罗宾呢？您的封臣与骑士是如此敬爱您，您的子民日夜为您祈福。"他在害怕啊，她心想，他当然有理

由害怕。自他母亲大人坠落之后,男孩便连阳台也不敢站了,而从鹰巢城下到月门堡的危险旅途本就能吓倒许多正常人。随莱莎夫人和培提尔公爵登山那次,阿莲自己的心也提到了嗓子眼,下山无疑更恐怖,因为你不得不一直往下看。米亚跟她讲过许多大诸侯和英勇骑士是如何脸色死白、小便失禁的。况且这些人都不受癫痫病困扰。

但他们不得不走。谷地仍然秋意盎然,气候温和,一片金黄,然而冬天已把山峰牢牢抱紧。先前有过三场暴风雪,另一次剧烈的冰风暴将城堡冻住了两个星期。鹰巢城或许真的难攻不破,但讽刺的是,很快就没有任何人可以登上来了,下山的路一天比一天更危险叵测,城里的泰半守卫与仆人已下了山,只剩十几个人留着照顾劳勃公爵。

"乖罗宾,"她温柔地说,"下山是一场多么欢乐的冒险啊,真的。罗索爵士和米亚会保护我们,她的骡子已经来回这条路一千遍了。"

"我讨厌骡子,"他坚持,"骡子很脏。我告诉过你,小时候有只骡子想咬我。"

她明白,劳勃从未有机会好好学习骑术,对他而言,驴、马或骡子没有分别,全是可怕的怪兽,跟巨龙和狮鹫一样恐怖。他六岁时来到谷地,当时是在妈妈怀中,嘴里含着胀鼓鼓的奶头,此后再未离开鹰巢城。

他们不得不走,否则冰雪会彻底封山。谁也说不清还能维持多久。"米亚会把骡子管好,"阿莲继续担保,"我会骑在你身后。瞧,我只是个女孩子,没有你那么强壮勇敢,如果我都能走下来,那你一定行,乖罗宾。"

"我当然行,"劳勃公爵道,"但我不想去!"他用手背揩掉垂下的鼻涕。"告诉米亚我今天要睡觉,明天再走吧——如果我好起来的话。今天外面太冷了，我又头痛，来，我们一起喝甜牛奶，还叫吉思尔拿许多蜂窝上来。我们可以亲吻、睡觉、做游戏，然后你给我读飞翼骑士的故事。"

"我会读的，三个故事，我保证……抵达月门堡就读。"阿莲的耐心到了尽头。今天必须出发，她提醒自己，必须赶在太阳落山之前走到雪线以下，"奈斯特大人为您准备了盛大宴会，有蘑菇汤、鹿肉还有蛋糕。您不想让他空等，对吧？"

"他有柠檬蛋糕吗？"劳勃爱吃柠檬蛋糕，或许正因为阿莲的缘故。

"很多很多好吃的柠檬蛋糕哟，"她诱人地说，"想吃多少就有多少。"

"有一百个吗？"他想弄清楚，"我要一百个。"

"当然啦。"她在床边坐下，抚摸他柔顺的长发。他的头发很漂亮。以前莱莎夫人每晚亲手为儿子梳理修剪，自她坠落后，每有人拿剪刀靠近，他的癫痫病便会剧烈发作，所以培提尔命下人不再关照主子的头发。此时，阿莲用指头绕起一个发卷："现在，乖罗宾，你可以下床穿衣服了吗？"

"我要一百个柠檬蛋糕和五个故事！"

*我要打你一百记屁股和五个耳光，培提尔在场时你可不敢这么放肆。小公爵很怕自己的继父。*阿莲强颜欢笑："遵命，大人。但你一定要乖乖洗澡、换衣服、准备上路哦。来吧，别把大好晨光浪费了。"她牢牢地握住男孩的手，把他拖下床。

她还不及召唤仆人，乖罗宾便用瘦得可怜的胳膊环住她，并且吻了她。这是小孩子的吻，十分笨拙，劳勃·艾林做什么事都很笨拙。闭上眼睛，当他是百花骑士。洛拉斯爵士给了珊莎·史塔克一朵红玫瑰，却从未吻过她……今后也不会有任何提利尔家的人会亲吻阿莲·石东。她虽然漂亮，却是出自私生，为人嫌弃。

男孩的唇贴紧她的唇，令她想起另一个得不到的吻。当时种种历历在目，她还记得那张粗糙的脸庞。绿火漫天的晚上，他来到珊莎的卧房。他要一首歌和一个吻，却除了染血的白袍，什么也没留给我。

没关系，那天已成了历史，珊莎已成了历史。

阿莲推开小公爵："够了，等你遵守承诺，抵达山下，就可以再吻我。"

玛迪、吉思尔与柯蒙师傅一起候在门外。学士已洗掉头发上的屎尿，换了衣服。劳勃的两位侍从也齐齐赶到，泰伦斯和盖尔斯在发掘麻烦方面是能手。

"劳勃大人好多了，"阿莲吩咐女仆，"准备热水为他洗澡，千万不能烫着大人。还有，洗头时不准用力，他讨厌那样。"一名侍从哧哧发笑，阿莲转身道："泰伦斯，把大人的骑装和最暖和的斗篷取出来；盖尔斯，把碎夜壶清掉。"

盖尔斯·格拉夫森扮个鬼脸："我又不是仆人。"

"赶快照阿莲小姐说的做，否则罗索·布伦唯你是问。"柯蒙师傅警告。随后学士随她走过长廊和螺旋梯。"谢谢您，小姐，谢谢您出来干预，您对他真有办法，"学士犹豫片刻，"您和他相处时，有发作的迹象吗？"

"他的手指微微颤抖，好在被我握紧。他知道你放了东西在牛奶里面。"

"知道？"柯蒙眨眨眼睛，喉结焦虑地上下起伏，"我只放了一点点……他鼻孔有出血吗？"

"没有。"

"好的，太好了，"他长得出奇的瘦脖子上挂的颈链随点头而轻声作响，"此行下山……小姐，为安全起见，我再为大人调一剂罂粟花奶，好让他打瞌睡。米亚·石东会把他绑在最稳健的骡子上。"

"鹰巢城公爵不能像一袋燕麦一样被捆着带下去。"对此阿莲十分确定。父亲警告过她,不得将劳勃的疾病和懦弱暴露于光天化日之下。他要在这里主持大局就好了,他总是知道该怎么做。

然而培提尔·贝里席远在谷地彼端,列席莱昂诺·科布瑞伯爵的婚礼。培提尔撮成了这位膝下无子的四十一岁鳏夫和某海鸥镇富商年方十六的健壮女儿的姻缘,据说新娘的嫁妆非常丰富。这不难理解,毕竟她是平民高攀显贵。科布瑞家族的封臣统统到场祝贺,还有魏克利大人、格拉夫森大人、林德利大人及许多下级领主和地方骑士……贝尔摩伯爵已同她父亲和解,也将参加这次婚礼。公义者同盟的其他成员选择回避,因此培提尔的出现显得尤为重要。

阿莲明白这一切安排的重要性,尽管这意味着照管乖罗宾的千钧重担落在她自己肩头。"给大人一杯'甜牛奶',"她着重吩咐学士,"以防他下山途中发病。"

"他不到三天前刚喝过一杯。"柯蒙抗议。

"他昨晚也想要,据说被你拒绝了。"

"间隔太短,小姐,您不明白,我跟峡谷守护者讲过,一小撮甜睡花的确有助于压制癫痫病,但毒素会逐渐累积,日久天长……"

"来日方长,如果大人下山时发病摔下去,那便什么都谈不上了。若我父亲在此,他也会要你不惜一切代价确保劳勃大人的安全。"

"小姐啊,我已尽心竭力,可他的发作仍旧愈来愈频繁,愈来愈剧烈,他的血液变得如此稀薄,我不敢再为他放血。甜睡花……您确定他的鼻孔没出血?"

"他一直吸鼻子,"阿莲承认,"但我没见到血。"

"我得跟峡谷守护者谈谈。这场宴会……明智吗,小姐,下山之后立即召开宴会？"

"不是铺张的宴会，"她向他保证，"将近四十位客人，仅包括奈斯特大人和他的部下、血门骑士、几位小领主及其随从……"

"劳勃大人讨厌陌生人，这您是清楚的，更别说行酒猜拳、笑闹喧哗……音乐，他最怕音乐。"

"音乐能抚慰他的神经，"阿莲纠正，"尤其是竖琴。他受不了的是唱歌，因为马瑞里安杀了他母亲。"她把谎话说了一千遍，几乎相信这是真的了，除此之外的想法不过是折磨睡眠的噩梦而已。"奈斯特大人没有歌手，只有伴舞的笛手与琴手。"当乐声响起，她该怎么做？这是个令人烦恼的问题，她的心和她的头给出了不同答案。珊莎喜欢跳舞，阿莲嘛……"够了，下山前给他一杯甜牛奶，宴会开始前再给一杯，大家相安无事。"

"好吧，"他们在楼梯底部停下，"这是最后一次。至少半年之内，不能再喝。"

"你自己跟峡谷守护者商量去。"她推门走进花园。柯蒙在尽本分，阿莲心里明白，可惜世人对男孩劳勃和艾林公爵的期待不一样。培提尔跟她说过，而他说的没有错。柯蒙只晓得关心孩子，父亲与我必须考虑更多。

陈雪堆积院内，阳台与尖塔垂下无数冰柱，犹如闪烁的水晶长矛。鹰巢城乃是以上好的白石建造而成，如今冬日的披挂让它显得更为洁白。好美啊，阿莲心想，难攻不破，犹如天宫的城堡。然而她始终无法喜欢上这里，不管怎么试，即便守卫和仆人没离开时，这里也总是异常荒凉，犹如坟墓，更别提培提尔·贝里席下山之后的现在了。这里没人唱歌，除了曾经的讨厌鬼马瑞里安，这里的人们连发笑也不敢大声，连诸神也都沉默。鹰巢城的圣堂没有修士，神木林中没有心树。在这里祈祷，神灵听不见，她常念及此，却又每每在孤单的时候重复去试。唯有寒风回应，寒风环绕在七座细瘦的尖塔周围，敲打着月门，无休无止地叹息。这里的冬天太可怕了，她心想，这里的冬天是冰冻地狱。

不过一想到离开，她就跟劳勃一样害怕，只是隐藏得比较深沉，不让人发现而已。父亲说，恐惧不是罪，显露恐惧才致命。"所有人都必须学会在恐惧中生活。"他教诲她。阿莲不知自己究竟能不能做到。培提尔·贝里席可是天不怕地不怕的，他说这些是要我勇敢起来。无论如何，下山之后，她必须更勇敢才行，因为被揭穿伪装的可能性大大增加。培提尔在宫中的朋友带话给他，说是太后派人四处搜捕小恶魔和珊莎·史塔克。她要我的脑袋，她走下一段冰雪封冻的台阶，一边提醒自己，任何时候任何地方，我都得是阿莲，即使在这里，在我心中。

罗索·布伦待在绞盘室内，协助狱卒莫德和两名男仆将成箱成捆的衣服塞进六个大橡木篮子，每个篮子足以装载三人。篮子顺着巨大的铁链放下去，是到达六百尺下长天堡最简捷的办法，否则就得在山腹中抓着搭手攀爬，或选择马瑞里安和莱莎夫人的路。

"孩子起床了？"罗索爵士问。

"他们在给他洗澡，一小时后准备就绪。"

"希望如此吧。米亚最多等到正午。"绞盘室内寒意逼人，他的吐词在空气中结霜。

"她得等着，"阿莲道，"她必须等。"

"别那么肯定，小姐，她啊，自个儿就是个骡脾气。我想，如果咱们对她的牲口不利，多半会被她活活扔在山上饿死。"他笑着说。谈到米亚·石冬他就会微笑。米亚比罗索爵士年轻得多，然而父亲玉成科布瑞伯爵和富商之女的婚事时曾告诉她，小女子最好找老男人。"纯真与世故搭配，婚姻才会美满。"父亲如是说。

不知米亚对罗索爵士有什么感觉。布伦长着塌鼻子、方下巴和扁平灰发，谈不上英俊，却也不丑。一个长相平凡的忠实武士。他虽当上骑士,出身却极寒微,某天夜里闲聊时他对她说,自己是褐穴山布伦家族的远亲,那是蟹爪半岛上古老的骑士家族。"父亲死后,我跑去投奔本家,"他吐露,"结果他们拿粪泼我,说我们不是他们的种。"罗索不肯叙述后来的故事,只说自己费尽辛苦,终于学成一身武艺。是啊,他是个冷静沉默的男子汉,很少说话,但极强壮。培提尔对他的忠诚评价甚高,也尽可能地信任他。对米亚•石东这样的私生女而言,布伦是个好对象,阿莲盘算。当然,若她生父承认了她,他就指望不上了,好在劳勃已死,而玛迪说她也早已不是处女。

莫德提起鞭子,狠狠抽打,第一对公牛转起圈来,拉动绞盘。铁链逐渐松开,"喀哒"作响地刮过石地板,橡木篮向着长天堡缓缓下降。可怜的牛,阿莲心想,离开的时候,莫德会割它们的喉咙,把它们留给猎鹰。猎鹰吃剩的肉若没变质,开春回城时将被人们烧烤,作为春季庆典的食物。老吉思尔说,丰盛的冻肉预示着夏天的丰收。

"小姐,"罗索爵士提示,"您知道吗?米亚并非独自一人,米兰达小姐也在。"

"噢,"她一路骑上山来干嘛?为了隔天又骑下去?米兰达•罗伊斯是奈斯特男爵的女儿,珊莎唯一一次拜访月门堡,也就是同莱莎姨妈和培提尔公爵一起上山的途中,米兰达碰巧不在,但后来阿莲自鹰巢城的守卫和女仆口中听说了她的许多故事。她母亲病逝已久,她父亲的城堡长久以来由她当家,据说只要她在,城内便是生机勃勃。"你总有一天会见到米兰达•罗伊斯,"培提尔曾告诫阿莲,"到时候,千万小心。她装成一副乐呵呵的傻瓜模样,但内心里面,却比她父亲更狡猾。有她在场,务必管住舌头。"

我会的,她默默保证,只是没想到来得这么快。"劳勃会很开心,"他相当喜欢米兰达•罗伊斯,"请原谅,爵士,我该去收拾行装了。"她独自一人登上阶梯，最后一次回到自己的房间。窗户已统统封闭，家具也都盖好，一些东西被打包带走，绝大多数留了下来，包括莱莎夫人所有的丝衣锦绣，最光鲜的亚麻布和最豪华的天鹅绒，精美的刺绣与典雅的密尔蕾丝，她统统不要。下山之后，阿莲的穿着必须朴素得体，以符合私生女的身份。没关系，她告诉自己，连在山上我也不敢身着华服。

吉思尔为她整理了床铺，并将随身衣物放在上面。阿莲的裙下已穿了羊毛长袜和两层内衣，所以她只加了一件羔羊毛上衣和一件兜帽毛皮斗篷，用培提尔送她的瓷釉仿声鸟别针系好，然后围上围巾，戴上一双和骑靴搭配的镶毛皮皮革手套。等着装完毕，她自觉像只又肥又笨的小熊。走山路这是必需的装备，她提醒自己。

临行前，她回头看了房间最后一眼。在这里，我很安全，她心想，到了山下……

阿莲回到绞盘室，发现米亚·石东正不耐烦地跟罗索·布伦及莫德站在一起。她大概等不及了，亲自坐篮子上来探个究竟。米亚身材瘦长结实，跟她镀银轻环甲下穿的老旧骑马皮衣一样强硬。她的头发如乌鸦的翅膀那么黑，而且又短又乱，阿莲怀疑她是用匕首修剪的。她最动人的地方是眼睛，又大又蓝的眼睛。若换上女儿家衣裳，米亚确有几分迷人气质。阿莲不知罗索爵士喜欢穿铁甲皮衣的她，还是梦想她换上蕾丝绸缎。米亚说，她父亲准是山羊，母亲则是猫头鹰，实情阿莲从玛迪口中了解过了。没错，她边看边想，那双眼睛，那窝头发，跟蓝礼一样漆黑如夜的头发。

"他在哪儿？"私生女单刀直入地问。

"大人正在沐浴更衣。"

"他得搞快点。越来越冷了，您感觉不到吗？太阳落坡之前，至少得走到雪山堡。"

"风吹得厉害？"阿莲问她。

"是的……越来越厉害,入夜后就别提了。"米亚扫开一髻垂下的黑发。"若他继续拖延,我们都会被困在山上,冬天时只好你吃我我吃你了。"

阿莲不知该如何答复,幸运的是,劳勃·艾林正好在此刻赶到。小公爵穿上天蓝色天鹅绒外衣,戴起蓝宝石金颈链,披着白熊皮斗篷。他的侍从一人牵斗篷一角,以防拖到地上。柯蒙师傅穿镶松鼠皮的老旧灰斗篷跟在后面,吉思尔与玛迪也离得不远。

他感觉到寒风扑面,顿时恐惧起来,然而有泰伦斯和盖尔斯押阵,他没法逃走。"大人,"米亚道,"请您和我一起下山吧。"

你太唐突了,阿莲心想,你应该微笑着哄他,告诉他他有多么强壮勇敢。

"我要阿莲,"劳勃公爵说,"我只和她一起走。"

"篮子可以装三人呀。"

"我只要阿莲。你太臭了,跟骡子一样难闻。"

"遵命。"米亚面无表情地回答。

除了坚固的橡木篮,还有的篮子用柳条编织,它们都比阿莲的个头还高,边缘以铁箍箍着黑棕色枝条。即便如此,当她抱劳勃进去时,心里依旧惴惴不安。等侧门关闭,左右便只剩木头,只能看头顶了。再好不过,她告诉自己,我们没法往下面张望。下面除了空气还是空气,六百尺的空气。片刻间,她不禁荒谬地计算起姨妈到底需要坠落多久,才能飞越这段漫长的距离,最后跟某个山尖亲密接吻。不,不要去想,不要去想!

"出发!"罗索爵士叫道。有人应声将大篮子一推,它晃了晃,底部刮着地板,随后悬到半空。她听见莫德挥鞭抽打,听见铁链"喀哒"。他们开始下降,篮子起初古怪地痉挛,随后才慢慢平稳。劳勃脸色惨白,眼睛发红,幸好手没抖。鹰巢城在头顶越缩越小,那无数天牢从下观之,犹如蜂窝一样。玄冰蜂窝,阿莲心想,风雪城堡。寒风把篮子也包裹进去。

又走了一百尺,一阵飓风突然将他们抓住,篮子猛烈倾斜,在空中打转,随后狠狠地砸在后面的岩石上。无数冰晶碎片打进来,橡木发出痛苦的呻吟。劳勃喘口粗气,紧紧地抓住她,把头埋进她双乳之间。

"大人您真勇敢,"阿莲感觉到对方正在颤抖,"我好害怕,连话都不敢说。您实在是我的榜样呀。"

她感觉到对方点点头。"飞翼骑士很勇敢,我和他一样,"他朝她的胸衣夸口,"我也是艾林家族的人。"

"乖罗宾,抱紧我好吗?我很怕。"虽然他抓得如此用力,她几乎不能呼吸了。

"是的。"他轻声道。他把她抱得更紧,两人终于到达长天堡。

称这里是城堡,好比叫水坑做湖泊,等侧门打开,进入沿路堡垒后,阿莲心想。长天堡不过是一道新月形状、用老旧粗糙的山石堆砌而成的城墙,城墙包围着石坡道和山洞口,山洞里面有马厩、军营、窄长厅堂及直上鹰巢城的搭手云梯。城外到处堆积着破碎的山岩,随时有山崩的危险,六百尺的头顶,鹰巢城渺小得可以用一只手遮住,然而脚下的谷地葱绿金黄。

二十匹骡子等在堡垒里面,外加两名行骡人和米兰达·罗伊斯小姐。奈斯特子爵的女儿身材矮小,年龄和米亚·石东相仿,但与后者的瘦长结实相反,她有些发福,脸上挂着迷人的微笑,臀部宽大,腰肢肥胖,胸膛更是丰满,蓬厚的栗色鬈发映衬着通红的圆脸、小嘴唇和一对活泼的褐眼。眼见劳勃小心翼翼地从篮子里走出来,她连忙跪在雪地里亲吻小公爵的手掌和脸庞。"大人,"她赞道,"您长大了!"

"是吗?"劳勃高兴地说。

"很快你就比我还高了。"女人撒谎道。她站起来,将雪从裙子上扫开。"你是峡谷守护者的女儿吧,"她边问,篮子嘎吱嘎吱地升回鹰巢城,"听说你长得很美,果然不假。"

阿莲屈膝为礼:"小姐过奖。"

"过奖?"年长的女孩哈哈一笑,"是吗,那你可得补偿我,待会行路无聊,我要当坏人了……喂,你得把所有小秘密都倾囊告诉我哟。嗯,我可以叫你阿莲吗?"

"当然可以,小姐。"我什么秘密也不会告诉你。

"在月门堡,我是'小姐',但在山上,叫我'兰达'就行。你多大,阿莲?"

"十四岁,小姐。"阿莲·石东比珊莎·史塔克年长一些。

"是'兰达'。呵呵,十四岁对我来说是一百年的事儿了,那时的我多纯洁呀。你呢,你还'纯洁'吗,阿莲?"

她脸红了:"您别……是的,当然。"

"哟,为劳勃大人留着的?"米兰达小姐取笑道,"或是哪个热情的侍从夜夜念着你呢?"

"没有。"阿莲说,连劳勃也抗议起来,"她是我朋友,泰伦斯和盖尔斯别想碰她!"

说话间,第二个篮子也到了,它轻轻撞在冻结的雪墩上,柯蒙师傅同侍从泰伦斯和盖尔斯一起出来。第三个篮子带来玛迪、吉思尔和米亚·石东。私生女孩立刻开始发号施令。"山路上,我们不能挤成一团,"她吩咐其他行骡人,"我来带领劳勃大人和他的随从。奥斯,你带走罗索爵士和其他人,等我出发一小时后再上路。卡罗特,你负责行李与箱子。"她转向劳勃·艾林,黑发迎风飞舞。"您想骑哪头骡子,大人?"

"他们都很臭。哼,我要灰色那头,就是没耳朵的。我还要阿莲和米兰达陪我一起骑。"

"路够宽敞的地方可以。来吧,大人,上骡子。空气中有雪的味道。"

结果他们花了半个钟头才准备好出发。当所有人都安顿妥当后,米亚•石东简捷地发令,两名长天堡的卫兵便打开城门。米亚当先领路,裹好熊皮斗篷的劳勃公爵紧跟在后,随后是阿莲和米兰达•罗伊斯,吉思尔与玛迪、泰伦斯•林德利跟盖尔斯•格拉夫森,柯蒙师傅牵着一匹驮有草药及药剂箱子的骡子断后。

城墙之外,寒风陡然增强数倍。此地不生树木,群山光秃秃的,阿莲不由得庆幸自己额外添了衣物。斗篷在周身拍打,发出清脆的响声,兜帽也时不时被吹起来。她哈哈大笑,前面的劳勃公爵却蠕动着说:"太冷了,我们还是回去等暖和了再下山吧。"

"谷地很暖和,大人,"米亚保证,"下山之后,您就知道了。"

"我才不想下山!"劳勃道,而米亚不再搭理他。

道路乃是一系列沿山腰凿刻的弯曲石阶,不过骡子对每个踏脚处都很熟悉,阿莲深感欣慰。由于数百年的结冰、融雪与踩踏,有的地方破损得相当厉害,陈雪堆积在道路两旁的石头上,反射出耀眼的白光。太阳高挂,晴空蔚蓝,猎鹰在天上转圈,乘风翱翔。

由于斜坡太陡,这里的路全都大绕弯子。上山时是珊莎•史塔克,下山时成了阿莲•石东。好奇特啊。出发前,米亚叮嘱她眼睛直盯着道路,别往下看。"要看就看上面。"她如是说……然而,怎么可能下山不往下看呢。我可以闭上眼睛,骡子认得路,它无须我指引。但这像是那个爱受惊吓的小珊莎会做的事,阿莲是大人了,身为私生女,她得勇敢起来。

起初他们单列前进,随后道路加宽,足以容两人并骑,因此米兰达•罗伊斯上前来与她为伴。"我们收到了你父亲的信,"她吐露,浑如她俩正坐在修女面前,边做针线活边聊闲话一般,"他说他正星夜返回,期待早日和宝贝女儿重逢,还说莱昂诺·科布瑞对新娘子甚为满意,特别高兴的是收到了丰厚嫁妆——我个人希望莱昂诺大人别忘了履行自己的责任才是。培提尔写道,在最后时刻,韦伍德伯爵夫人与九星城的骑士结伴出现在婚宴上,令所有人惊喜万分。"

"安雅·韦伍德?她真的来了?"那么公义者同盟已由六镇减为三家。离开之日,培提尔·贝里席只确定能赢得赛蒙·坦帕顿的支持,韦伍德伯爵夫人应是下山后的杰作。"他还说别的了吗?"鹰巢城是个孤单寂寞的地方,她迫切地想了解外面的世界,哪怕再琐屑再无聊的新闻也好。

"噢,你父亲没话说啦,不过有其他鸟儿飞来我们这里。到处都在打仗,只有峡谷还保持着和平。据说奔流城投降了,史坦尼斯的龙石岛与风息堡也摇摇欲坠。"

"莱莎夫人真明智,没让我们卷入战团。"

米兰达露出最狡猾的微笑。"是啊,她打心眼儿里明智,多好的夫人。"她调整坐姿,"为啥骡子都是又消瘦又脾气差呢?米亚定然克扣口粮。骑上又肥又温顺的骡子才好咧。总主教换人了,你知道吗?噢,守夜人军团也换了个男孩当司令,据说是艾德·史塔克的私生子。"

"琼恩·雪诺?"她不假思索地冲口而出。

"雪诺?噢,当然,北地叫这个姓,大概是他吧。"

她很长时间没想过琼恩了。毕竟他只是同父异母的兄弟,然而……然而罗柏、布兰和瑞肯都死了,他成了她唯一的兄弟。我是私生女,和他一样,噢,若能再见他一面,该有多甜蜜。但那是不可能发生的事,阿莲·石东没有兄弟,没有亲人。

"我表叔青铜约恩在符石城举办了一场团体比武,"米兰达·罗伊斯显然不打算住口,"规模不大,只有侍从参加,目的是让继承人哈利获得荣誉，最终也达成了目的。"

"继承人哈利？"

"韦伍德伯爵夫人的养子呀，哈罗德·哈顿。现在可以改口叫哈利爵士，青铜约恩亲手赐封了他。"

"哦。"阿莲闹不明白，为什么韦伍德伯爵夫人的养子成了她的继承人？毕竟，她身边儿子成群，例如现任血门骑士唐纳尔爵士就很厉害的，不过她不愿示弱，只说道："希望他当个好骑士。"

米兰达小姐哼了一声。"希望他早点得天花。知道吗？他和某位平民姑娘已搞出了私生女。我父亲大人打算让我嫁给他，却得不到韦伍德伯爵夫人的支持。不晓得她是嫌我地位太次，还是嫁妆不多。"她叹口气，"我需要一个丈夫。我的前夫被我干掉了。"

"干掉了？"阿莲震惊地问。

"噢，是的，他骑在我身上死的，如果说实话，他那玩意儿还留在我体内呢。你知道婚床上是怎么回事，对吧？"

她想起提利昂，想起要吻她的猎狗，点了点头："这一定可怕极了，小姐。他死了，在那时候死了，我的意思是，在……在……"

"……在干我的时候？"她耸耸肩，"是啊，多恶心，多失礼啊。他根本不能播种，老头子的种子都极虚弱。所以啦，我成了寡妇，却还根本没和丈夫做过。说到哈利，他将来娶的人也许糟糕得多，韦伍德伯爵夫人多半会让他上她自己或青铜约恩的孙女。"

"是的，小姐。"阿莲忽然记起培提尔的告诫。

"兰达。这挺顺口的，来，跟我念：兰——达——"

"兰达。"

"好多了。很抱歉，说出来你也许会把我当成不要脸的女人，事情是这样，我跟那帅气的马瑞里安睡过，当时还不知他是个怪物。他歌唱得那么好，指头又会做最甜蜜的事，如果我晓得他将犯下把莱莎夫人推出月门这等令人发指的恶行，便决不会接纳他。我不和怪物睡觉，这是规矩。"她瞧瞧阿莲的脸蛋和胸脯，"你比我漂亮，但我的乳房比你大。学士说乳房的大小和乳汁的产量无关，我可不信，你见过乳房干瘪的奶妈吗？其实依你的年纪而言，乳房也算可以，总之你是私生女，我就不跟你计较了。"米兰达催骡子靠近，"我们的米亚不是处女，你知道吧？"

她知道，有回米亚送补给上山时，胖玛迪给阿莲咬耳朵。"玛迪跟我讲过。"

"噢，她当然讲过，她大嘴巴大腿，你见过她的腿吧？米亚爱着米歇尔·雷德佛，此人曾是林恩·科布瑞的侍从，真正的侍从哦，和林恩爵士现下收的粗鲁小子不一样——这位是交钱当侍从的。米歇尔可谓是峡谷里最年轻最优秀的剑士，为人英雄豪侠……至少可怜的米亚现下这么想，等他跟青铜约恩的女儿成了亲，她大概就得转变观点了。我很确定，霍顿大人没留给他别的选择，不过总归对米亚是件残酷的事。"

"罗索爵士喜欢她，"阿莲扫视着二十多级石阶下的管骡女孩，"很喜欢。"

"罗索·布伦，"米兰达抬起一边眉毛，"她知道吗？"她不等回答，"他没希望，可怜的男人，我父亲为米亚提过几次亲，结果她统统不要。她啊，就是个倔骡。"

阿莲发现自己不由自主地与年长的女孩亲近起来，珍妮·普尔离开后，她已很久很久没有朋友闲话了。"你觉得罗索爵士是喜欢穿铁甲皮衣的她，"她询问这位女智多星，"还是喜欢换上蕾丝绸缎的她呢？"

"他是个男人，他梦想着她的裸体。"

她想让我脸红吧。

米兰达小姐似乎读出了她的想法。"你的脸粉嘟嘟的，真可爱，我脸红时像个苹果。唉，我好多年没脸红过了。"她倾身靠近，"你父亲准备再婚吗？"

"我父亲？"阿莲没考虑过这档子事。不知怎的，想起这个她就害怕，她忘不了莱莎·艾林跌出月门时脸上的表情。

"我们都清楚他有多钟爱莱莎夫人，"米兰达承认，"但他不能永远这样，他需要一位年轻貌美的妻子为他洗去悲哀。我猜谷地里一半的贵族少女都梦想嫁给他，挑谁当丈夫能比峡谷守护者更好呢？不过呀，我希望他换个名儿，别叫小指头。他有多'小'，你知道吗？"

"你说他的指头？"她又脸红了，"我不……我不知道……"

米兰达小姐纵声大笑，引得米亚·石东回头查看："别介意，阿莲，我相信他那里够大的。"

他们从一面风蚀拱崖下走过，长长的冰柱从白石上垂下，水珠串串滴落。路的远端突然变窄，并几乎垂直地降下一百尺，米兰达只好放慢脚步，走在后头，任由阿莲领先。路到惊险处，阿莲牢牢地攀住了骡子，由于被蹄铁长年踩踏，此处石阶非常平滑，甚至变成空洞的凹陷，碗状凹陷里满是积水，在午后的太阳下闪烁着金光。现在是水，阿莲心想，入夜后就成冰了。她不自禁地屏住呼吸，大气也不敢出。米亚·石东和劳勃公爵已几乎走到下面的山脊上，那里的坡度逐渐和缓。她试图瞪着他们，只瞪着他们。我不会摔下去，她告诉自己，米亚的骡子值得信赖。强风击打着她，她艰难地、一步又一步地走下去，骡子颠簸，好似过了一生。

她终于来到米亚和小公爵身边，笼罩在一块扭曲危崖的阴影里，前方是一条高耸的结冻小路。冷风凄厉地号叫，撕扯阿莲的斗篷，上山时她便对此处记忆犹新，此刻更是怕得想回头。"您看看路有多宽，"米亚用欢快的声调对劳勃公爵说，"一码宽，八码长，除此之外什么都没有。"

"什么都没有?……"劳勃的小手痉挛起来。

噢,不要,千万不要,阿莲心想,求求你,不能在这里,不能在这时,千万不要。

"这里我们最好牵骡子过去,"米亚道,"大人,请注意,我先走过去把骡子拴好,然后回来接你。"劳勃公爵没有回答,他用发红的眼睛难以置信地望着狭窄的小路。"没几步路的,大人。"米亚担保,阿莲觉得男孩根本没听她说话。

私生女孩领着骡子踏上小路,强风立刻把她裹住。斗篷飞扬,在空中旋转拍打。米亚跟跄了一下,似乎就要被吹下悬崖,但最终她维持住平衡,走完了那段路。

阿莲抓着小劳勃戴手套的小手掌,以止住他的颤抖。"乖罗宾,"她说,"我好害怕。抓着我的手,给我勇气,好吗?我知道您不怕。"

他抬头看她,眼睛瞪得跟鸡蛋一样又白又圆,瞳仁则闪烁着微小的黑光:"我不怕?"

"你不怕,您是我的飞翼骑士,乖罗宾。"

"飞翼骑士可以飞。"劳勃低声说。

"飞得比山峰更高。"她挤挤他的手掌。

这时,米兰达小姐也已赶到。"飞得比山峰更高。"她发现眼前的状况,立刻应和道。

"乖罗宾爵士万岁!"劳勃叫道,阿莲明白她不能等米亚返回了。她把男孩抱下骡子,两人手拉手踏上光秃的小道,任凭寒风席卷斗篷。两侧为虚无的空洞,直落万丈深渊,脚底的土地结了冰,无数碎石等着绊人摔倒,而风嘶吼得更厉害了。这声音就像冰原狼,珊莎·史塔克心想,一头雄伟的冰原狼,比群山更高大。

等他们到达小路对面,米亚高兴得笑起来,把劳勃抱在空中。"小心点,"阿莲嘱咐她,"若是癫痫病发作,他会弄得你很痛"

你看不出来，他力气大着呢。"他们为小公爵在山岩下找了个缝隙歇息，以阻挡寒风。阿莲一直照顾他，直到痉挛停止，米亚则回头去接其他人。

大家在雪山堡换乘新骡子，还吃了一锅山羊肉加洋葱炖的浓汤。她跟米亚和米兰达一起用餐。"看来，你不仅美丽，而且勇敢。"米兰达对她说。

"哪里。"对方的恭维让她脸红，"我很怕，真的很怕，没有劳勃大人，我肯定过不来。"她转向米亚·石东："刚才你几乎摔下去。"

"你错了，我决不会摔下去。"米亚的头发垂下额头，盖住一只眼睛。

"我的意思是，你几乎摔下去。我看见的。你怕吗？"

米亚摇摇头。"当年我还是个小婴儿时，有个男人喜欢把我往空中扔，他长得跟擎天柱似的，双手如此有力，我就像在飞。我们俩笑啊，笑啊，笑得我喘不过气，连眼泪也笑了出来，把他逗得更乐。我一点都不怕，我知道，他总会抓住我。"她把头发揽上去，"结果有一天，他却失手了。后来，那男人走了，男人就是这样，要么撒谎，要么死去，要么离开你。大山和男人不同，石东是它的女儿，我相信我的父亲，我相信我的骡子，我决不会摔下去。"她用手撑住一块锯齿状岩石，站起身来。"动作快点，还有很长的路，我闻到风暴的味道。"

过了危岩堡，大雪终于降下，这是三座沿路堡垒中最低也最大的一座，保卫着通向鹰巢城的要害。暮色深沉，米兰达小姐建议干脆回头，在危岩堡过夜，等太阳升起再行下山，但米亚根本不听。"到明天大雪已积上五尺，连我的骡子也走不了了，"她坚持，"我们应该坚持下去，走慢点就好。"

所以他们继续前进。危岩堡下，石阶相对宽阔平整，道路在巨人之枪底部的高大松木和灰绿色哨兵树之间蜿蜒。米亚的骡子似乎了解每一个树根和每一块石头的所在,偶有意外,私生女孩也敏捷地亲自排除。夜半时分,他们终于透过飞雪看到月门堡的灯火,随后的旅途舒坦多了。雪,越下越大,将周围的世界化为纯白。乖罗宾在鞍上睡着了,随骡子行动而上下摇摆,连米兰达小姐也打起呵欠,抱怨精力不济。"我们为所有人都准备了房间,"她告诉阿莲,"不过你得跟我同床,那张床睡得下四人。"

"我很荣幸,小姐。"

"兰达。幸运的是,我今天累了,只想倒床便睡,一般情况下,跟我同床的小姐都得上税,把她干过的坏勾当交代清楚。"

"如果她什么'坏勾当'也没干过呢?"

"是吗?那她就得透露自己所有的坏念头。当然啦,你不在内,我已经知道你是多么纯洁,啊,玫瑰色的脸庞和大大的蓝眼睛,多教人羡慕啊。"她又打个呵欠,"希望你的脚很暖和,我讨厌脚冷冰冰的床伴。"

终于抵达米兰达小姐父亲的城堡时,小姐本人已打起呼噜,阿莲则满心想着那张床。一定是张羽毛床,她告诉自己,又软又暖又大,铺满毛皮。我会做个美梦,醒来的时候,猎狗在外面叫唤,女人在身边闲话,男人在庭院练剑。随后开始宴会,宴会上有音乐和舞蹈。经历过鹰巢城的死寂,现在的她无比渴望笑闹喧哗。

大家爬下骡子,一名培提尔的贴身护卫突然从城中走出。"阿莲小姐,"他禀报,"峡谷守护者正在等您。"

"他回来了?"她吃惊地问。

"傍晚刚到。他在西塔等您。"

还有几个钟头就是黎明,全城都在熟睡,不过培提尔·贝里席不在内。阿莲发现他坐在劈啪作响的炉火前,跟三个她不认识的男人对饮热葡萄酒。她一进门,大家纷纷起立,培提尔和煦地笑道:

"过来，阿莲，给父亲一个吻吧。"

她尽职尽责地抱住他，在他脸上印下一吻："很抱歉打扰您，父亲，我不知道您有客人。"

"怎么会是打扰呢，亲爱的？我正对这些好骑士们夸你是多么地尽职尽责。"

"尽职而且美丽。"一位蓬厚金发如瀑布般披散到肩的年轻骑士说，他长得很俊。

"是的，"第二名骑士生得结实，豪放的大胡子，根茎状红鼻子上布满破裂的脉络，粗糙的手则如火腿一般，"您把她的美给忽略了，大人。"

"换我也会这么做，"第三名骑士身材瘦小，笑容扭曲，长着狐狸脸、尖鼻子，乱蓬蓬的橙色头发根根竖立，"尤其是向我们这帮粗人介绍的时候。"

阿莲浅浅一笑。"你们是粗人吗？"她逗趣道，"太谦虚啦，我认为你们三位都是英勇的骑士。"

"他们的确是骑士，"培提尔说，"但他们的英勇还需要得到证明——我相信一定不会让人失望。阿莲，请允许我向你介绍拜伦爵士、莫苟斯爵士和夏德里奇爵士。爵士先生们，这位是阿莲小姐，我的私生女儿，她非常地善解人意……所以喽，请你们原谅，我们父女重逢，有些贴心话要说。"

三位骑士鞠躬告辞，其中长得最高的那位金发骑士吻了她的手。

"雇佣骑士吗？"阿莲关门后问。

"饥饿的骑士。我替我们多买了三把剑。时局愈发有趣了，亲爱的，当有趣的时刻终于到来时，剑是不嫌多的。人鱼王号刚回海鸥镇，老奥斯威尔带来许多消息。"

她懂得不要主动发问，培提尔想说的话，自然会说的。"没想到您这么快就回来，"她答道，"我很高兴。"

"从你给我的亲吻中，我可感觉不出来。"他把她拉近，用手捧起她的脸，对准嘴唇，长久地接吻，"这才叫'欢迎回家'的吻，下次记得表现好些。"

"是，父亲。"她红晕上升。

他不再强吻她。"你决不会相信君临发生的事，亲爱的，瑟曦的愚行一桩接一桩，而她那个由聋子、瞎子和白痴组成的御前会议又推波助澜。我早料到她会丧国败家，没想到报应来得这么快！真矛盾啊，原本希望经历四到五年的和平时光，等待播下的种子茁壮成长，等待她自投罗网，最终让我收获果实，现在嘛……反正我以混乱为养料，抓紧时间就成，恐怕五王之战留给我们的短暂和平熬不过这三位女人的时代。"

"三位女人？"她不懂。

培提尔笑而不答："我给我亲爱的女儿带回来一件礼物。"

阿莲又惊又喜："是裙服吗？"听说海鸥镇的裁缝很棒，而她受够了单调的服色。

"比裙服更好，再猜。"

"珠宝？"

"世上没有珠宝配得上我女儿的眼睛。"

"柠檬？您找到柠檬了？"她答应给乖罗宾做柠檬蛋糕，柠檬蛋糕需要柠檬。

培提尔·贝里席握住她的手，将她拉到膝盖上："我为你签订了婚约。"

"婚约……"她喉咙发紧。不，我不要再婚，不是现在，也许是永远。"我不想……我不能结婚，父亲，我……"阿莲朝门口望去，确认它紧闭着，"我结过婚了，"她低声说，"您知道的。"

培提尔用一根指头压住她的唇。"侏儒娶的是艾德·史塔克的

143

女儿,不是我女儿。放心吧,现下还只是约定,真正的仪式得等瑟曦完蛋,珊莎安安全全地当寡妇之后举行。但你得先与那男孩会面,并赢得他的爱情,韦伍德伯爵夫人不想违拗他的意愿,她非常坚持这点。"

"韦伍德伯爵夫人?"阿莲简直不敢相信,"她情愿把自己的儿子嫁给……嫁给……"

"……嫁给私生女?首先,你别忘了,你乃峡谷守护者的私生女。韦伍德家族非常古老非常骄傲,家道却不殷实——我为他们还债时早就发现了。当然,安雅夫人决不会为金钱出卖自己的儿子,但养子嘛……年轻的哈利只是个表亲,而我提出的嫁妆比给莱昂诺·科布瑞那份更丰厚。这是必要的牺牲,因为她冒着惹怒青铜约恩的风险,这份婚约将使罗伊斯的所有计划化为泡影。亲爱的,你的未婚夫是哈罗德·哈顿,你只需去赢得他那颗幼稚的心……对你来说,这应该是很容易的事。"

"继承人哈利?"阿莲试图回忆米兰达在山上说的话,"他刚受封为骑士,还跟某位平民姑娘生了私生女。"

"另一个姑娘肚子也有了他的种。我向你保证,亲爱的,哈利是个好小子,柔软的沙色头发,深蓝色的眼睛,笑起来还有酒窝。听说他非常英勇哟。"他以微笑来逗弄她,"亲爱的,不管你是否出自私生,这段姻缘将让谷地里每一位贵族少女为之哭泣,说不定还会引来河间地和河湾地的嫉妒。"

"为什么呀?"阿莲不明白,"难道哈罗德骑士是……韦伍德伯爵夫人的继承人?她不是有儿子的吗?"

"她有三个儿子,"培提尔确认。她闻到他嘴里的酒气,还有丁香与豆蔻的味道,"以及许多女儿和孙子。"

"他们都排在哈利之后?我不懂。"

"你会懂的,听着。"培提尔执起她的手,用指头轻轻刷她的掌心,"我们从贾斯皮·艾林公爵说起,他是琼恩·艾林的父亲,留下三个子女,其中两个儿子,一个女儿。长子琼恩,鹰巢城和爵位给了他;次女亚丽,嫁给伊利·韦伍德爵士,即当今韦伍德伯爵夫人之叔。"他扮个鬼脸。"亚丽和伊利,不挺配的吗?贾斯皮·艾林公爵的第三子,罗纳·艾林爵士,娶了贝尔摩家的老婆,但只和新娘子做过一二次便因胃病发作而奄奄一息。可怜的罗纳临死前,他儿子艾伯特在大厅另一边降世。你在注意听吗,亲爱的?"

"我在听呢。琼恩、亚丽和罗纳,然后罗纳死了。"

"很好。琼恩·艾林结婚三次,但头两个老婆都没给他留下子嗣,所以他外甥艾伯特一直是他的继承人。与此同时呢,伊利却拼命地在亚丽肚子里播种,她几乎每年生一个孩子,最后给丈夫八个女儿和一个宝贵的小男孩,也取名为贾斯皮——做母亲的则因难产而死。男孩贾斯皮历经千辛万苦方才诞生于世,却很幽默地在三岁那年被马儿踢中脑袋……接着天花夺走了他的两个姐姐,剩下六个当中最年长的嫁给丹尼斯·艾林爵士,他是鹰巢城本家的亲戚。你知道,峡谷里到处都有艾林家族的分支,他们很穷,却又个个傲慢瞧不起人——海鸥镇艾林家除外,这一支晓得与富商们结亲,结果既发了横财,又不引人注目,终于兴旺发达。丹尼斯爵士来自于一个更骄傲更潦倒的分支……他在比武场上建立了名声,长得英俊,为人豪侠,知礼虔诚,号称'谷地的宠儿',再加上他冠有神奇的艾林姓氏,因此韦伍德的长女才嫁了他。他们的子孙也将是艾林,并成为自艾伯特之后谷地的继承人。真凑巧,疯王要了艾伯特的命,你知道那个故事吧?"

她知道:"他谋杀了她。"

"没错,细节我就不讲了。总之,丹尼斯爵士很快抛下怀孕的妻子前去参战,并在鸣钟之役中阵亡,由于过度的英勇而死于战斧之下。人们把消息告诉他老婆,她便因悲伤死去,她的婴儿也死了。但这些在当时都不成问题，因为琼恩·艾林娶了个年轻老婆，一个他觉得会很丰饶多产的老婆。对此他充满信心，但你我都知道他从莱莎身上得到的只有死产、流产和可怜的乖罗宾。"

"让我们回头来考察亚丽和伊利剩下的五个女儿。次女同样得过天花，留下严重的伤疤，因此作了修女；三女为佣兵所诱惑，伊利爵士将其逐出家门，结果她生的野种死于襁褓后，她加入了静默姐妹；四女和乳头岛伯爵成婚，却又终身不孕；五女嫁去河间地的布雷肯家族，但在途中被灼人部抢了亲；六女，作为最年轻的女儿，嫁给一名效忠韦伍德家族的地方骑士，生下一子，取名哈罗德，随后去世。"他把她的手掌翻过来，轻轻地吻她的腕部。"所以啰，告诉我，亲爱的——为何叫他继承人哈利？"

她瞪大眼睛："他不是韦伍德伯爵夫人的继承人，他是劳勃的继承人！如果劳勃有个三长两短……"

培提尔抬起一边眉毛："如果劳勃有个三长两短……唉，我们可怜又勇敢的乖罗宾是个百病缠身的孩子，出什么意外只是时间问题；如果劳勃有个三长两短，继承人哈利就成了哈罗德大人，鹰巢城公爵和艾林谷的守护者。琼恩·艾林的封臣们永远不会喜欢我，也不会喜欢咱们成天犯病的劳勃，但他们会追随少鹰王……等他们在婚礼上齐集之时，你散开枣红的长发，穿着灰白的新娘斗篷，佩戴冰原狼胸针出现……那样的话，峡谷骑士将会纷纷宣誓效忠，为你赢回北境。这就是我的礼物，亲爱的珊莎……哈利，峡谷和临冬城。难道不值得另一个吻吗，亲爱的？"

布蕾妮

一场噩梦,她心想,但假如是梦,为何疼痛如此剧烈?

雨水不再滴落,整个世界却还是湿的。斗篷跟锁甲一样沉,绑住手腕的绳索浸透了,变得更紧。无论布蕾妮如何扭动,都无法挣脱。她不知是谁把自己绑起来,也不知是为什么。她询问那些影子,但他们不回答。也许他们没听见,也许他们并非真实。层层潮湿的羊毛衣和生锈的锁甲底下,她的皮肤又红又热。

她怀疑一切不过是发烧时的梦。

她身下有匹马,却不记得何时上去的。她脸朝下横卧在马屁股上,犹如一袋燕麦,手腕脚踝都被捆起来。空气湿漉漉的,地面笼罩着水汽,每走一步,头部就像遭受重击。她听见有人说话,但只看得见马蹄下的泥地。有些骨头断了,脸肿起来,面颊沾着黏黏的血,每次颠簸都让手臂一阵剧痛。波德瑞克在叫她,仿佛从很遥远的地方。"爵士?"他不停地说,"爵士?小姐?爵士?小姐?"他声音很轻,听不大清楚。

最后,一切归于寂静。

她梦见自己在赫伦堡,又到了熊坑底下。这次她面对着尖牙,那秃顶巨人像蛆一样惨白,脸上生满流脓面疱。他赤身裸体冲过来,一边把玩命根子,一边咬着锉尖的牙齿。布蕾妮转身逃跑。"我的剑,"她叫道,"守誓剑。求求你们。"观众们不答,他们中有蓝礼、机灵狄克与凯特琳·史塔克,夏格维、帕格和提蒙也到了,还有树上那些死尸,凹陷的脸颊,肿胀的舌头,空洞的眼眶。见到他们,布蕾妮发出恐惧的尖叫,尖牙抓住她的手,将她拉近,从她脸上咬下一块肉。"詹姆,"她听见自己的嘶喊,"詹姆。"

即使在深沉的梦中,仍然感觉疼。她的脸阵阵刺痛,肩膀流血,呼吸像着了火。胳膊上的疼痛如闪电蔓延。她大声呼叫学士。

"没有学士,"一个女孩说,"只有我。"

我在找一个女孩,布蕾妮记起来。一个十三岁的贵族处女,蓝眼睛,枣红色头发。"小姐?"她说,"珊莎小姐?"

一个男子笑道:"她以为你是珊莎·史塔克。"

"她撑不了多久。她快死了。"

"少一只狮子,我可不会悲伤流泪。"

布蕾妮听见有人祈祷。她想到梅里巴德修士,但语句完全不对。长夜黑暗,处处险恶。梦亦是如此。

他们骑马穿越阴森的树林,来到一个潮湿、黑暗又安静的地方,松树密密匝匝地挤在一起。马蹄下地面松软,身后的足迹中满是鲜血。蓝礼大人、狄克·克莱勃和瓦格·霍特骑在她身边。热血从蓝礼咽喉里涌出,山羊被咬破的耳朵渗出脓水。"我们去哪里?"布蕾妮追问,"你们要带我去哪里?"没人回答。他们怎么可能回答?他们全死了。是不是她也死了?

蓝礼在她前方,面带微笑的可爱国王。他牵她的马在树林里行走,布蕾妮呼唤他,告诉他她多喜欢他。但当他扭头朝她皱眉时,她发现他不是蓝礼。蓝礼从来不会皱眉。他总是对我微笑,她心想……除了……

"好冷。"她的国王用细微而迷惘的语调说,一个影子在移动,却不知从何而来。她可爱的主君血如泉涌,鲜血从绿色铁护喉中喷出,湿透她的双手。他曾是个暖和和活生生的人,现下他的血却冷如寒冰。这不是真的,她告诉自己,又一个噩梦,我很快就会醒来。

她的马突然停下。一双粗壮的手抓住她。一束束午后的红色阳光斜射穿过栗子树的枝条。一匹马在枯叶中翻寻栗子,附近有人走动,低声交谈。十个,十二个,也许更多。布蕾妮不认得他们。她被置于地上,背靠树干,伸直了腿。"喝这个,小姐。"女孩说。她将杯子托到布蕾妮唇边。味道又浓又酸。布蕾妮吐了出来。"水,"她喘着气,"请给我水。"

"水不能止疼。这个能。至少有一点帮助。"女孩再将杯子放到布蕾妮唇边。

连喝酒都疼。红酒顺着下巴流淌,滴到胸口。杯子空了,女孩用皮囊注满,让布蕾妮再喝,直到酒从嘴边洒出来。"不要了。"

"再喝点。你胳膊断了,还有肋骨。两三根肋骨呢。"

"尖牙。"布蕾妮说,她记起他的重量,记起他用膝盖猛撞自己胸口。

"对。那家伙真是一个怪物。"

她回想起了一切:头上的闪电,下面的泥潭,雨水轻敲猎狗的黑铁头盔,尖牙恐怖的力量。突然间,她无法忍受,挣脱绳索的努力,却把自己磨得更疼。手腕绑得太紧,麻绳上有干涸的血。"尖牙。"她颤抖着问,"他死了没有?"她记起他的牙齿撕扯自己脸上的血肉。想到他仍活在某处,布蕾妮就直想尖叫。

"他死了。詹德利用长矛刺穿了他的脖子。再喝点,小姐,否则我把它灌进你喉咙里。"

她继续喝。"我要找一个女孩,"她在吞咽间歇时低声说,差点说成是自己的妹妹,"一个十三岁的贵族处女,蓝眼睛,枣红色头发。"

"我不是她。"

你不是。布蕾妮看得出来。这女孩没吃饱,瘦得很,棕色头发扎成一根辫子,眼睛比实际年龄要成熟。棕头发,棕眼睛,相貌平平。年长六岁的垂柳。"你是姐姐。店家。"

"也许吧。"女孩斜睨着说,"是又怎样?"

"你叫什么?"布蕾妮问。她的肚子咕咕作响,担心自己会吐。

"海德。跟垂柳一样。简妮·海德。"

"简妮。解开我。求求你。可怜可怜我吧。绳子磨得我手腕疼。流血。"

"不可以。必须绑着你,直到……"

"……直到夫人召见你。"蓝礼站在女孩身后,拨开眼前的黑发。不是蓝礼。是詹德利。"夫人要你对自己的罪行负责。"

"夫人。"红酒让她晕眩,难以思考,"石心。你是说她吗?"在女泉城,蓝道伯爵提过她。"石心夫人。"

"有人这么称呼她。有人叫她别的名字。静默姐妹。无情圣母。绞架女。"

绞架女。布蕾妮闭上眼睛,看到尸体悬在光秃秃的褐色树枝下,他们的脸又黑又肿。她突然害怕到极点。"波德瑞克。我的侍从。波德瑞克在哪儿?其他人呢……海尔爵士,梅里巴德修士。狗儿。你们把狗儿怎么了?"

詹德利与女孩交换了一下眼神。布蕾妮挣扎着想站起来,结果一只膝盖刚刚撑起,世界就开始旋转。"你杀了狗,小姐。"她听见詹德利说,紧接着,黑暗再次吞没了她。

她回到轻语堡,站在废墟之中,面对克莱伦斯·克莱勃。他高大凶猛,胯下野牛的毛发比他的毛更为杂乱蓬松。那怪兽用蹄子狂刨地面,在泥地里挖出深沟,克莱勃则锉尖了牙齿。布蕾妮拔剑,剑鞘却是空的。"不。"她大喊,克莱伦斯冲过来。这不公平,没有魔剑她无法战斗。是詹姆爵士给她的剑。一想到自己像辜负蓝礼一样也辜负了他,布蕾妮就想哭。"我的剑。行行好,我得找到自己的剑。"

"妞儿想要回她的剑。"一个声音说。

"我想要瑟曦·兰尼斯特舔我的鸡巴。那又怎样？"

"詹姆叫它守誓剑。行行好。"但说话的人根本不听，而克莱伦斯·克莱勃在隆隆马蹄声中向她冲来，削掉她的脑袋。布蕾妮盘旋着坠入更深的黑暗。

她梦见自己躺在一艘小船里，头枕在某人的膝盖上，周围全是影子，戴兜帽的人，穿盔甲和皮衣。他们划船横渡一条雾蒙蒙的河，桨叶包布，以抑制声响。她被汗水浸透，浑身燥热，却仍在发抖。雾气中一张张脸浮现。"美人。"岸边的柳树轻声道，芦苇却说，"怪胎，怪胎。"布蕾妮一阵战栗。"停下，"她说，"让他们停下。"

再次醒来，简妮将一碗热汤端到她唇边。洋葱肉汤，布蕾妮心想。她尽量多喝，直到一小块胡萝卜卡在喉咙里，把她噎住了。咳嗽痛苦之极。"放松。"女孩说。

"詹德利，"她喘息着，"我得跟詹德利谈谈。"

"他到河边就回去了，小姐。他回到煅炉边，回去照顾垂柳和小家伙们，保护他们的安全。"

没人能保护他们安全。她又开始咳嗽。"啊，让她噎死算了。省我们一根绳子。"一个影子将女孩推到一边。他穿生锈链甲衫，束镶钉皮带，腰悬长剑和匕首，一件肮脏的黄色大斗篷贴在肩上，浸透了水。他双肩之间耸立着一只龇牙咧嘴的钢铁狗头。

"不，"布蕾妮呻吟，"不，你死了，我杀了你。"

猎狗哈哈大笑。"你搞反了。是我杀了你。我现在还可以再杀你一次，但夫人要看你被绞死。"

绞死。这个词让她浑身一颤。她望向女孩，简妮。她还小，不会如此残酷。"面包和盐，"布蕾妮喘息着说，"在客栈……梅里巴德修士给孩子们吃的……我们跟你妹妹共享面包……"

"自夫人从婚礼上回来之后,待客之礼便不同以往了。"女孩说,"悬在河边的尸体,其中有些也自以为是宾客。"

"我们有我们的做法,"猎狗说,"他们想要床铺。我们给他们树。"

"我们还有更多的树,"另一个影子插话,生锈头盔下只有一只眼睛,"树总是不缺。"

再次上马时,他们用皮头套蒙住她的脸。没有眼孔。皮革使周围的声音变得模糊不清。洋葱味道存留在舌头上,跟失败的滋味一样浓烈。*他们打算绞死我。*她想到詹姆,想到珊莎,想到塔斯家中的父亲,不由得感谢头套,替她遮住眼中涌出的泪水。她不时听到土匪们交谈,但无法辨清词句。过了一会儿,她屈服于疲劳,随着马匹缓慢平稳的步伐打呼噜。

这回,她梦见自己回到暮临厅的家中,透过父亲大厅里高高的拱形窗户,欣赏落日的美景。*我在这儿很安全。很安全。*

她穿着丝绸锦绣裙服,红蓝相间的四分底,分别镶有金色的太阳与银色的新月。别的女孩穿上会很漂亮,在她身上则不然。她今年十二岁,正扭捏不安地等待着与一位年轻骑士会面。他比她年长六岁,由父亲亲自挑选,光辉灿烂,有朝一日定然功成名就。但她害怕他的到来,因为她胸太小,手脚太大,头发老是竖起来,鼻子边长了一粒脓包。"他将给你带来一朵玫瑰。"父亲向她承诺,但玫瑰无用,玫瑰无法保护她。*她要剑。守誓剑。我得找到那女孩。我得为他找回荣誉。*

门终于开了,她的未婚夫跨入她父亲的厅堂。她尽力遵照先前的教导向他致意,然而鲜血从嘴里涌出,原来她在等待时咬掉了舌头。她把舌头吐在年轻骑士脚边,看到他脸上嫌恶的表情。"'美人'布蕾妮,"他讽刺道,"我见过比你漂亮的母猪。"然后他将玫瑰扔到她脸上,离开时,披风上的狮鹫飘荡起伏,逐渐幻化成狮

子。詹姆!她想大喊,詹姆,回来!你回来!但她的舌头躺在地上,玫瑰旁边的血泊之中。

布蕾妮突然醒来,大口喘气。

她不知自己身处何方。空气寒冷阴沉,有泥土、蛆虫和霉菌的味道。她躺在搁板床上,盖着一堆羊皮,头上是岩石,树根从墙壁间冒出来。唯一的光源来自一支牛油蜡烛,蜡烛在一摊融蜡中冒着烟。

她推开羊皮,发觉有人脱了她的衣服和盔甲。她现在穿一件褐色羊毛布宽松裙服,很薄,但刚洗过。前臂夹了木板,再用麻布包扎,一侧脸颊潮湿僵硬。她摸了摸,某种湿润的药膏覆盖着脸颊、下巴和耳朵。尖牙……

布蕾妮站起身,腿软得像水,晕头转向:"有人吗?"

蜡烛后面有许多黑暗的空穴,其中一个里面有什么东西动了动,那是一位衣衫褴褛的灰发老人。他盖的毯子滑到地板上,他坐起来揉揉眼睛。"布蕾妮小姐?你吓了我一跳。我在做梦呢。"

不,她心想,做梦的是我。"这是什么地方?地牢吗?"

"山洞。狗儿追踪我们时,我们就得像老鼠一样逃回洞里。"他穿一件残破不堪的旧袍子,淡红与白色相间,灰头发又长又乱,脸颊和下巴的皮肤松松垮垮,满脸粗糙的胡碴。"你饿不饿?能喝牛奶吗?再来点面包和蜂蜜?"

"我要我的衣服。我的剑。"不穿盔甲,她感觉像光着身子,而且她希望守誓剑在身边,"出去的路。告诉我出去的路。"山洞地上满是石头泥土,感觉高低不平。即使到现在,她仍然头晕目眩,犹如漂浮一般。闪烁的烛光投射出诡异的影子。杀戮的影子在四周起舞,她心想,躲避着我的察看。到处都有洞穴、裂缝和罅隙,但哪条通往外面,哪条通往更深处,哪条是死胡同,她无从知晓。所有的都同样漆黑。

"我可以摸摸你的额头吗,小姐?"看守的手上布满瘢痕和硬茧,却出奇的轻柔。"你的烧退了,"他宣布,带着自由贸易城邦的口音,"不错不错。昨天你的皮肤摸上去还像着了火。简妮担心我们会失去你。"

"简妮。那高个子女孩?"

"就是她。但她不如你高,小姐。人们叫她'长腿简妮'。是她给你手臂接骨,夹上木板,干得跟学士一样出色。她还尽量治疗你的脸,用煮沸的麦酒清洗伤口,防止溃烂。即便如此……人咬的伤口污秽不洁,我敢肯定,发烧就是因为这个原因。"灰发人摸摸她绑着绷带的脸。"我们不得不割除一点肉。我恐怕你的脸不会好看。"

它从来就没好看过。"你是说,会留下伤疤?"

"女士,那怪物咬去了你半边脸。"

布蕾妮不由一怔。每个骑士都有战斗留下的伤疤,她央求古德温爵士教她剑术时,他警告过她,你想要这个吗,孩子?但老教头指的是剑伤,他料不到尖牙的牙。"如果你们只是想吊死我,为什么替我接骨,洗净伤口?"

"为什么呢?"他望向蜡烛,仿佛再也无法忍受看她,"他们告诉我,你在客栈战斗得很勇敢。柠檬不该离开路口。他得到命令守在附近,埋伏起来,假如烟囱里有烟升起,就立即赶来……但他听说盐场镇疯狗已沿绿叉河北去,便上了钩。我们追踪这伙人很久了……尽管如此,他应该更清醒才对。结果,走了半天他才意识到血戏子利用一条小溪隐匿踪迹,绕到了他背后,后来,他为了绕开一队佛雷家的骑士,又浪费了更多时间。要不是你,等柠檬和他的人赶到时,客栈里就只剩尸体了。或许正因如此,简妮才给你疗伤。不管以前干过什么,你光荣地获得了这些伤口,为了完全正当的事业。"

不管以前干过什么。"你们认为我干过什么？"她说，"你们是谁？"

"我们一开始是国王的人，"那人告诉她，"但国王的人必须要有国王，而我们没有。我们本来也是弟兄，但我们的关系已经瓦解。我不知道我们是谁，只知道我们的路十分黑暗，圣火没告诉我道路尽头等待着的是什么。"

我知道路的尽头在哪里。我见过树林里的尸体。"圣火，"布蕾妮重复。突然，她明白了，"你是那密尔僧侣。红袍巫师。"

他低头看着自己褴褛的长袍，悲哀地笑笑："叫粉红冒牌货更合适。没错，我是索罗斯，来自密尔……一个糟糕的僧侣，一个更糟的巫师。"

"你跟唐德利恩一起。闪电大王。"

"闪电转眼即逝，再也无法看到。人也一样。我恐怕贝里伯爵的火焰已经离开人世。一个更阴沉的影子取代他领导我们。"

"猎狗？"

僧侣努努嘴："猎狗死了，已经被埋葬。"

"我看到他。在树林里。"

"那是发烧时做的梦，小姐。"

"他说要绞死我。"

"梦也可能撒谎。小姐，你多久没吃东西了？一定饿坏了吧？"

她确实很饿，肚子里空空如也。"吃的……我很想吃点东西，谢谢你。"

"那就好好吃顿饭吧。坐下。我们还要再谈，但先吃饭。在这儿等着。"索罗斯用融化的蜡烛点燃一支细烛，消失于某块突出的岩石下，黑糊糊的洞里，留下布蕾妮在小山洞独处。但能有多久呢？

她在石室徘徊，寻找武器。任何武器都可以：棍，杖，匕首，但她只找到石头，有一块正称手……但她记得在轻语堡，夏格维用石块对抗匕首是什么下场。听见僧侣的脚步时，她丢下石头，回到座位里。

索罗斯拿来面包、奶酪和一碗炖汤。"很抱歉，"他说，"最后一点牛奶已经发酸，蜂蜜也吃完了。食物越来越少。不过这些能让你吃饱。"

炖汤冰冷油腻，面包很硬，奶酪更硬。但布蕾妮以前吃过的所有东西都不及今天吃的一半好吃。"我的同伴们也在这儿？"她边问僧侣边舀起最后一点汤。

"修士被放走了，让他继续上路。他不是恶人。其余的都在这里，等待审判。"

"审判？"她皱起眉头，"波德瑞克·派恩不过是个小男孩。"

"他说他是侍从。"

"你知道男孩子都爱吹嘘。"

"他是小恶魔的侍从。他承认自己参加过战斗，甚至承认杀过人。"

"他是个孩子，"她又道，"可怜可怜他吧。"

"小姐，"索罗斯说，"我不怀疑在七大王国别的地方能找到仁慈、怜悯与宽恕，但别在这里寻找。这是个山洞，不是座神庙，当人们必须像老鼠一样活在黑暗的地底时，同情心跟牛奶与蜂蜜一样很快就耗光了。"

"正义呢？山洞里能找到正义吗？"

"正义。"索罗斯无力地笑笑，"我记得正义。它的滋味曾如此美好。在贝里的带领下，我们替天行道，我们就是正义的化身，至少我们如此告诉自己。我们是国王的子民，是骑士，是英雄……

但长夜黑暗,处处险恶,小姐,战争把我们全变成了怪物。"

"你说你们是怪物?"

"我说我们都是人。你不是唯一受过伤的,布蕾妮小姐。当这一切刚开始时,我的很多弟兄是好人,有些……不那么好,这样说可以吗?当然,有种说法认为,说一个男人开始如何并不重要,重要的是最终结局。我想女人也一样。"僧侣站起身,"恐怕我们在一起的时间已经结束。我听见我的弟兄们来了。夫人派人来找你。"

布蕾妮听见脚步声,看到火炬光在隧道中闪烁:"你告诉我说她去美人市集了。"

"她是去过。我们睡觉时她又回来了。她从来不睡。"

我不害怕,她告诉自己,但已太迟了。至少我不能让他看出我害怕,她转而向自己承诺。他们一行四人,身强体壮,面容桀骜不驯,穿着锁甲、鳞甲和皮甲。她认出其中一位,梦中的独眼人。

四人中最高大那个穿一件肮脏破旧的黄斗篷。"吃得满意?"他问,"希望如此。那是你的最后一餐。"他棕头发,大胡子,结实强健,断裂过的鼻子愈合得很差。我认识这人,布蕾妮心想。"你是猎狗。"

他咧嘴一笑,露出满口烂牙,歪歪扭扭,布满褐色蛀痕。"我想是的,因为小姐您杀了上一个猎狗。"他扭头啐了一口。

她记起闪烁的电光,脚下的烂泥。"我杀了罗尔杰。他从克里冈坟头取走头盔,你又从他尸体上捡了过来。"

"他可没抗议。"

索罗斯不安地吸了一口气。"真的吗?死人的头盔?我们堕落到如此地步?"

大个子朝他皱眉头:"那是好钢。"

"这顶头盔和戴它的人都不吉祥,"红袍僧说,"桑铎·克里冈饱受折磨，而罗尔杰是人皮野兽。"

"我不是他们。"

"那为什么要让全世界看到他们的脸？残暴，凶狠，扭曲……你想当那样的人吗，柠檬？"

"看到它，我的敌人会害怕。"

"看到它，我自己都会害怕。"

"那就闭上你的眼睛。"黄斗篷打个急促的手势，"带走那婊子。"

布蕾妮没抗拒。他们有四个人，而受伤后的她十分虚弱，宽松的羊毛衣服底下什么都没有。他们押她穿过蜿蜒的隧道，她不得不低下脖子，以免撞到头。前方路面急速上升，拐了两个弯，进入一个巨洞，里面满是土匪。

泥地中央挖出一个大火坑，空气中青烟弥漫，很多人簇拥在火堆边取暖，对抗山洞里的寒气。其余的沿墙站立，或盘腿坐在草垫上。也有女人，甚至有几个小孩，躲在母亲裙裾后面张望。布蕾妮唯一认识的脸是"长腿"简妮·海德。

山洞中，岩石裂隙里支起一张搁板桌，后面坐着一个灰衣女人，披斗篷，戴兜帽。她手拿一顶王冠，青铜箍上围了一圈黑铁剑。她正端详着它，手指摸索剑刃，仿佛在测试它们有多锋利。她的眼睛在兜帽底下闪烁着寒光。

灰色是静默姐妹的颜色，她们是陌客的侍女。布蕾妮感觉一阵战栗爬上脊柱。石心夫人。

"夫人，"大个子通报，"她来了。"

"对，"独眼人补充，"弑君者的婊子。"

她怔了一怔："你为什么这样叫我？"

"要是你每叫一声他的名字，我就能得到一枚银鹿，那我早跟你的兰尼斯特朋友一样富有了。"

"那只不过……你不明白……"

"哦,是吗?"大个子笑道,"我觉得我们明白。你有一股狮子的臭味,小姐。"

"不是那么回事。"

另一名土匪踏上前来,他是个年轻人,穿一件沾满油污的羊皮短上衣,手拿守誓剑。"这把剑可以证明她是狮子。"他操着生硬的北方口音,把剑从鞘中拔出,放在石心夫人面前。火光照耀下,黑红波纹仿佛颤动不休,但那灰衣女人的眼睛只盯着剑柄后端的圆头:一只黄金狮子头,红宝石眼睛像两颗红色的星星一样熠熠生辉。

"还有这个。"密尔的索罗斯从袖子里抽出一张羊皮纸,放在剑旁边。"上面有小国王的印戳,说携带者在为他办事。"

石心夫人将剑搁置一边,开始读信。

"给我这把剑是有正当用途的,"布蕾妮说,"詹姆爵士立过誓,向凯特琳·史塔克……"

"……然后叫朋友们割了她的喉咙,"穿黄斗篷的大个子说,"我们都了解弑君者和他的誓言。"

没用,布蕾妮意识到,跟他们解释没用。尽管如此,她仍然说下去。"他答应凯特琳夫人交还她的女儿们,但等他到达君临城,她们已不在了。詹姆派我出来寻找珊莎小姐……"

"……假如你找到那女孩,"年轻的北境人问,"拿她怎么办?"

"保护她。带她去安全的地方。"

大个子哈哈大笑:"那是哪里呢?瑟曦的地牢?"

"不。"

"随你怎么否认。这把剑说明你在撒谎。难道要我们相信兰尼斯特家会把黄金红宝石的剑交给敌人?要我们相信弑君者请求你把女孩藏起来，不让他自己的孪生姐姐找到？我猜那张带有小国王印鉴的纸只不过是以防万一，在你需要擦屁股时用的吧？还有你那些同伙……"大个子转身招招手，土匪们让出一条通路，两名俘虏被带上来。"男孩是小恶魔的侍从，夫人，"他向石心夫人报告，"另一个是'血腥'蓝道的直属骑士，双手沾满鲜血。"

海尔·亨特被打得很惨，脸肿得几乎认不出来。在他们的推搡下，他跟跟跄跄地走过来，差点跌倒。波德瑞克抓住他的胳膊。"爵士，"看到布蕾妮，男孩悲惨地说，"小姐，我是说。抱歉。"

"你没什么可抱歉的。"布蕾妮转向石心夫人，"不管你认为我做了什么背信弃义的事，波德瑞克和海尔爵士都没参与。"

"他们是狮子，"独眼人道，"这就够了。我说吊死他们，塔利已经绞死了二十个我们的人，是时候吊几个他的人了！"

海尔爵士朝布蕾妮无力地微笑。"小姐，"他说，"当初我提出婚约时，你应该答应的。现在嘛，恐怕到死你都还是个处女，而我则是个穷人。"

"放他们走吧，"布蕾妮恳求。

灰衣女人没回答。她端详着剑、羊皮纸以及铜铁王冠，最后把手伸到下巴下面，抓住脖子，好像要掐死自己一样。但她开口说话了……嗓音断断续续，饱受折磨，似乎来自喉咙，嘶哑喘息，很像临死前的喉音。那是被诅咒者的语言，布蕾妮心想。"我听不懂。她说什么？"

"她问你这把剑的名字。"穿羊皮短上衣的年轻北境人说。

"守誓剑。"布蕾妮答道。

灰衣女人的指间发出嘶嘶声。她的眼睛仿佛阴影中燃烧的两颗红炭。她又说话了。

"不对，"她说，"这应该叫'破誓剑'。它是用来背叛与谋

杀，她为它取名为'虚伪之友'，和你一样。"

"我对谁虚伪了？"

"对她，"北境人说，"小姐，你难道忘了自己曾立誓为她效力？"

塔斯的处女立誓效力的女人只有一个。"不可能，"她说，"她死了。"

"死亡与宾客权利，"长腿简妮·海德喃喃道，"它们的意义都跟从前不同了。"

石心夫人放低兜帽，解开脸上的灰羊毛围巾。她的头发干枯脆弱，白如骸骨，额头是斑驳的灰绿色，夹杂着褐色腐斑。条条碎肉附着在她脸上，从眼睛直到下巴。有些豁口结着干血块，有些则露出底下的骨头。

她的脸，布蕾妮心想，她的脸曾经如此健康美丽，她的皮肤曾经如此光滑柔软。"凯特琳夫人？"泪水充满她的眼睛，"他们说……他们说你死了。"

"她确实死了，"密尔的索罗斯道，"佛雷家割了她的喉咙，从一边耳朵直到另一边。我们在河边找到她时，她已经死了三天。哈尔温请求我给她生命之吻，但隔得太久，我不愿意，因此贝里伯爵代替我将嘴唇置于她的嘴唇之上，把自己的生命之火传递给她。然后……她复活了。光之王保佑我们。她复活了。"

我还在做梦？布蕾妮疑惑地想，这是尖牙的牙衍生的又一个噩梦？"告诉她，我从没背叛她。我以七神之名起誓。我凭自己的剑起誓。"

曾是凯特琳·史塔克的东西再次捂住喉咙，手指夹紧脖子上长长的可怕伤口，哽咽地挤出一点声响。"言辞就像风，她说，"北境人告诉布蕾妮，"她要你证明诚意。"

"怎么证明？"布蕾妮问。

"用你的剑。守誓剑,你是这样叫它的吧?那就信守对她立下的誓言,夫人说。"

"她要我做什么?"

"她要她儿子活着,或者要杀他的人死去,"大个子道,"她要拿他们喂乌鸦,就像他们在红色婚礼后干的那样。佛雷和波顿,没错。我们会满足她,要多少有多少。她要你做的只是杀掉詹姆·兰尼斯特而已。"

詹姆。这名字像一把匕首在她肚子里搅动。"凯特琳夫人,我……您不明白,詹姆……我们被血戏子们俘虏,他救了我,使我不至于被强暴,后来他又回来找我,赤手空拳跳下熊坑……我向你发誓,他不是那样子的。他派我去找珊莎,保护她的安全,他不可能参与红色婚礼。"

凯特琳夫人的手指深深掐入脖子里,断断续续、窒息般的话语仿佛一条冰冷的河流。北境人说:"她说你必须选择。要么拿剑去杀弑君者,要么被当做叛徒吊死。剑还是绳子,她说。选择吧,她说。快选。"

布蕾妮记起自己的梦,记起自己在父亲的大厅里等待那个将要与她结婚的男孩。梦中的她咬掉了舌头。鲜血从嘴里涌出。她深吸一口气:"我不会作这样的选择。"

长久的沉默。然后石心夫人又说话了。这一次布蕾妮听得懂。只有两个字。"绞刑。"她嘶哑地说。

"遵命,夫人。"大个子应道。

他们再度将布蕾妮的手腕用绳子绑起来,拉着她沿一条弯弯曲曲的岩石小道走出山洞,来到地表。她惊讶地发现,外面是早上,清晨苍白无力的光柱斜斜地穿过树丛。这儿的树真多,她心想,不需走太远。

他们果然没走太远。在一株歪歪扭扭的柳树下,土匪们将她的脖子套进绳圈，抽紧之后，另一端抛过树枝。海尔·亨特和波德瑞克·派恩将被吊在榆树上。亨特爵士嚷嚷着说他愿意去杀詹姆·兰尼斯特，但猎狗抽了他一巴掌，让他闭嘴。他又戴上那顶头盔。"假如你有罪孽要向诸神忏悔，是时候了。"

"波德瑞克从没伤害过你们。我父亲会付他的赎金。塔斯被称为蓝宝石之岛。把我的遗骨和波德瑞克一起送去暮临厅，你们就能得到蓝宝石，银子，任何想要的东西。"

"我想要我的妻子女儿活着，"猎狗说，"你父亲能给我吗？如果不能，让他见鬼去吧。那孩子得跟你一块儿烂掉，狼群会来啃你们的骨头。"

"你打算吊死这婊子，柠檬？"独眼人问，"还是想用口水把她淹死。"

猎狗从边上的人手中一把夺过绳子。"让我们看看她会不会跳舞。"他道，然后使劲一拉。

布蕾妮感觉麻绳收紧，嵌入肌肤，将下巴往上提。海尔爵士滔滔不绝地咒骂，男孩却什么也没说，甚至当双脚腾空而起时，波德瑞克连眼睛都没抬一下。如果这是又一个梦，该醒了；如果这是真的，那我死定了。她只看得见波德瑞克，绳圈套着他细细的脖子，他的双腿在抽搐。她张开嘴巴。波德蹬踢挣扎，即将窒息而亡。虽然绳索紧紧扼住布蕾妮，但她拼命吸入一口气。她从未感觉如此疼痛。

她嘶喊出一个词。

瑟曦

莫勒修女是个花白头发的老泼妇，尖脸孔像把斧头，嘴唇撅成一条表示否定的细线。我敢打赌，她连苞都没被人开过，瑟曦心想，她的私处硬得像被煮过的皮革。大麻雀派出六名骑士担任护卫，骑士们的风筝盾上刻有战士之子重生的纹章——彩虹宝剑。

"修女，"瑟曦坐在铁王座下，身穿镶金蕾丝的绿丝裙服，"请转告总主教大人，我们很为难，他这次做得实在过分。"翡翠在太后的手指和金发上闪耀，整个宫廷、整个城市都看着她，她一定展现泰温公爵之女的风范。等这幕话剧结束，人们就会明白谁才是真正的女主人。但首先得耐心，不能操之过急。"玛格丽夫人是我儿子忠顺的好妻子，是他的伴侣和配偶。总主教大人无权毁谤她，更不能把她和她的表亲们拘禁起来，她们都是我们最最关心的人。我要他立即放人。"

莫勒修女面不改色："我会向总主教大人转达陛下的话。但很遗憾，在证明年轻的王后和她的女伴们确实清白之前，我们不能放人。"

"证明？噢，你只消看看她那张甜美漂亮的脸蛋，就知道她有多清白。"

"漂亮的脸蛋往往隐藏着罪人的心。"

议事桌边的玛瑞魏斯大人发话："年轻的女士们究竟受到哪些控告，又是由谁提出的呢？"

修女说："梅歌·提利尔与埃萝·提利尔被控淫荡、通奸和协助叛国，雅兰·提利尔被控知情不报、包庇隐瞒，而玛格丽王后不仅被控以上所有罪状，还加上行为不检点与叛国。"

瑟曦将一只手放到胸口："谁在散布这些无耻滥言，恶意中伤我的媳妇！其心可诛！我亲爱的儿子全心全意地爱着玛格丽，她怎能这么残忍地玩弄他？"

"原告正是陛下您身边的骑士。奥斯尼·凯特布莱克爵士在天父的祭坛前，亲口向总主教大人忏悔了通奸事实。"

议事桌边，哈瑞斯·史威佛张口结舌，派席尔国师别开了脸。四周嗡嗡作响，好似一千只蜜蜂在王座厅内盘旋。旁听席上有的妇女悄悄溜走，大厅后方的许多小领主和骑士也准备开溜。金袍卫士未加阻拦，因为太后早已吩咐奥斯佛利爵士把所有离开的人记录在案。提利尔的玫瑰很快就不会那么香了。

"如果你的意思是指年轻的奥斯尼爵士精力旺盛，这点我同意，"太后道，"但他是个守本分的好骑士。如果他承认……噢，这不可能，玛格丽还是处子！"

"她并非处子，依照总主教大人的指示，我亲自检查过。她的处女膜已破。对此，阿兰廷修女和梅森特修女可以作证，玛格丽身边的娜丝特瑞卡修女也已承认——此人如今已被关进悔罪室作忏悔。我们还检查了梅歌小姐与埃萝小姐，她们两人也非完璧。"

嗡嗡声变得如此嘈杂，太后几乎无法思考。我真心希望小王后和她那群小鸡们被骑得爽快。

玛瑞魏斯大人一拳砸在桌子上："玛格丽夫人为贞操发下了神圣的誓言，不仅对摄政王太后，还对着王太后陛下已故的父亲大人，当时有多人为证。提利尔大人和奥莲娜夫人也联合担保，他们的话，我们自然是不应质疑的。现在出了这等事，修女，你是说这些臣子有意欺瞒王上吗？"

"或许他们也上了当，大人，"莫勒修女道，"我不清楚。作为检查王后的人，我只是实话实说，并对所说的一切负责。"

想到这糟老太婆将皱巴巴的手伸进玛格丽粉红的小阴道里，瑟曦忍不住笑了："总主教大人应当允许我们派学士重新检查我的媳妇，看看事实是否有误。派席尔大学士，请你即刻随莫勒修女返回受神祝福的贝勒大圣堂，找出玛格丽清白与否的实情。"

派席尔的脸色犹如凝固的牛奶。平时开会，这老白痴的废话永远说不完，现在我要他表个态，他却开不了口。过了许久，老人才颤巍巍地道："无须我去检……检查她的私处。"他声音颤抖得几乎听不清："很遗憾……玛格丽王后并非处女。她曾要我提供月茶，不止一次……而是很多次。"

随之而来的喧哗是瑟曦·兰尼斯特期盼已久的高潮，连王家传令官拿棒子拼命捶地，也无法抑制激动的人群。太后听任自己享受，享受各种羞辱小王后的言语。过了很长时间，她才恢复石头般的表情，下令金袍卫士清空大厅。玛格丽·提利尔完了，她雀跃地想。她走向铁王座后的国王门，君临城内仅存的三位白骑士赶紧跟上：柏洛斯·布劳恩、马林·特兰和奥斯蒙·凯特布莱克。

月童站在门边，手拿孩童的玩具，睁圆了一双迷惑的大眼睛。他是个傻瓜，但至少是个诚实的傻瓜。"蛤蟆"巫姬自以为能预言未来，她才该穿上月童的小丑衣。希望那老骗子在地狱里哀号。他所预言的年轻女人完了，预言已被阻止，其他部分也不会成真。没有黄金裹尸布，没有VALONQAR的毒手，我终于摆脱了你恶毒的诅咒，我自由了。

重臣们也随她出来。哈瑞斯·史威佛还没回过神，他被门绊住，差点摔倒，幸亏奥雷恩·维水拽住了他胳膊。奥顿·玛瑞魏斯也很紧张。"老百姓很喜欢小王后，"他说，"今天的事，他们决不会善罢甘休。陛下，我很担心事态演变。"

"玛瑞魏斯大人说得有理，"维水大人道，"若陛下恩准，我将率新造的大帆船巡逻黑水河，桅杆上挂起托曼陛下的王旗，以展示力量，震慑都城，打消任何不轨企图。"

他的言下之意是：黑水河上有了大帆船舰队，梅斯•提利尔即使想回师救人也办不到，正如当初提利昂能阻止史坦尼斯。在维斯特洛这一面，高庭没有海军，而他们所依仗的雷德温舰队，此刻应已返航青亭岛。

哈瑞斯•史威佛大汗淋漓，似乎随时可能晕倒："消息传到提利尔大人耳中，可以想象他的愤怒。到时候流血难以避免……"

你这没种的矮脚公鸡，瑟曦轻蔑地想，你的纹章改成蠕虫更恰当，公鸡对你而言都太过誉了。梅斯•提利尔连小小的风息堡都拿不下，怎敢反对教会的权威？她不想听首相继续喋喋不休："不会出现流血事件，为此我将亲自出马。我要上贝勒大圣堂找玛格丽王后和总主教大人沟通，大家都知道，托曼爱着他们两位，因此我会努力在他们之间达成和解。"

"和解？"哈瑞斯爵士用天鹅绒衣袖揩额头的汗水，"达成和解？……陛下您实在太勇敢了。"

"当然，最后还是得举行审判，"太后宣布，"经由审判来终结一切流言飞语，向天下证明我们亲爱的玛格丽有多清白。"

"是啊，"玛瑞魏斯说，"我只担心总主教私下拷问王后，从前的教会就这么干。"

那不正好么？瑟曦心想。等真相大白，等宫中的人都知道自己有个专门为歌手分开大腿、专门亵渎少女祭坛的婊子王后，我看她还有什么脸留下来。"实事求是是关键，至少这点我们都同意，"她说，"大人们，请原谅，我得去国王那边了。发生这么大的事，他需要多多关照。"

母亲进门时，托曼正跟猫咪捉迷藏。多卡萨拿废毛线为他做了只老鼠，以长长的线连在一根老钓鱼竿上。猫咪们很喜欢追逐它，而男孩把牵毛线老鼠转圈圈当成了最爱的运动。当瑟曦环抱住他，亲吻他的额头时，他似乎有些惊讶："怎么了，妈妈？你怎么哭了？"

因为你安全了，她想告诉儿子，因为没有人再能伤害你。"傻孩子，狮子是不哭的。"玛格丽和她表亲们的事以后再讲吧，"我这儿有些文件需要你签署。"

为着安抚国王的关系，逮捕状上没写名字，而是留下空白。托曼高高兴兴地签好，再高高兴兴地盖上热蜡印章，一如既往。随后太后要乔斯琳·史威佛把儿子带去玩耍。

奥斯佛利·凯特布莱克爵士到来时，墨迹已干，瑟曦亲笔填写了所有姓名："高个"塔拉德爵士、贾拉巴·梭尔、竖琴手哈米西、修夫·克莱夫顿、马克·穆伦道尔、拜亚德·诺科斯、蓝柏特·特拔瑞、霍拉斯·雷德温、霍柏·雷德温，还有自称"蓝诗人"的乡巴佬渥特。

"这么多人啊。"奥斯佛利爵士翻着这几张逮捕状，仿佛那些名字是羊皮纸上的蟑螂。凯特布莱克三兄弟没一个识字。

"只有十个。你麾下六千金袍子，抓十个人应该很简单。听着，有些滑头听到谣言就会脚底抹油，这些人你不用刻意去追，反正缺席只能证明他们有罪心虚。白痴塔拉德爵士或许会反抗，在他忏悔之前别把他弄死了，至于其他束手就擒的人犯，你不得伤害，因为他们中或许有人是无辜的。"计划中很重要的一点是证明雷德温双胞胎的清白，以显示公正。

"日出之前，我一定完成任务，陛下，"奥斯佛利爵士犹豫半晌，"呃，贝勒大圣堂外有群众聚集。"

"群众？"看来维水大人的考虑很有道理。这帮平头百姓真放肆，为着他们的小宠物玛格丽来出头，"有多少？"

"一百多号人吧，叫嚷着要总主教释放小王后。陛下，我可以驱散他们。"

"不,让他们嚷个够,大麻雀是不会动摇的——他只愿听从诸神的声音。"难道不够讽刺么?大麻雀靠暴民拥戴戴上水晶冠,现下却成了暴民咆哮的对象。谁叫他那么快就把冠冕卖掉了。"反正教会有了自己的骑士,可以自己保护自己。噢,我差点忘记,立即关闭七道城门,事情结束之前,未经我准许,任何人不得出入君临。"

"遵命,陛下。"奥斯佛利爵士鞠了一躬,出门去找人为他念逮捕状。

太阳落山时,所有人犯都已被拿获归案。竖琴手哈米西吓得瘫倒在地,高个塔拉德爵士重伤了三位金袍子。瑟曦命将雷德温的双胞胎软禁在舒适的塔楼房间,其他人则统统打入地牢。

"哈米西患有严重的肺病,"当晚应召时,科本报告,"他要求得到学士照顾。"

"告诉他,忏悔后就能得到治疗,"瑟曦想了想,"他太老,不可能做情夫,但毋庸置疑,当玛格丽和其他人云雨偷欢时,他在旁边表演歌唱。是了,我们需要细节。"

"我会让他记起来的,陛下。"

第二天早上,玛瑞魏斯夫人来为她换装,准备出发探访小王后。"颜色别太花哨,"她吩咐,"总主教大人眼神很挑,比较单调肃穆的衣服才合他胃口。他喜欢让我跟他一起祈祷。"

太后最终穿上一件自喉头直罩到脚踝的柔软羊毛裙服,这件裙服线条僵硬,只胸前有些小小的藤蔓装饰,外加袖子上的金线。也好,褐色能掩盖下跪时沾染的泥土。"我和我的好媳妇谈话时,你去找她的三位表亲,"她嘱咐坦妮娅,"最好把雅兰争取过来。但千万把紧口风,圣堂里面,不只有诸神在倾听。"

詹姆常说,带兵打仗最难的部分是开战之前,等待流血发生的时刻。瑟曦踏出大门,看着灰暗的天空,真有山雨欲来风满楼之感。不行，不能碰运气，我决不能浑身湿漉漉地出现在贝勒大圣堂，还是坐轿子吧。她带上十名兰尼斯特武士和柏洛斯•布劳恩作护卫。"追随玛格丽的暴民分不清你们凯特布莱克兄弟谁是谁，"她告诉奥斯蒙爵士，"我不拿你冒险。你还是暂避一时。"

穿行街市时，坦妮娅忽然怀疑起来。"这次审判……"她静静地说，"若玛格丽决定把自己的清白和荣誉押在比武上怎么办？"

瑟曦唇边掠过一丝笑容："身为王后，她的荣誉必须由御林铁卫来捍卫，维斯特洛每个三岁孩童都知道龙骑士伊蒙王子为破除谣言，保护奈丽诗王后名节，与邪恶的莫格尔爵士决战的故事。然而现下洛拉斯爵士奄奄一息，恐怕龙骑士伊蒙王子的担子得交给其他誓言兄弟挑了。"太后耸耸肩："交给谁呢？亚历斯爵士和巴隆爵士远在多恩，詹姆前去讨伐奔流城，奥斯蒙爵士因避嫌的关系不能出战。只剩……噢，天哪……"

"只剩柏洛斯•布劳恩与马林•特兰。"坦妮娅夫人咯咯笑道。

"没错，而且更不幸的是，马林爵士忽染恶疾。回城后，记得提醒我转告他。"

"没问题，亲爱的，"坦妮娅执起她的手亲吻，"你生气的时候多可怕啊，我祈祷自己永远也不要冒犯你。"

"世上的母亲都会这样保护孩子，"瑟曦声称，"你什么时候才带孩子入宫？鲁赛尔，是叫这个名吧？他可以跟托曼一起练武。"

"噢，他会受宠若惊的……不过好是好，也许，嗯，等目前的危机过去了再安排吧。"

"很快就会过去的，"瑟曦保证，"现在就写信去长桌厅，让小鲁赛尔收拾最好的衣服和练武的木剑。等玛格丽那颗小头颅落地，托曼需要伙伴安慰。"

她们在受神祝福的贝勒王雕像前下轿。太后满意地发现，乱七八糟的骨头与垃圾已经清走，而且正如奥斯佛利爵士的报告，圣堂门口有暴民聚集，他们的数目不若之前的麻雀们那么庞大，也不若麻雀那么大胆放肆。这批人一小群一小群地站在一起，愠怒地打量着大圣堂的门，门口有若干见习修士拿着长长的木棒担任警卫。他们不用铁器，瑟曦不知这是非常明智还是非常愚蠢。

无人阻挠王家队伍，百姓们与见习修士都纷纷站开。进门之后，她们在灯火之厅遇到三名骑士，个个身披战士之子的彩虹条纹长袍。"我是来见我媳妇的。"瑟曦告诉对方。

"总主教大人正等着您呢。我是'真实的'西奥多爵士，从前叫做西奥多·威尔斯爵士。请陛下随我来。"

自然，大麻雀这回也跪着，这回他在天父的祭坛前跪拜。摄政王太后的到来没能干扰他，直到瑟曦站得不耐烦了，他才站起来鞠了一躬。"陛下，今天是个可悲的日子。"

"非常悲哀。你能准我去探望玛格丽和她的表亲们吗？"她选择温顺谦卑的语调，眼前这男人是吃软不吃硬的。

"如您所愿。您探望之后我们再谈吧，孩子。到时候我们要一起祈祷，就您和我。"

小王后被关在大圣堂的一座细瘦高塔塔顶，牢房八尺长六尺宽，没有家具，只有一张稻草铺的搁板床和一张用来祈祷的长椅，上面放了一个大水罐、一本《七星圣经》的抄本和一支蜡烛，唯一的窗户跟箭孔差不多大小。

玛格丽赤裸双脚，浑身颤抖，只穿了件见习修女的粗糙袍子。她的头发纠结在一起，脚上全是泥土污垢。"他们脱了我的衣服，"独处后，小王后向她倾诉，"我穿着象牙色蕾丝裙服，胸前有淡水珍珠装饰，那些修女把脏手直接伸过来！……把我脱个精光。还脱光了我的表亲们。梅歌将一个修女推到蜡烛群中，点燃了她的衣服。我为雅兰担心，真的，她的脸色白得像牛奶，怕得连哭都哭不出来。"

"可怜的孩子，"由于没有凳子，所以瑟曦跟小王后并肩坐在搁板床上，"放心吧，坦妮娅夫人正过去安慰她，她不会孤单。"

"他不准我去见她们，"玛格丽怒冲冲地说，"他把我们四人分开关押。您来之前，我见到的只有修女。有个修女每隔一小时就来问我是否愿意坦白罪行——他们甚至不让我睡觉！如果我睡着了，他们会摇醒我继续追问。昨晚，我向乌尼亚修女忏悔，我想抠出她的眼珠子。"

真可惜，你没有付诸实施，瑟曦心想，弄瞎可怜的老修女会被大麻雀记下重重的一笔。"他们也是这么审问你的表亲的。"

"真该死，"玛格丽咒道，"希望这里的人全坠入七层地狱。雅兰温柔羞涩，他们怎能这么对她？梅歌……我知道，她会像码头妓女那样放声欢笑，但在内心里，她仍只是个小女孩。我喜欢她们三个，她们也喜欢我，如果这只麻雀打算让她们撒谎来对付我……"

"恐怕她们三位也有麻烦，是的，她们三位都受到指控。"

"我的表亲们？"玛格丽难以置信，"雅兰和梅歌都还是孩子。陛下……陛下，这太荒谬了，您不能把我们弄出去吗？"

"我能的话就好了，"她声音里满是伤感，"总主教大人派他新成立的骑士团看守着你们，若要强行把你们弄出去，除非我派出金袍卫士，从这神圣的殿堂杀出一条血路。这是大不敬啊。"她执起玛格丽的手。"但我并非坐着观望，我已将奥斯尼爵士指称是你情人的人集中拘押起来。他们会向总主教大人证实你的清白，并在你的审判上作证。"

"审判？"女孩的嗓音里终于有了真正的恐惧，"必须审判？"

"傻孩子，除了审判，你还能怎么去证明清白呢？"瑟曦安慰地挤了挤玛格丽的手掌,"别忘了,你有权选择审判的方式,你是王后,御林铁卫会誓死保护你。"

玛格丽立即抓住了暗示:"您是说比武审判?可惜洛拉斯受伤了,否则……"

"他有六位弟兄呢。"

玛格丽望进她的眼睛,接着把手抽了回来。"您开玩笑吗?柏洛斯是个懦夫,马林又老又慢,你弟弟残废了,还有两位在多恩,而奥斯蒙是个该挨千刀的凯特布莱克!现下洛拉斯只有两位弟兄,不是六位,而且这两位都不管用!如果选择比武审判,我要让加兰当我的代理骑士。"

"加兰爵士并非御林铁卫的成员,"太后道,"根据律法与习俗,事关王后的荣誉时,只能让七铁卫之一出战。恐怕总主教大人会十分坚持这点。"而我会加以确定。

玛格丽半晌不答,她的棕眼怀疑地眯成一线。"布劳恩或特兰,"她最后说,"二选一。这是你的意思,对吧?奥斯尼·凯特布莱克会把他们两个砍成碎片。"

七层地狱。瑟曦换上受伤的表情:"你误会我了,女儿,我只想——"

"——你只想着你儿子,而且是从极端自私的角度。你儿子永远也不会有一位不令你怀恨在心的妻子。我不是你女儿,诸神保佑,你赶紧走吧。"

"你怎么这么傻?我是来帮你的!"

"没错,你是来帮我进坟墓的。赶紧给我滚出去,你要我叫看守把你拖出去吗,你这卑鄙无耻恶毒的烂婊子?"

瑟曦整理裙服,收起尊严。"你怕得六神无主,我原谅这些胡话。"圣堂和宫中一样,隔墙有耳,"换成是我,也会感到恐惧。派席尔国师已指证你服用月茶,而那蓝诗人……换成是我,夫人,我会向老妪祈求智慧，向圣母祈求慈悲。恐怕你很快就会需要它们了。"

四名皱巴巴的修女护送太后走下塔楼阶梯，这四个老乞婆看起来一个比一个弱不禁风。到得底层，她们继续向下走，深入维桑妮亚丘陵，来到一条被摇曳的火炬照亮的长廊。

总主教大人在一间狭小的七边形会客室内等她。这间屋子简单朴素，光秃秃的石墙，有三把凳子和一张祈祷用的长椅。石墙上刻有七神脸孔，瑟曦认为它们粗糙又丑陋，但的确蕴涵着力量，尤其是那些眼睛，由原生玛瑙、孔雀石和黄色月长石做的眼睛，让头像有了神韵。

"你和王后谈过了。"总主教说。

她压抑住冲动：我才是真正的王后。"是的。"

"凡人都有罪，即便国王和王后也不例外。我也同样如此，直到后来被诸神宽恕。但宽恕的前提是忏悔，而王后不肯忏悔。"

"或许她是清白的。"

"她不是。圣洁的修女检查过她，处女膜确然破裂了。她喝过月茶，以图谋害通奸的果实。一位涂抹圣油的骑士凭着宝剑起誓，跟她及她三位表妹中的两位发生过性关系，他还作证说她与其他许多男人——贵贱贫富都在列——有染。"

"我的金袍卫士把这批人统统抓了起来，"瑟曦向总主教保证，"但我只来得及询问其中一人，那个叫蓝诗人的歌手，而他所吐露的内容堪称耸人听闻。即便如此，我还是希望我的媳妇出庭受审时能证明自己的清白。"太后犹豫片刻。"托曼陛下很喜欢他的小王后，总主教大人，我怕他本人或他属下的封臣均不能秉公处理这次事件。如果我把审判托付给教会，你意下如何？"

大麻雀细瘦的双手合十："我跟您的意见完全一致，陛下。'残酷的'梅葛剥夺了教会的武装，'仲裁者'杰赫里斯则剥夺了教会的审判权,然而要审判王后,谁能比七神和他们在世间的代言人更合适呢?我们将组成神圣的七人陪审团,其中包括三位女性:一位处女、一位母亲和一位老妪,由她们来衡量女性的行为,不是再好不过了吗?"

"这是最佳安排。但另一方面,身为王后,玛格丽有权要求比武审判,而且她的代理骑士必须是托曼的七铁卫之一。"

"自征服者伊耿君临七大王国以来,御林铁卫的骑士就是国王和王后理所当然的代理骑士。在这点上,王室与教会也意见一致。"

瑟曦把脸埋进双手,模样悲伤,等她重新抬头,一只眼中已有了晶莹的泪花。"真是伤心的日子,"她说,"但我很欣慰咱们能达成一致。如果托曼在这里,他也会感激你的。我和你,我们将携手发掘真相。"

"我们会的。"

"那我得赶回城堡了。请你准许奥斯尼·凯特布莱克爵士随我一同回去,御前会议将亲自审问他,听取他的指控。"

"不行。"总主教说。

这只是一个词,一个短短的词,但对瑟曦而言,却犹如一滴冰水洒在脸上。她眨眨眼睛,感觉有点眩晕,一点点。"我向你担保奥斯尼爵士的安全。"

"他在这里很安全。来吧,我让你见他。"

瑟曦察觉到七神看着她,那些原生玛瑙、孔雀石和翡翠的眼睛,一阵突如其来的恐惧刺透了她,仿如坠入冰窟。我是七大王国真正的主人,她提醒自己,我是泰温公爵的女儿。她勉强跟上去。

奥斯尼爵士离得不远。他的房间一片漆黑,总主教用钥匙打开厚重的铁门,从门外摘下一只火炬。"您先请,陛下。"

朦胧的火光中,只见奥斯尼·凯特布莱克被赤身裸体吊了起来，吊在一对粗铁链下摇晃。他被狠狠鞭打过，肩膀和背脊血肉模糊，大腿和屁股上也全是密密麻麻、纵横交错的伤痕。

太后无法再忍受多看一眼，她转向总主教："你干了些什么？！"

"我们以最谦卑的方式寻求真相。"

"他告诉你的就是真相。他自愿来你这儿，忏悔罪行。"

"是啊，他这样说。陛下，我这辈子听过无数人忏悔坦白，但没一个像他这样迫不及待地承认滔天罪行。"

"你对他用刑！"

"不体验痛苦，就无所谓忏悔，正如我告诉奥斯尼爵士的，天地正道，有罪必罚。我鞭打自己的时候，是我自觉与诸神最接近的时候，然而我最深沉的罪恶也远不及此人那么黑暗。"

"可——可是，"瑟曦气急败坏地道，"你宣扬圣母慈悲为怀……"

"奥斯尼爵士可以在死后享受那份关怀。《七星圣经》有云：所有罪行终将被原谅，但首先必须接受惩罚。奥斯尼爵士犯下叛国与谋杀两项大罪，只有死路一条。"

他不过是个牧师，他无权这么做。"不管他招供了什么，教会都无权裁定其死刑。"

"不管他招供了什么，"总主教缓缓地重复这句话，仿佛衡量着其中轻重，"陛下，令我们惊讶的是，越是坚持不懈地用刑，奥斯尼爵士的口供就变得越奇怪。到现在，他坚称自己从未碰过玛格丽·提利尔。是不是这样，奥斯尼爵士？"

奥斯尼·凯特布莱克睁开眼睛，当他看到面前的太后，便伸出舌头舔了舔肿胀的嘴唇："长城，你答应让我去长城。"

"他疯了，"瑟曦宣称，"你把他给逼疯了。"

"奥斯尼爵士，"总主教用坚定而清晰的语调说，"你与太后陛下有过性关系吗?"

"有的,"奥斯尼边吐露边扭动手腕,铁链轻声作响,"我与您面前这位太后发生过关系。我干过她,她还派我杀害了前任总主教大人——他没有守卫,所以我趁他睡觉时摸进房间,用枕头闷死了他。"

瑟曦旋身逃跑。

总主教伸手抓她,然而他不过是只老麻雀,她却是凯岩城的母狮子。她一把将他推开,冲出门外,再"砰"的一声将门狠狠砸上。凯特布莱克,我需要凯特布莱克兄弟,我要令奥斯佛利爵士带金袍子冲进来,再让奥斯蒙率御林铁卫保护我,等把奥斯尼抢出去,他会立刻翻供的。到时候,我会像料理前任总主教一样料理了这一位。四名老修女拦住去路,伸出皱巴巴的手来抓她,她把其中一位踢翻在地,又抓伤另一位的脸,接着冲上台阶。冲到半途,她想起坦妮娅·玛瑞魏斯。不由得气血上冲,差点绊倒。七神保佑,她祈祷,坦妮娅知晓所有内情。假如他们抓住她,鞭打她……

她奔进圣堂,发现原来是个陷阱。许多女人正在等她,其中既有修女也有静默姐妹,都比楼下那四个老乞婆年轻。"我是摄政王太后,"她退离开她们,高声叫嚣,"我要你们的脑袋,我要你们所有人的脑袋,给我让开!"她们不仅不让,反而纷纷伸出手。瑟曦跑向圣母的祭坛,就在祭坛下束手就擒。二十多个女人把踢打着的太后拖上塔楼阶梯,扔进房间。房内,三名静默姐妹按住她,一位叫斯科娅的修女脱了她的衣服,连内衣也脱个精光。另一位修女扔给她一件粗糙的长袍。

"你们怎敢这么做?"太后不停尖叫,"我是兰尼斯特家的人!放开我,我弟弟会宰了你们,詹姆会把你们劈成两半,从咽喉直捅到阴道,放开我!我是摄政王太后!"

"太后也需要祈祷。"斯科娅修女道,然后她们把没穿衣服的她留在冰冷简陋的房间里。

我可不是温顺的玛格丽·提利尔,我决不会穿上卑微的袍子,服服帖帖地做俘虏。我要教他们明白笼中狮是什么样,瑟曦心想,于是她把袍子撕得粉碎,将水罐打碎在墙上,又撞碎了夜壶,当再无东西可摔时,她便用拳头捶门。卫兵们就在下面,等在广场:十名兰尼斯特亲兵,由柏洛斯·布劳恩爵士带队。如果他们听到我的声音,一定会赶来救我,到时候我要用锁链把这该死的大麻雀拖回红堡去展览。

于是她朝门窗尖叫、踢打、嘶号,直到喉咙沙哑,再也没了力气。无人回应,无人来救她。房间暗下来,温度逐渐降低。瑟曦瑟瑟发抖。他们怎敢把我扔在这里,连火炉都没有?我是他们的太后啊。她开始后悔撕碎袍子的举动了。搁板床角落里有张破旧的棕羊毛薄毯,难看又扎人,但这是唯一的遮盖。于是瑟曦紧紧地裹住,没多久便精疲力竭地睡去。

一只粗手把她摇醒。房间里黑如沥青,某位高大的丑女人跪在她面前,手握一支蜡烛。"你是谁?"太后质问,"你是来放我走的吗?"

"我是乌尼亚修女,我是来听您坦白谋杀和通奸罪行的。"

瑟曦一把挥开对方的手:"我会砍了你的头。别碰我!滚!"

修女起身:"陛下,我一小时后回来,也许到那时您就会忏悔了。"

就这样一小时接一小时再一小时,瑟曦·兰尼斯特度过了生命中除乔佛里的婚宴之外最漫长的夜晚。她扯破喉咙喊得麻痹,连吞口水都难,房间冷如冰窟。由于先前打碎了夜壶,她只好蹲在角落里小便,看着尿液在地板横流。每当她闭上眼睛,乌尼亚就又会笼罩在面前,摇醒她,要她忏悔罪行。

白天也不好过。太阳升起时,莫勒修女带来一碗灰扑扑的稀粥。瑟曦抄起碗便朝修女头上掷去。他们送来新的水罐，由于渴得厉害，她不由分说地喝了。他们拿来新的灰袍子，尽管又薄又长了霉，她还是赶紧穿上，以遮盖裸体。傍晚，当莫勒修女回来时，她吃了对方的面包和鱼，还索要红酒佐餐。结果没有红酒，只有乌尼亚修女重新出现，一小时接一小时再一小时地问她是否愿意忏悔。

这一切是怎么回事？瑟曦边揣度，边看着狭长的窗户外天空逐渐变黑，为什么没人来救我？她不相信外面的两位凯特布莱克会对兄弟见死不救。御前会议又在做什么？他们是叛徒和懦夫。等我出去，要把他们统统砍头，找更懂事的人来取代他们。

这一天中，她三次隐约地听见下面的广场有人叫喊。但人们喊的是玛格丽，不是她。

第二天清晨，当瑟曦舔干碗底最后一点麦片粥时，门突然开了。科本大人走进来。她拼命忍耐，才没扑到他身上。"科本，"她低语道，"噢，诸神在上，你不知道，看见你的脸，我有多么欢喜。带我回家吧。"

"我做不到。您将出席教会的审判，罪名是谋杀、叛国和通奸。"

对精疲力竭的瑟曦而言，这些罪名似乎都没了意义，"托曼。我儿子怎样？他还是国王吗？"

"是的，陛下。他很健康，安安全全待在梅葛楼里，御林铁卫的重重保护之下。然而他很孤独，也很焦躁。他问起您的情况，也问起小王后。到目前为止，还没人告诉他您的……您的……"

"……我的困境？"她提示，"玛格丽呢？"

"她也将被审判，由审判您的同一法庭。遵照陛下先前的指示，我把蓝诗人交给了总主教大人，此刻他就在这里，在地底某处。我的线民告诉我，他们狠狠地鞭打他，好在当下他还唱着我们教他的那些美妙歌谣。"

美妙歌谣。她困倦的神经一片麻木。渥特，他叫渥特。诸神保佑，但愿渥特死于鞭刑，玛格丽便无从否定他的证词了。"我的骑士们呢？奥斯佛利爵士……总主教要杀他兄弟奥斯尼，他应该指挥金袍……"

"奥斯佛利·凯特布莱克已被解除都城守备队队长的职务。国王陛下用巨龙门守卫队长取代了他，那人是个私生子，叫亨佛利·维水。"

瑟曦太累，没法思考："托曼为何这么做？"

"您不能怪孩子。御前会议把命令放在他面前，他只是签了名，并盖好印章。"

"我的御前会议……谁干的？谁？不是你吧？"

"很抱歉，我也被御前会议剥夺了重臣席位，但他们还暂时让我负责太监的情报网。目前，王国实权掌握在哈瑞斯·史威佛爵士与派席尔国师手上，他们送了一只鸟儿去凯岩城，邀请你叔叔回宫接任摄政王——如果你叔叔答应的话，他得赶快了，因为梅斯·提利尔已从风息堡下撤围，回师君临，据报蓝道·塔利也率部自女泉城南下。"

"玛瑞魏斯大人容许他们这么干？"

"玛瑞魏斯放弃重臣席位，带着妻子一股脑儿逃回了长桌厅。对了，我们就是从他妻子那里，最先得知针对……针对陛下您的……指控的。"

"他们放走了坦妮娅。"这是自大麻雀说"不行"以来，瑟曦听到的最好消息。坦妮娅能够毁了她。"维水大人呢？他的船……他应该带船员上岸，集结起足够的人手……"

"陛下遇到麻烦的消息传到河上，维水大人便升帆划桨，带着舰队出海。哈瑞斯爵士认为他是要加入史坦尼斯，派席尔则推测他的目的地是石阶列岛，前去做海盗。"

"我那些可爱的大帆船啊，"瑟曦几乎笑出声来，"父亲大人曾教诲我，私生子天生便是反复无常，背信弃义，可惜我没听他的话。"她一阵颤抖，"我完了，科本。"

"不，"他握住她的手，"还有希望，陛下可以通过比武审判来证明清白。我的太后啊，您的代理骑士已做好了准备，七大王国的英雄豪杰无法与它对抗。只消您一声令下……"

这回她终于笑了。可笑，太可笑，可笑之极。"诸神嘲弄着我们所有的计划和希望。我有一个无可阻挡的代理骑士，但我却不能用他。我是太后，我的荣誉只能由誓言效命的御林铁卫来维护。"

"我明白了，"科本脸上的笑容消失了，"陛下，臣惶恐，不知如何才能让您……"

即便现下的她萎靡不振，担惊受怕，但有一点很清楚，决不能把命运交给麻雀法庭；她也不能指望凯冯爵士的干涉，彼此间赤裸裸的威胁还历历在目。我只有比武审判一条路。"科本，为了你对我的爱，我求你，替我送封信。最好用乌鸦送，实在不行，就安排快马。你必须把信送到奔流城，送给我弟弟，告诉他眼下的状况，你就写……就写……"

"写什么，陛下？"

她舔舔嘴唇，身体抖了抖："立刻回来吧。帮助我，拯救我，我比任何时候都更需要你。我爱你，我爱你，我爱你。立刻回来吧。"

"遵命，三次'我爱你'？"

"三次，"她必须打动他，"他会回来的。我知道他会回来。他必须回来。詹姆是我唯一的希望。"

"太后，"科本说，"您……您忘了吗？詹姆爵士失去了用剑的手。如果他担任您的代理骑士然后输掉……"

那么我们可以一起死去，正如我们一起降生那样。"他不会输，詹姆绝不会。以我的生命做赌注，他绝不会输的。"

詹姆

新任奔流城伯爵气得浑身发抖。"我们被欺骗了,"他声称,"这家伙不老实!"他指着艾德慕·徒利,粉红的唾沫喷了对方一脸,"我要砍他脑袋!我是奔流城伯爵,根据国王的授权状,我——"

"阿蒙,"他老婆制止道,"队长大人知道你的授权状。艾德慕爵士知道你的授权状,马房小弟也知道你的授权状。"

"我是伯爵老爷,我要他脑袋!"

"我犯了什么罪呢?"艾德慕人虽消瘦,却比艾蒙·佛雷更有伯爵的气势。他穿加垫紧身红色上衣,胸前绣有一条腾跃鳟鱼,外加黑靴子和蓝马裤,枣红头发刚刚修剪清洗过,火红的胡须也修得整齐。"你们怎么说,我就怎么做。"

"噢?"自奔流城开城投降以来,詹姆·兰尼斯特就没阖过眼,此刻他脑袋里如有重锤在敲,"我可没叫你放走布林登爵士。"

"你要我献城投降,又没让我献出我叔叔。你自己的人看守不严,难道还怪到我头上吗?"

詹姆没心情做口舌之争:"他到底在哪里?"他让怒火渗入了声调。士兵们搜了奔流城三遍,没有布林登·徒利的半点踪影。

"他没告诉我上哪儿去。"

"而你绝口不问。好吧,他怎么逃走的?"

"鱼会游泳呗,黑鱼游得特别快。"艾德慕露出胜利者的微笑。

詹姆陡然升起一股冲动，很想用金手打烂对方的嘴巴，少几颗牙齿，他就不会那么傻笑了。就一个余生都要当俘虏的人而言，艾德慕表现得太沾沾自喜。"凯岩城下，有种密牢，刚好能装一个人，紧得跟板甲一样。在牢里，你既不能翻身，也无法坐起来，甚至当老鼠啃你的脚趾头时，你连摸也摸不到。怎样，你愿意重新考虑你的回答吗？"

艾德慕的微笑果然消失了："你向我保证，将……将遵照公爵的标准，以礼相待。"

"我会信守承诺，"詹姆说，"在密牢里呜咽着死去的，不仅包括许多比你高贵的骑士，还有许多伯爵公爵，如果我记得不错，甚至有一两位国王呢。你喜欢的话，我可以安排你老婆住在你旁边，我可不愿强行分开你们。"

"他真是游出去的。"艾德慕郁闷地坦白。他有他姐姐凯特琳的蓝眼睛，而詹姆在这双眼睛里也瞧见了当初他姐姐瞧詹姆时的嫌恶。"我们打开水门的铁闸，没有全开，只升起三尺左右，在水底留下缝隙，表面看来却没变化。我叔叔是个游泳健将，天黑之后，他只身钻过水底的尖刺。"

接着他用同样的方式通过了我们的拦江堤坝。无月之夜，厌倦的守卫，一条黑鱼顺着黑色的河流静静地游向下游。尤尔或鲁特格尔或他们的部下最多听到一点水声，只当乌龟或鳟鱼作怪。艾德慕是存心的，他无端磨蹭了大半天，才降下史塔克的冰原狼旗，表示降服。结果在城堡易主的混乱中，直到第二天清晨詹姆才得报说黑鱼失踪了。

他走到窗前，望向外面的河流。这是个明媚的秋日，阳光在水面闪耀。黑鱼多半游出十里格远了。

"必须抓住他。"艾蒙·佛雷坚持。

"他跑不掉，"詹姆嘴上这么讲，心里却没那么肯定，"我已派猎人和猎狗去找。"南岸的搜索由亚当·马尔布兰爵士负责,北岸由雨林的德莫特爵士负责。他本想让本地的三河诸侯参加,但凡斯、派柏这类人大概只会帮倒忙,协助黑鱼逃亡吧。总而言之,詹姆不抱太大希望。"他躲得了一时,"铁卫队长最后说,"躲不了一世。"

"万一他回来抢我的城堡怎么办?"

"你有两百卫兵呢。"就守卫这座城堡而言,两百人太多,但艾蒙老爷的统治危机四伏。幸亏他无须担忧如何供养这批人,黑鱼正如其宣称的那样,在奔流城内储备了充足补给。"布林登爵士给我们造成那么大麻烦,我怀疑他还会不会回来自投罗网。"但他有可能落草后带一大票土匪回来。黑鱼的战斗精神不容置疑。

"这是你的家堡,"吉娜夫人告诉丈夫,"你必须亲自保卫它。如果做不到,就一把火烧了,逃回凯岩城去吧。"

艾蒙老爷揉揉嘴巴,他的手因酸草叶的关系又红又黏糊糊的。"那当然,那当然。奔流城是我的,没人能从我手中把它夺去。"他给了艾德慕最后一个怀疑的眼神,随后被吉娜夫人从书房里拉走了。

"你还有什么话想对我讲吗?"两人独处后,詹姆问艾德慕。

"这是我父亲的书房,"徒利骄傲地说,"他坐在这里统治三河流域,睿智而威严。他喜欢在窗前办公,因为那儿光线最好,只需稍微抬头,河上风景便一览无余。当他眼睛累了,便叫凯特琳来念文件。小指头和我曾在门边用木块搭了一座城堡。弑君者,你永远也想象不出我看到你待在这间屋子里心中有多么厌恶,你永远也想象不到我有多鄙视你。"

你错了。"很多比你优秀的人都鄙视我,艾德慕,你算什么,"詹姆呼唤守卫,"带大人回塔楼房间,并给大人准备吃的。"

奔流城的前任公爵沉默了，明天早上，他就要永远离开自己从前的家堡，前去西境当阶下囚。护卫队由佛勒•普莱斯特爵士带领，包括二十名骑士和八十名步兵。最好把护卫翻番，以防贝里伯爵在他们到达金牙城之前发动袭击，抢走艾德慕。事不过三，詹姆不愿再俘虏徒利一次。

他坐回霍斯特•徒利的椅子里，将三河地图放在膝上，用金手抚平。如果我是黑鱼，会往哪儿逃呢？

"队长大人？"一名守卫出现在敞开的门口，"遵照您的命令，我把维斯特林夫人和她女儿带来了。"

詹姆推开地图："有请。"至少这女孩没有失踪。简妮•维斯特林是罗柏•史塔克的王后，正是她导致他亡国灭身。若她肚子里怀有小狼崽的话，便比黑鱼危险一万倍。

她看起来并不危险。简妮身材苗条，十五六岁，动作有些笨拙，谈不上优雅。她臀部普通，乳房有苹果大小，一头栗色鬈发，温柔的棕色眼睛让人联想起母鹿。以孩子的标准而言长得挺俊俏，詹姆断定，但绝对不值得赔上一整个王国。她的脸肿起来，前额有道擦伤，半掩在一髻棕色发卷后面。"怎么回事？"他问她。

女孩别过头。"没什么，"她母亲说，这是位身着绿天鹅绒裙服、神态端庄的老妇人，长长的细脖子上挂着一串金制海贝颈链，"她不肯摘下叛徒送他的小冠冕，我亲自去拿，结果这任性的孩子居然反抗。"

"那是我的！"简妮啜泣道，"你凭什么拿走它？那是罗柏专门为我打造的。我爱他。"母亲作势欲打，詹姆赶紧挡在中间。

"行了，"他警告希蓓儿夫人，"你们两个都给我坐下。"女孩像受惊的动物一样蜷在椅子里，她母亲则高昂着头，坐得笔直。"你们要酒吗？"他问。女孩不出声。"不，谢了。"她母亲说。

"请随意，"詹姆转向女孩，"对你失去的，我感到很遗憾。

我有切身体会,那男孩很勇敢。但有一个问题,我不得不问:你究竟有没有怀上他的孩子呢,夫人?"

简妮一下子从椅子上弹起来,奔向门外,却被门边的守卫及时抓住了胳膊。"她没有,"希蓓儿夫人一边看着女儿竭力挣扎,一边解释,"你父亲大人有指示,而我特意作了安排。"

詹姆点点头。泰温•兰尼斯特是不会忽略这样的细节的。"放开她,"他命令,"我想问她的问完了。"简妮飞奔下楼。他又转回面对她母亲:"国王赦免了维斯特林家族,你哥哥罗佛•斯派瑟爵士被提升为卡斯特梅伯爵。你还有什么要求?"

"你父亲大人曾答应我要为简妮和她妹妹各找一户好人家。要么是领主,要么是领主的继承人,他信上白纸黑字地写着,决不会拿次子幼子或附庸骑士来搪塞。"

当然,父亲会拿领主或领主的继承人作诱饵。维斯特林家族虽然历史悠久,又极骄傲,但希蓓儿夫人本姓斯派瑟,祖上是做生意的暴发户,据传她祖母更是疯疯癫癫的东方巫婆。此外,维斯特林家目前穷困潦倒,正常情况下,希蓓儿•斯派瑟的女儿最多找个领主的次子嫁出去,好在钱能通神,兰尼斯特的金子会让叛贼的寡妇具有跟高贵的处女同样的吸引力。"你会得到婚约,"詹姆道,"但首先让简妮等上两年。"如果结婚太快,又产下子嗣,人们便会议论纷纷,宣扬少狼主才是孩子真正的父亲。

"我还有两个儿子,"维斯特林夫人提醒铁卫队长,"洛拉姆在我身边,但雷纳德身为骑士,跟随叛军去了李河城。如果我知道那边的安排,肯定不让他去。"她言下有谴责的意味,"雷纳德丝毫不了解我跟……我跟你父亲大人达成的谅解。他或许仍被关在李河城。"

他或许已经死了。瓦德•佛雷同样不清楚你们的谅解。"我会调查清楚。只要雷纳德爵士健在,我们帮你赎回他。"

"你父亲大人还提出为他定亲。那将是一位来自凯岩城的新娘，你父亲大人保证让他满意。"

即便进了坟墓，泰温大人仍像操纵木偶一样操纵着我们。"好吧，杰依是我已故的叔叔吉利安的庶出女儿。你愿意的话，婚约可以立刻安排，完婚得再等等。我上次见到杰依时，她才九岁或十岁呢。"

"他的私生女？"希蓓儿夫人的表情仿佛一口吞下了一整只柠檬，"你要维斯特林家的人娶个野种？"

"我更无意让杰依嫁给某位阴险狡诈的变色龙婊子的种。她该有更好的人生。"詹姆很想用那串海贝项链勒死这老太婆，杰依天性甜美，生活却孤苦伶仃，她父亲是詹姆最欣赏的一位叔叔。"你女儿比你高贵十倍，夫人。明天一大早，你们和艾德慕及佛勒爵士一起离开，在此之前，不要让我再看见你。"他高声呼唤守卫，希蓓儿夫人抿紧嘴唇退出门外。加文大人知道多少他老婆的诡计？我又知道多少？

艾德慕和维斯特林们起程时，卫兵增加到四百——詹姆在最后时刻将卫兵再翻了一番。他随队伍骑出几里路，仔细嘱咐佛勒·普莱斯特爵士。此人外套上有公牛头纹章，头盔上有两只牛角，本人却毫无牛的架势。他矮小、消瘦、性格坚韧，夹紧的鼻孔、光秃的头顶和灰褐色胡须令他看起来更像旅馆老板而不像骑士。"我们不清楚黑鱼的去向，"詹姆一再提醒对方，"但他肯定会想尽办法释放艾德慕。"

"他办不到，大人，"和大多数旅馆老板一样，佛勒爵士不傻，"我会派出斥候和骑兵四面警卫，晚上露营时会挖掘工事。我还让十个人日夜盯着徒利，寸步不离，他们是我麾下最好的长弓手。他敢逃离道路哪怕一尺远，我的人就会把他射成刺猬，叫他老妈都认不出来。"

"很好，"将徒利顺利押解到凯岩城固然好，如若不能，宁肯宰了他也决不能放跑，"你还要派弓手看守维斯特林夫人的女儿。"

佛勒爵士吃了一惊："加文的女儿？她不过——"

"——她是少狼主的寡妇，"詹姆替对方说完，"如果逃脱，其危险性远大于艾德慕。"

"遵命，大人。我会加派人看守她。"

詹姆快马加鞭跑过维斯特林们身边，一路冲回奔流城。见到他，加文大人沉重地点点头，希蓓儿夫人冷如冰霜的目光则似乎要刺穿他。寡妇眼睛低垂，凄惨地裹在兜帽斗篷里，厚厚的斗篷下面，她精致的衣服全撕裂了。她撕碎衣服，来表达悲哀，詹姆意识到，这举动必定惹恼了她母亲。他不禁想：如果自己死了，瑟曦会不会撕碎裙服呢？

他决定不直接回城，而是渡过腾石河，最后一次会见艾德温·佛雷，确定俘虏们的交割问题。奔流城投降后，佛雷方面开始撤军，最先离开的是从属于瓦德大人的封臣和自由骑手。佛雷家自己的队伍还在，詹姆发现艾德温在他私生叔叔的帐篷里。

这两人凑在一张地图前，大声争吵，但詹姆进门时，都住了口。"队长大人，"河文冷冰冰地打招呼，艾德温却冲口而出，"你害死了我父亲，爵士。"

詹姆有些迷惑："怎么回事？"

"是你把他送回家的，不是吗？"

总得有人赶他走。"莱曼爵士路上出了意外？"

"他，连同随从一起都被吊死了，"瓦德·河文声称，"土匪们在美人市集以南两里格的地方设下埋伏。"

"唐德利恩？"

"要么是他，要么是索罗斯，或者那个石心夫人。"

詹姆皱紧眉头。莱曼爵士是个白痴、懦夫、酒鬼，没人会想念他——尤其是佛雷家的人。如果艾德温那双干巴巴的眼睛里透露的信息不假，就连他——莱曼爵士的长子——也巴不得父亲早早去死。话说回来……土匪们的胆子也太大了，居然在离孪河城不到一日骑程的地方吊死了瓦德大人的继承人。"莱曼身边带了多少随从？"他问。

"三名骑士，十来个士兵，"河文吐露，"土匪们好像知道他什么时候返回孪河城，知道他身边卫兵不多。"

艾德温抿紧嘴唇："我敢打赌，是我弟弟干的！当初土匪们吊死培提尔跟梅里之后，他绝对是故意放跑了他们，他们彼此有默契！现今父亲一死，在黑瓦德跟孪河城之间就只剩下我了！"

"你没有证据。"瓦德·河文说。

"我不需要证据，我了解我弟弟。"

"你弟弟人在海疆城，"河文坚持，"他怎么可能知道莱曼爵士何时返回孪河城呢？"

"有人告密，"艾德温苦涩地道，"毫无疑问，他在我的大营中安插了间谍。"

而你在海疆城同样安插了间谍。詹姆清楚艾德温跟黑瓦德之间越来越深的敌意，但对于他们中谁会继承祖父的位子，他是半点也不关心。"打扰你们的哀悼，我很抱歉，"他干巴巴地说，"有件事得确认一下。等你们回到孪河城，务必通知瓦德大人，托曼国王要他交出在红色婚礼上俘虏的所有人质。"

瓦德爵士皱起眉头："那些是很有价值的人质，爵士。"

"国王不会索要无价值的东西。"

佛雷与河文交换一个眼神。艾德温道："为这些俘虏，我祖父大人要求补偿。"

除非能让我长出一只新手，否则他还是做梦去吧，詹姆心想。

"哈，想想自是无妨。"他和蔼地说，"告诉我，雷纳德·维斯特林爵士在不在俘虏之列？"

"那个海贝骑士？"艾德温讥笑道，"只怕已丢进绿叉河喂鱼了。"

"我们的人去抓冰原狼时，他正在场子里。"瓦德·河文解释，"惠伦要他交出武器，他乖乖照办，直到十字弓手们放箭射狼时才突然发难。他一把夺过惠伦的斧头，砍破网子，放出那头怪物。惠伦说他肩膀和肚子各中了一箭，但还勉强跑到城墙步道上，投河自尽。"

"城墙阶梯上都是他的血。"艾德温说。

"你们找到尸体没有？"詹姆追问。

"我们找到一千多具尸体。在水里泡过几天，全成了一个样。"

"正如被吊死的人。"詹姆扔下这句话，抽身离开。

第二天早上，佛雷家的营地只剩下苍蝇与马粪，还有莱曼爵士的绞架孤零零地矗立在腾石河畔。表弟询问该拿它，以及先前建造的大批攻城器械，包括撞锤、云梯、塔楼和投石机之类怎么办。达冯的建议是将它们拖去鸦树城攻城，詹姆则要他烧个精光，从绞架开始。"我会亲自应付泰陀斯大人，无须攻城塔。"

达冯透过茂密的胡须露出笑容："一对一决斗，老表？不太公平哦，泰陀斯是个行将就木的老头子。"

一个有两只手的老头子。

当晚他和伊林爵士打了三个钟头，是他表现最佳的夜晚之一。换算成真实战斗，派恩只杀了他两次，而平时一晚上能杀他六七次，甚至更多。"我再练习一年，便能赶上小派的水平了。"詹姆宣称，伊林爵士发出那种类似笑声的粗嘎声音。"来吧，让我们干一杯霍斯特·徒利的极品红酒。"

喝红酒成了他们每晚都履行的仪式。伊林爵士是个完美的酒友，他从不打断你的话，从不否定你的意见，从不抱怨从不拍马屁从不无休无止地讲述无聊的故事。他只会一边喝酒一边听。

"我真该把朋友们的舌头都拔掉，"詹姆灌满酒杯，"包括我的亲戚们。不会说话的瑟曦该多么甜美啊。不过等亲嘴的时候，我就会怀念她的舌头了。"他一饮而尽。红酒度数很高，但口感爽利，让他从头到脚暖洋洋的。"我记不得我们第一次接吻是什么时候了。只晓得原本是游戏，后来却不是。"他推开酒杯，"提利昂曾对我说大多数妓女都不会吻你，她们只会闭上眼睛干你，他说你感觉不到她们的唇上有任何情绪。哎，你觉得我老姐吻过凯特布莱克吗？"

伊林爵士不回答。

"我觉得，杀自己的誓言兄弟不合适，我只能阉了他，再把他送去长城。知道吗？他们就是这么对付'好色之徒'卢卡默的，当然啦，奥斯尼爵士可不会乖乖服从，他还有兄弟撑腰呢。兄弟，兄弟是很危险的东西。'庸王'伊耿因为特伦斯·托因爵士跟自己的情妇上床而宰了他，结果托因的兄弟想尽办法为他复仇，最后是龙骑士以性命保护了国王。白典记录了所有这些事，所有的事，除开没教我怎么对付瑟曦。"

伊林爵士伸出一根指头，在脖子上比画。

"不，"詹姆拒绝，"托曼已经失去了哥哥，失去了他自以为是父亲的人，如果我再把他母亲杀了，他会恨我一辈子……而他那可爱的小王后则会将这种恨转化为高庭服务。"

伊林爵士露出詹姆不喜欢的那种笑。丑陋的笑，丑陋的灵魂。"你说得太多了。"他告诫对方。

第二天，雨林的德莫特爵士两手空空地返回。他报告如下："什么也没找到，除了几百只该死的野狼。"他手下有两名哨兵被黑暗中冲出的狼群扑倒，呜呼哀哉。"哨兵们穿着锁甲和煮沸皮甲，可那些怪物毫不惧怕。杰特死前说狼群首领是一只巨型母狼，一只冰原狼。后来这群狼又冲进马群，妈的，它们杀了我最爱的一匹母马。"

"晚上记得在营地周围燃起一圈火炬。"不晓得德莫特爵士口中的冰原狼和当初在十字路口伤乔佛里的是不是同一只？

不管有没有狼，德莫特爵士次日清晨仍在他严令敦促下换好新马，带上更多人手出发，继续搜索布林登·徒利。下午，三河诸侯结伴前来辞行，詹姆一一准许。派柏大人反复追问儿子马柯的情况。"所有俘虏都会被赎回。"詹姆承诺。卡列尔·凡斯伯爵特意多逗留了一会儿，"詹姆大人，您一定要亲自前往鸦树城。只要城外是杰诺斯带队，泰陀斯便说什么也不肯投降，但我知道，他会屈膝臣服于您。"詹姆感谢他的谏言。

接着来辞行的是壮猪，他要如约返回戴瑞城，清剿土匪。"妈的，我们骑了一半个国家，为了什么？为了看你把艾德慕吓得尿裤子？没人会歌颂这个。我想打仗！我想要猎狗的头，詹姆，或是那个边疆地伯爵的头。"

"猎狗的人头你尽可以去取，"詹姆指示，"但必须保住贝里·唐德利恩的性命。我要把他带回君临，当着全国百姓的面处决，否则没人相信他死了。"壮猪嘟哝了半天，最后只得接受。次日，他带走麾下的侍从与亲兵，外加"没胡子"琼恩·本特利——此人觉得追剿土匪好歹比回家面对他那著名的丑老婆舒坦些。他没胡子，据说他老婆却有胡子。

詹姆开始遣散从前徒利家的守备队。这些人异口同声地宣称对布林登爵士的计划或去向一无所知。"他们撒谎！"艾蒙·佛雷认定。詹姆不以为然："不泄露计划，便无人能背叛你，这样才最保险。"吉娜夫人要审讯守备队中几位头目。他拒绝了："我答应过

艾德慕，只要投降，就准他们自由离开。"

"你为人高尚，"姑妈评论，"但统治者不需要高尚，需要的是力量。"

你去问问艾德慕我高不高尚，詹姆心想，去问他投石机的事。他很确定，未来的学士是决不会把他跟龙骑士伊蒙王子写在一起的。他原本也不在乎。战争总算胜利告终。龙石岛陷落，风息堡指日可待，史坦尼斯要逃往长城的话，欢迎他去。可以想见，北方佬跟风暴之地的领主一样不喜欢他，而即便卢斯·波顿失败了，冬天也会把他彻底摧毁。

欣慰的是，他在奔流城下没流一滴血，也没拿起武器反对史塔克家族或徒利家族。只等找到黑鱼，就算大功告成，可以返回君临。我应该待在国王身边，待在我儿子身边。托曼了解我的心情吗？真相会导致他丢失王位。你想要父亲还是那把丑椅子，孩子？詹姆希望自己知道答案。迄今为止，这孩子最喜欢的是在纸上盖印章。他甚至不会相信我的话。至少瑟曦会坚决否认。我亲爱的老姐，骗子，大骗子。他必须想个办法把托曼夺过来，赶在瑟曦将他变成第二个乔佛里之前，到时候，他还要组建一个崭新的御前会议来辅佐孩子。瑟曦让位，凯冯爵士应会同意担任首相。他不愿吃回头草也没什么，七国有的是人才。佛勒·普莱斯特就是不错的选择，或者罗兰德·克雷赫，如果提利尔家不满意西境人，他也可以推举马图斯·罗宛……甚至培提尔·贝里席。是的，小指头虽然机灵圆滑，但出身太低，没有自己的武装，大诸侯们不会拿他当威胁。他是完美的首相人选。

第二天早晨，徒利家的守卫们离开奔流城。詹姆剥夺了他们所有的武器与盔甲，但允许每人带走三天的食物和随身衣物，他还让他们庄严宣誓决不拿起武器反对艾蒙伯爵或兰尼斯特家族。"幸运的话，十个人里面有一个会遵守誓言。"吉娜夫人道。

"棒极了。九个人比十个好对付,你知道,那第十位或许正是干掉我的人呢。"

"九个人一样能干掉你。"

"在战场上被人干掉总比莫名其妙死在床上强。"或是蹲厕所时教一个人害死。

有两人不肯解甲归田——奔流城的老教头戴斯蒙·格瑞尔爵士和侍卫队长罗宾·莱格爵士。他们要求穿上黑衣。"四十年来,城堡就是我的家,"格瑞尔表示,"你放我自由,我能上哪儿去呢?我又老又胖,当不了雇佣骑士。好歹长城总是缺人手。"

"如你所愿。"善后工作又多出一桩麻烦事。詹姆允许他们保留盔甲与武器,再安排格雷果手下的十多个兵护送他们一路前往女泉城。指挥权交给拉夫德,外号"甜嘴"。"将这两位先生平安送到,"詹姆威胁道,"否则格雷果爵士对付山羊的手段和我对付你们的手段相比,那就是笑话了。"

又过了好几天,艾蒙老爷要奔流城全体居民——包括原先的仆人和他带来的人——到院子里集合,听他发表长达三小时的演讲,内容是强调他伯爵领主的身份,要人们恭顺服从。他不时挥舞授权状,马房小弟、女仆和铁匠们闷闷不乐地看着他。小雨点落下来。

詹姆从莱曼·佛雷爵士身边要来的歌手也在听。他站在敞开的门口,那里是干的。"大人应该转行当歌手才对,"歌手评价,"他的演讲比边疆地的民谣还长,而且他说话几乎不换气。"

詹姆不由得笑了:"艾蒙老爷只消有叶子嚼,就可以不换气。怎么,你想为他写首歌吗?"

"写首顶幽默的歌。《教导鳟鱼录》怎么样?"

"别在我姑妈面前唱就好。"詹姆以前没大关注这名歌手。他个子小,穿褴褛的绿马裤和褪色的绿外套,衣服上到处用棕色皮革打补丁。他鼻子又长又尖,嘴巴张得很宽,稀疏的棕发垂到脖子,

乱蓬蓬的，多时未洗。他大概五十岁，詹姆断定，是个浪迹天涯的雇佣琴手。

"你以前就跟着莱曼爵士？"他问。

"只跟了半个月而已。"

"我还以为你会随佛雷家一起离开呢。"

"这位不就是佛雷么，"歌手边说边朝艾蒙老爷点头，"而这座城堡看来是个过冬的好地方。'白色微笑'渥特加入佛勒爵士的队伍返乡了，我想赢得他的位置。纵然我没有渥特甜美的高音，会唱的下流小曲儿却比他多出一倍不止——啊哈，大人请原谅。"

"你会成为我姑妈驾前的红人，"詹姆道，"假如你想留下来过冬，记得讨好吉娜夫人。她是这里真正的主人。"

"您不留下来？"

"我应该留在国王身边，我很快就会回去了。"

"真遗憾，大人。我会唱的远不止《卡斯特梅的雨季》，我很想为您表演……噢，各种各样的东西。"

"以后再说吧，"詹姆道，"你叫什么？"

"七弦汤姆，大人。"歌手摘下帽子，"人们也叫我七神汤姆。"

"祝你好运，七弦汤姆。"

当晚，他梦见自己又回到贝勒大圣堂，继续为父亲守夜。圣堂黑暗沉寂，一位女人从阴影中浮现，缓缓地向棺材走来。"姐姐？"他问。

她不是瑟曦。她全身灰衣，乃是静默姐妹，兜帽与面纱遮住了面容，但烛光在两只犹如绿池塘的眼睛里舞蹈。"姐姐，"他再问，"你要我做什么？"话音在圣堂里回响。要我要我要我要我要我要我要我要我要我要我。

"我不是你姐姐，詹姆，"她用苍白柔软的手掀开兜帽，"你忘了我吗？"

我根本不认识你，谈何忘记？他说不出口。噢，我当然认识她，好久好久以前……

"你忘了我也罢，连你父亲也忘了吗？不过，我认为你从来没有真正了解他。"她眼睛是翡翠的颜色，头发则是亮金色，他辨不出她的年纪。十五岁？他心想，五十岁？她登上阶梯，站到棺材前面。"他不能忍受别人嘲笑他。那是他最痛恨的事。"

"你究竟是谁？"他害怕她的答案。

"我问你，你又是谁？"

"这只是一个梦。"

"是吗？"她伤感地笑道，"看看你的手，孩子。"

一只手。只有一只手，紧紧握着剑柄。只有一只手。"在梦中，我总是有两只手。"他抬起右臂，难以理解地望着丑陋的断肢。

"我们梦想着我们得不到的东西。泰温梦想他儿子能成为伟大的骑士，梦想他女儿能当上王后。他梦想他们强大、勇敢又美丽，没人可以嘲笑他们。"

"我成了骑士，"他告诉她，"而瑟曦是王后。"

一粒珠泪滚过她的脸颊。女人重新戴起兜帽，转身离开。詹姆呼唤她，但她充耳不闻，裙裾发出轻微的婆娑声，擦着地板渐行渐远。别离开我，他想大喊，可实际上，很多年以前，她就离开他们了。

他在黑暗中颤抖着醒来。卧室冷如玄冰。詹姆用断肢掀开毯子，炉火已灭，窗户被风吹开。他走过漆黑的房间，要去关好窗窗，赤脚踏在地上，感觉到某种湿湿的东西，令他下意识地退缩。他起初以为是血，但血从来不会这么冷。

雪，窗外飘来的是雪。

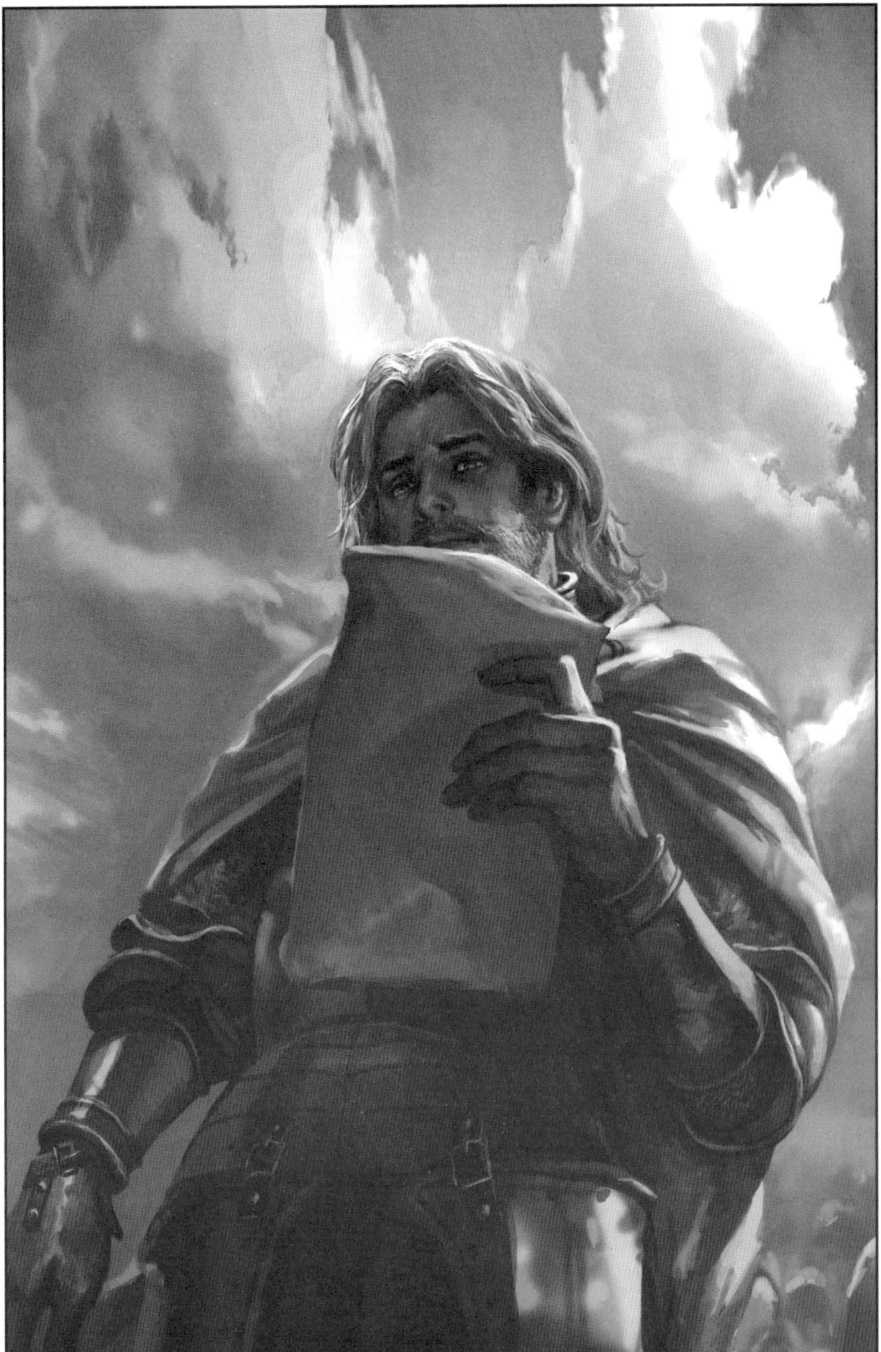

于是他把窗户完全打开。下面的院子已罩上一层薄薄的洁白地毯，而且正越变越沉。城齿蒙上兜帽。雪花静静地飘啊飘，其中一些飘到他脸上融化。詹姆看到自己的呼吸结成霜。

河间地下雪了。这里下雪，那么兰尼斯港或君临也在下雪。冬天自北方横扫南下，全国一半的谷仓却还空空如也。所有没收割的作物已经毁了，再也不可能播种，再也没有最后一次丰收的希望。他不知父亲该如何来养活全国老百姓，想着想着才想起父亲已经死了。

清晨，积雪已深达脚踝，神木林中，雪花堆在树下，积得更深。在这种冰冷的白魔法影响下，侍从、马房小弟和贵族出身的侍酒们都重新变回了孩子，他们在城垛上，在院子里到处打雪仗，闹成一团。詹姆听着他们欢笑。不久之前，他也有过那么一段快乐时光，他在兄妹三人中雪球做得最棒，他会拿它们去砸蹒跚追来的提利昂，他会把它们放进瑟曦的裙服背后。要做最棒的雪球，你得有两只手才行。

这时，有人轻轻敲门。"去开门，小派。"

来者是奔流城的老学士，他历经风霜、爬满皱纹的手上握着一封信。韦曼师傅的脸色白如新雪。"我知道，"詹姆抢先说，"学城的白鸦到了，冬天来了。"

"不，大人。这只鸟是从君临来的。我擅自拆了……我不知道……"他递出信。

詹姆坐在窗边读信，就着冰冷苍白的晨光。科本的字句言简意赅，瑟曦的感情澎湃激昂。立刻回来吧，她说，帮助我，拯救我，我比任何时候都更需要你。我爱你，我爱你，我爱你。立刻回来吧。

韦曼等在门边，小派也在看。

"大人要回复吗？"长久的沉默之后，学士问。

一朵雪花飘落在信纸上，慢慢地融化，慢慢地模糊了信上的字眼。詹姆将它卷起来，用一只手所能使出的最大力量，接着，他将它递给小派。

"不必，"他说，"把它烧了吧。"

山姆威尔

航程末尾最为凶险。正如在泰洛西收到的警告,雷德温海峡布满了长船,而青亭岛的主力舰队此刻尚远在维斯特洛另一侧。铁岛人洗劫了青亭岛属下的莱安港,并将蔓藤镇和海星港据为己有,以此为巢穴打劫前往旧镇的船只。

船顶鸦巢上的人们三次观察到长船。有两次是远远跟在船尾,月桂风号很快便甩掉了它们,第三艘出现在日落时分,企图挡住前往低语湾的去路。他们看着她的船桨起起落落,将黄铜色水面搅成白色。蔻佳•莫让弓箭手们登上前楼,他们巨大的金心木弓比多恩的紫杉木弓射得更远更准,等长船进入两百码距离,她才下令放箭。山姆跟他们一起射,这次他觉得自己的箭射到了船上。一次齐射足矣,长船转向南方,寻找更驯服的猎物。

进入低语湾时,深蓝的黄昏已经降临。吉莉抱着婴儿站在船首像边,凝视着悬崖上的一座城堡。"那是三塔堡,"山姆告诉她,"科托因家族的居城。"城堡镂刻在夜星之间,映衬着窗户里闪烁的火光。看着这幅辉煌壮丽的景象,他却感到悲哀,因为他们的航程即将结束了。

"它好高啊。"吉莉道。

"等你看到参天塔再说吧。"

妲娜的婴儿开始哭闹。吉莉赶紧拉开上衣,把乳头塞给孩子。婴儿喝奶时,吉莉微笑着轻抚他的头发。她喜欢这孩子跟喜欢留在长城那个一样了,山姆意识到。他希望诸神对这两个孩子都仁慈一些。

铁民们甚至潜入了低语湾中历来平和的水域。第二天早上，随着月桂风号继续向旧镇前进，船只开始撞到顺流入海的浮尸。有些尸体上搭载着乌鸦，当天鹅船搅动这些肿胀畸形的"小舟"时，它们便飞入空中，吵闹着抗议。岸边是焦灼的田野和焚毁的村庄，浅滩与沙洲上点缀着散架的船只，其中多数是商船和渔船，偶尔也看见弃置的长船，甚至有两艘大帆船的残骸。一艘吃水线以上全被烧毁，另一艘船壳侧面有个被撞裂的大洞。

"这儿打过仗，"崇说，"不久之前打的。"

"谁会如此疯狂，把手伸到离旧镇这么近的地方？"

崇指指一艘半沉入浅滩的长船。她船尾悬着一面旗帜的残骸，破破烂烂，沾染烟尘。上面的标记山姆从没见过：两只乌鸦支撑一顶黑铁冠，下面是一只黑瞳红眼。"那是谁的旗帜？"山姆问。崇耸耸肩。

次日阴冷多雾，月桂风号静悄悄地经过又一个遭遇洗劫的渔村。一艘划桨战舰从雾中驶出，缓缓地向他们划来。她的船首像是个纤瘦少女，以树叶蔽体，挥舞着长矛，船身上刻有"女猎人"的名字。片刻之后，两艘较小的划桨船出现在她两侧，仿佛紧跟在主人身边的一对灰猎犬。令山姆欣慰的是，除了旧镇海塔尔家族的顶端为烽火台的阶梯状白塔旗，船上还飘扬着托曼国王的雄鹿狮子旗。

女猎人号船长高高的个子，烟灰色披风边缘镶着火焰状的红缎子。他把自己的船并排靠在月桂风号旁边，然后收桨，呼喊说要登船。他的十字弓手和蔻佳·莫的弓箭手隔着窄窄的水面对峙，他带着六个骑士过来，朝库胡卢·莫点点头，要求查看货舱。父女俩商量片刻之后同意了。

"请原谅，"船长检查完毕之后说，"正派人不得不忍受失礼的待遇，真让我难过，但小心驶得万年船，我们不能让铁岛人混进旧镇。才两周前,那些混蛋在海峡中俘虏了一艘泰洛西商船,杀光船员后,穿上船员们的衣服,用找到的染料把胡子涂成五颜六色。一旦混进城,他们打算放火焚烧码头,趁我们忙于救火时从里面转开城门。这计划差点成功,幸亏教塔楼夫人号撞上,她的桨手长有个泰洛西老婆,他看到那么多绿胡子紫胡子,就用泰洛西语呼喊致意,然而对方没一个人懂得如何回活。"

山姆惊呆了:"他们竟想洗劫旧镇?"

女猎人号的船长好奇地看了他一眼。"这些不是简单的掠夺者。铁民天生都是强盗,喜欢从海上突袭,抢走金钱和女人后驶回远处,每次袭击就一两艘长船,顶多不过半打。然而这回不同,现在有数百艘船在侵扰我们,他们从盾牌列岛和青亭岛附近的小岛里驶出,夺取了石蟹礁、猪群岛、人鱼殿,甚至在马蹄岩和野种石建立了基地。没有雷德温大人的舰队,我们对付不了他们。"

"海塔尔大人在做什么?"山姆冲口而出,"我父亲常说他跟兰尼斯特家一样富有,能招募的武士是高庭属下任何一位领主的三倍。"

"倾尽旧镇的财力人力,还能招募更多,"船长说,"但除非大伙儿学会在水上行走,否则无济于事。"

"参天塔一定得行动起来。"

"那是当然。雷顿大人跟'疯女'一起关在塔顶研究魔法书,或许他能从深渊地底招出一支军队。贝勒在建造船只,冈梭尔负责港口,加尔斯训练新兵,亨佛利去里斯寻找雇佣舰队。若他能从他的妓女姐姐琳妮丝那儿搞到一支像样的舰队,我们就可以以牙还牙,教训铁民。在此之前,充其量只能坚守阵地,等待君临的婊子太后解开拴住派克斯特大人的皮带。"

船长最后几句话的尖酸语气和他吐露的内容都令山姆倍感震惊。要是失去旧镇和青亭岛,整个国家就会瓦解,分崩离析,他一边寻思一边注视着女猎人号及其姐妹船离去。

他开始怀疑角陵是否真正安全。诚然，塔利家族的领地位于内陆树林繁茂的丘陵地带，在旧镇东北方一百里格处，远离海岸。即使他父亲大人远征三河流域，城堡守备薄弱，家里也应该不至于遭受铁民和长船的攻击。但少狼主无疑也认为临冬城是安全的，直到某天晚上变色龙席恩爬上城墙。山姆很难想象，他为了让吉莉和婴儿免受伤害，带着他们长途跋涉，最后却将他们遗弃在战场。

余下的航程中，他始终犹豫不决，不知如何是好。也许该让吉莉跟他一起留在旧镇，他心想，那儿的城墙远比父亲的城堡雄伟，难以逾越，还有数千人防卫，蓝道大人响应号召前往高庭时，或许没留几个人在角陵。倘若如此，他得设法把她藏起来；学城不许学徒豢养妻子或情人，至少不能公开。可假如我跟吉莉在一起天长日久，如何能有决心离开她？我必须离开她，不然就得做逃兵。我立过誓，山姆提醒自己，当逃兵意味着掉脑袋，这对吉莉有什么帮助呢？

他考虑恳求蔻佳和她父亲带野人女孩去他们的盛夏群岛。然而这条路也有危险。月桂风号离开旧镇后，需再次穿越雷德温海峡，这回也许没那么幸运。假如风停了，盛夏群岛人被困在无风的海面上怎么办？假如他听说的故事是真的，吉莉会被抓去当奴工或盐妾，婴儿则有可能因为碍手碍脚而被抛入海中。

只能去角陵，山姆最后决定，一到旧镇，我就雇辆车，几匹马，亲自带她去那儿。他可以顺路察看一下城堡及其守备情况，倘若所见所闻让他有任何疑虑，他便立刻带吉莉回旧镇。

他们在一个阴冷潮湿的早晨抵达旧镇，雾气如此浓重，只能看见参天塔上的烽火。一条铁链横跨港口，连着二十来艘破破烂烂的船，后面挨着一排战舰，旁边还有三艘大帆船和海塔尔伯爵高耸的旗舰——四排桨的旧镇荣耀号。在这里，月桂风号又被检查了一次，雷顿大人之子冈梭尔亲自登船。他身披银袍，穿灰色釉彩鳞甲。冈梭尔爵士在学城学过几年，会讲盛夏群岛语，因此他跟库忽鲁·莫去船长室私下交谈。

山姆利用这段时间向吉莉解释计划。"我先去学城，交付琼恩的信件，告诉他们伊蒙学士的死讯。我想博士们会派辆车来运他的尸体。然后我准备马匹和拖车，把你带去角陵我母亲那边。我尽量早点回来，不过也许得等到明天。"

"明天哦。"她重复，然后给他一吻，祝他好运。

冈梭尔终于出来了，他示意打开铁索，让月桂风号驶过障碍，进入码头。天鹅船系上缆绳后，山姆跟蔻佳·莫和她的三个弓箭手一起站到踏板边，盛夏群岛人披着只有上岸时才穿的绚丽羽毛披风，在他们身边，他感觉寒碜得很，还是一身肥大的黑衣、褪色的斗篷跟沾染盐渍的靴子。"你们在港口待多久？"

"两天，十天，谁说得准？等清空货舱，再把它填满，我们就走。"蔻佳笑嘻嘻地说，"我父亲一定也会去拜访灰衣学士们。他有些书要卖。"

"吉莉能留在船上等我吗？"

"吉莉想待多久都行。"她戳戳山姆的肚子，"她不像某些人那么贪吃。"

"我没以前胖了。"山姆辩解。南行的航程导致了这一结果。他不停地值班干活，除了水果和鱼又没什么可吃的。盛夏群岛人喜爱水果和鱼。

山姆随弓箭手们走过踏板，但一到岸上，他们就分道扬镳。他希望自己仍记得去学城的路。旧镇是座迷宫，而他没时间迷路。

天气潮湿，脚下的鹅卵石又湿又滑，条条小巷全笼罩在迷雾之中。山姆尽可能避开它们，沿河边大路走，蜜酒河蜿蜒曲折，穿行于这座古老城市的中心地带。重新踩上坚实的地面，而非摇摇晃晃的甲板，感觉很美妙。然而行路之间他仍然不自在，他感到人们的视线落在自己身上，有的从阳台和窗户窥探下来，有的躲在黑暗的门洞里张望。在月桂风号上，他认识每一张脸，而这里都是陌生人。更糟的是，他担心被人认出来。蓝道·塔利伯爵在旧镇人人皆知，却不受爱戴。山姆不知哪样更糟，是被父亲的敌人认出，还是被他的朋友认出。

他只能拉起斗篷，加快步伐。

学城大门两侧有一对高大的绿色斯芬克斯像，狮身，鹰翼，蛇尾，其中一只有男人的脸，另一只为女人的脸。进门是文书台，旧镇人来这儿寻找助理学士，为他们写遗嘱、读信件。五六个文书百无聊赖地坐在开放的摊位前等待顾客。另一些摊位可以买卖书籍。山姆在一个卖地图的摊位跟前停下，看了看一张手绘的学城地图，寻找去总管阁最近的路。

道路在戴伦一世的雕像前分叉，国王坐在高大的石马上，剑指多恩。此刻，一只海鸥停在少龙主头上，还有两只停在剑上。山姆走向左面，沿河边前进。在哭泣码头，他看着两名助理学士帮一个老人登上小船，准备去附近的血岛。一位年轻母亲跟在老人后面爬进去，怀中抱着哇哇啼哭的婴儿，跟吉莉的孩子差不多大。码头下面，几个帮厨小弟在浅滩中涉水捕捞青蛙。一群脸色粉嫩的小学徒从他身边匆匆跑过，向圣堂而去。我在他们这个年纪时，就该来这里，山姆心想，假如当时我偷偷逃走，换个假名字，也许可以消失在其他学徒之中。父亲会假装狄肯是他唯一的儿子，我怀疑他甚至不愿费神来找我，除非我骑骡子离开——他会追捕我，仅仅是为了骡子。

总管阁外，训导们正将某位大龄学徒锁进储藏室。"从厨房偷东西。"其中一位训导向助理学士们解释，他们正等着烂砸囚犯。山姆的黑斗篷如船帆一般在身后飘荡，他快步经过时，人们纷纷投来好奇的目光。

门内是个大厅，石地板，高高的拱窗。大厅尽头有个脸瘦瘦的人坐在高台上，正用羽毛笔往一本册子上写字。此人虽身穿学士长袍，脖子上却没颈链。山姆清清嗓子："早安。"

那人抬头观看，对所见到的似乎并不满意："你有学徒的味道。"

"我希望能很快当上学徒。"山姆抽出琼恩·雪诺的信，"我来自长城，跟伊蒙学士一起来的，但他在航海途中去世了。我想跟总管谈谈……"

"你的名字？"

"山姆。山姆威尔·塔利。"

那人在册子里写下来，然后挥挥羽毛笔，指指拱墙下的长凳："坐下。轮到你的时候，我会叫你名字。"

山姆在长凳上落座。

其他人来来去去。有的带来消息后便告辞离去。有的跟高台上的人讲完话，便直接进入他身后的门，走上螺旋阶梯。有的加入山姆的行列，坐在板凳上等待传召。他几乎可以肯定，有几个被传召的人比他来得晚。当这种情况出现四五次之后，他站起身，再次走到大厅尽头。"还要多久？"

"总管事情多着呢。"

"我千里迢迢从长城赶来。"

"那再多等一会儿也没什么关系。"他挥挥羽毛笔，"去凳子上坐着，窗户下面。"

他回到长凳上。又一个小时过去了。别人跟高台上的人讲完话，略等片刻就可以进去，看门人却始终没再抬头看山姆一眼。外面的雾气渐渐散去，苍白的阳光通过窗户斜射进来。他凝视着阳光中舞蹈的灰尘，不由自主地打起一个又一个呵欠。他拨弄着手掌中

207

一个破裂的水泡，脑袋斜靠着墙壁，闭上眼睛。

他一定是打了瞌睡，因为接下来，他听到高台后的看门人在叫名字。山姆一下子站起来，然后意识到那不是他的名字，就又坐了回去。

"你得给罗卡斯一个铜板，否则会等上三天，"一个人在旁边说，"守夜人为什么来学城？"

说话者是位纤瘦清秀的年轻人，穿鹿皮马裤和镶铁钉的绿色紧身甲。他肤色仿佛淡褐色麦酒，一头浓密的黑鬈发，尖额头底下是黑色的大眼睛。"总司令正在修复废弃的城堡，"山姆解释，"我们需要更多学士来管理乌鸦……一个铜板，你刚才说一个铜板就行？"

"一个铜板就行。如果你肯出一枚银鹿，罗卡斯会直接带你去见他身后的总管。他做了五十年的助理学士，最憎恨学徒，尤其是贵族出身的学徒。"

"你怎么看出来我是贵族出身？"

"就跟你能看出我有一半多恩血统一样。"他微笑着说，略微拖着多恩长音。

山姆摸出一个铜板："你是学徒？"

"我是助理学士拉蕾萨，有些人叫我斯芬克斯。"

这名字让山姆吃了一惊。"'斯芬克斯即是谜题，并非出谜题者'，"他脱口而出，"你知道那是什么意思吗？"

"不知道。这是个谜题吗？"

"我知道就好了。我是山姆威尔·塔利。山姆。"

"幸会。山姆威尔·塔利找席奥博德博士有什么事呢？"

"他是总管？"山姆疑惑地问，"伊蒙师傅说总管叫诺伦。"

"已过去两轮了。这里每年产生一位新总管，由博士们抽签决定，多数人认为这是个吃力不讨好的任务，迫使自己远离真正的工作。今年沃格雷夫博士抽到了黑石头,但沃格雷夫常常神志不清,因此席奥博德自愿代替他。他脾气坏,但人是好人。你刚才说伊蒙师傅?"

"对啊。"

"伊蒙·坦格利安?"

"曾经是。人们大多就叫他伊蒙师傅。他在南行航程中去世了。你怎么会知道他?"

"怎么会不知道?他不仅是活得最久的学士,更是维斯特洛最年长的人。他所经历的历史,比佩雷斯坦博士读过的还多。他可以告诉我们许许多多关于他父亲和他叔叔统治时期的事。他究竟多少岁了,你知道吗?"

"一百零二岁。"

"他这么大年纪去海上干吗?"

对这个问题山姆考虑了一会儿,不知该说多少。斯芬克斯即是谜题,并非出谜题者。伊蒙师傅是指这位斯芬克斯吗?似乎不太可能。"雪诺总司令为救他性命才把他送走。"他犹豫不决地开讲。他笨嘴拙舌地说起史坦尼斯国王和亚夏的梅丽珊卓,本想就此打住,但一件事牵扯出另一件,他不由自主又讲到曼斯·雷德和野人们,讲到龙和国王之血,随后所有事情全涌了出来,先民拳峰上的尸鬼,骑死马的异鬼,熊老在卡斯特堡垒被杀害,吉莉和他逃出来,白树村和小保罗,冷手与乌鸦,琼恩成为总司令,黑鸟号,戴利恩,布拉佛斯,崇都在魁尔斯见到的龙,月桂风号,伊蒙师傅临终前的喃喃低语。他只留出了那些自己发誓保守的秘密,关于布兰·史塔克和他的伙伴们,还有琼恩调换的婴儿。"丹妮莉丝是唯一的希望,"他总结道,"伊蒙说学城必须立即派给她一名学士,将她及时带回家乡维斯特洛。"

拉蕾萨专心聆听。他不时眨眼睛,但从不发笑,也从不打断。

山姆讲完后，他用纤瘦的褐色手掌轻触他的前臂："省下铜板，山姆，席奥博德连一半都不会相信，但有人会信。你愿不愿跟我来？"

"去哪里？"

"去跟某位博士谈话。"

你必须转告他们，山姆，伊蒙学士说过，转告博士们。"好吧，"他明天也可以回来见总管，只需记得交一枚铜板，"有多远？"

"不远。在群鸦岛。"

上群鸦岛无须小船，一座饱受风雨侵蚀的木吊桥连接着岛和东边的河岸。"鸦楼是学城最古老的建筑，"跨越水流缓慢的蜜酒河时，拉蕾萨告诉他，"在英雄之纪元，那儿本是海盗领主的要塞，他坐镇于此，打劫顺流而下的船只。"

山姆看到青苔与蔓藤遮覆墙壁，城垛上，乌鸦代替了弓箭手。在人们的记忆中，吊桥从没提起来过。

要塞围墙内阴凉昏暗。一棵古老的鱼梁木占据整个院子，它见证了这些石块最初的情景。树干上雕出的人脸和苍白的树枝上都覆盖着厚厚一层紫色苔藓，半数枝杈看上去已经枯死，其余地方仍有些许红叶婆娑，那便是乌鸦们喜欢的栖息地。只见树上停满了乌鸦，院子上方那一圈拱形窗户边还有更多。地面撒满粪便。穿过院子时，其中一只拍着翅膀从他们头顶飞过，其他乌鸦互相聒噪。"沃格雷夫博士的套房在西塔，白鸦巢下面，"拉蕾萨告诉他，"白乌鸦和黑乌鸦争吵起来就像多恩人和边疆地人，因此要将两种乌鸦分开。"

"沃格雷夫博士会明白我的事吗？"山姆疑惑地说，"你说他常常神志不清。"

"他时好时坏，"拉蕾萨说，"但你要见的不是沃格雷夫。"

他打开通往北塔的门,开始攀爬。山姆跟在他后面登上阶梯。上方有翅膀拍打和嘀嘀咕咕的声音,时不时还传来一声愤怒的尖叫,那是乌鸦们抱怨被吵醒了。

阶梯顶端,有个肤色白皙的金发年轻人坐在一扇橡木铁门外。他跟山姆差不多年纪,正用右眼专心致志地凝视一支蜡烛的火焰,左眼则隐藏在一缕悬垂的浅金头发后面。"你在看什么?"拉雷萨问他,"你的命运?你的死期?"

金发年轻人的视线离开蜡烛,他转过头来,眨了眨眼。"裸女啊,"他说,"这位是谁?"

"山姆威尔。求见'魔法师'的新学徒。"

"学城跟以前不同了,"金发年轻人抱怨,"如今什么货都照单全收。黑狗儿啦,多恩佬啦,更别提猪倌、残废,智障之类了,现在又来了一头黑衣鲸鱼。嗨,我还以为海兽都是灰色的呢。"他披一件绿金条纹披肩,面貌十分英俊,但眼神闪烁,嘴巴恶毒。

山姆认识他。"里奥•提利尔,"说出这名字让他感觉自己仿佛仍是个会尿裤子的七岁男孩,"我是角陵的山姆,蓝道•塔利伯爵之子。"

"真的?"里奥又看了他一眼,"我想是的。你父亲告诉我们大家,你死了,看来他只是盼望你死?"他咧嘴笑笑。"你还是那么胆小如鼠?"

"不,"山姆撒谎,毕竟,琼恩下过命令,"我去长城外打过仗,现在他们叫我'杀手'山姆。"他不知自己为何要如此夸耀。

里奥哈哈大笑,但他还不及回答,身后的门就开了。"进来,杀手,"门里的人低沉地说,"还有你,斯芬克斯。快点。"

"山姆,"拉蕾萨说,"这位便是马尔温博士。"

马尔温公牛般的脖子上戴着一条由无数金属串成的链子,除此之外,他看上去更像码头恶棍,而不像学士。他的脑袋相对身体来说太大，从双肩之间突出来向前探出的模样外加石板般的下巴，让他看起来好像正准备拧下别人的脑袋。尽管他生得矮胖，胸脯和肩膀却非常厚实。他不穿长袍，皮革上衣的带子被坚硬如石的浑圆酒肚子绷得紧紧的。挺立的白毛从他耳朵和鼻孔里钻出来。他额头突出，鼻梁断过不止一次，牙齿被酸草叶染成斑驳的红色。他有一双山姆毕生所见最大的手。

山姆还在犹豫，那双大手中的一只便抓住他胳膊，将他拉进门。里面是个圆形的大屋子，到处是书和卷轴，有些铺在桌面上，有些一摞一摞在地板上堆至四尺高。褪色的织锦和破破烂烂的地图覆盖着石墙。炉膛里烧着火，上面有只铜水壶，不知在煮什么，但有股烧焦的味道。除此之外，唯一的光亮来自房间中央一支高高的黑蜡烛。

那支蜡烛亮得让人不适，令人不安。马尔温博士用力关上门，把旁边桌上的纸都震了下去，蜡烛的火焰却没闪烁。火焰的颜色很古怪，白如新雪，黄如熔金，红似烈焰，但它留下的影子如此漆黑，仿佛人世间的黑洞。山姆发现自己在盯着它看，蜡烛有三尺高，细瘦似剑，螺旋状边沿锋利如刀，微微闪烁着黑光。"这是……？"

"……黑曜石，"屋里另一个人说。这是位脸色苍白、胖胖的年轻人，圆肩膀，柔软的双手，两只眼睛靠得很近，袍子上有食物的污渍。

"叫它龙晶。"马尔温博士看了一会儿蜡烛，"它会燃烧，但不损耗。"

"火焰靠什么燃烧？"山姆惊奇地问。

"龙焰靠什么燃烧？"马尔温坐到一张凳子上，"瓦雷利亚巫术基于血与火。利用这种玻璃蜡烛，古自由堡垒的巫师的视线可以穿越高山、海洋和沙漠；坐在这种蜡烛跟前，他们能进入别人梦中展示幻象,或隔着半个世界互通信息。你觉得这有用吗,杀手?"

"我们就用不着乌鸦了。"

"打完仗才需要。"博士从一包酸草叶中剥出一片塞进嘴里咀嚼,"把你跟多恩斯芬克斯讲过的一切再说一遍。我知道了很多,但有些细枝末节或许被忽略了。"

他是那种无法拒绝的人。山姆犹豫片刻,然后再次将故事讲给马尔温、拉蕾萨和另一个学徒听。"伊蒙师傅相信丹妮莉丝·坦格利安真正印证了预言……是她,不是史坦尼斯,不是雷加王子,也不是脑袋被撞碎在墙上的小王子。"

"诞生于盐与烟之地,伴随着泣血之星。我知道预言。"马尔温扭头,吐了一口红色的黏液到地上,"不过我不信它。古吉斯帝国的高艮曾写道,预言犹如狡诈的女人。她会把你那玩意儿含在嘴里,让你愉悦地呻吟,脑子里想着,这多么甜蜜,多么美妙,多么舒服……然后她便骤然阖上牙齿,你的呻吟变成尖叫。高艮认为这是预言的本质,预言每次都会咬掉你的老二。"他咀嚼了几下。"话虽如此……"

拉蕾萨走到山姆身边。"倘若伊蒙尚有力气,他会亲自去找丹妮莉丝。他要我们派一个学士给她,辅佐她,教导她,保护她,带她安全回家。"

"是吗?"马尔温博士耸耸肩,"也许他在抵达旧镇之前去世是件好事,否则灰衣绵羊们只好动手杀人,想必那帮可怜的老家伙会难过得绞紧自己满是褶皱的手。"

"杀他?"山姆震惊地问,"为什么?"

"若我将真相告诉你,他们或许只能把你也杀了。"马尔温惨笑一声,齿间带有酸草叶的红色汁液。"你以为龙是怎么绝种的?拿铁剑的屠龙勇士干的?"他啐了一口,"学城企图构建的世界中没有巫术、预言和玻璃蜡烛的位置,更不用说龙了。你扪心自问,伊蒙•坦格利安早该晋升为博士,为何在长城浪费余生。因为血统。血统导致他不被信任。跟我一样。"

"你打算怎么做?"被称为斯芬克斯的拉蕾萨问。

"我要代替伊蒙去奴隶湾。杀手搭乘的那艘天鹅船对我来说足够了,我毫不怀疑,灰衣绵羊们会派人坐划桨船赶去,但假如风向顺遂,我可以先找到她。"马尔温又皱眉瞥了山姆一眼,"你……你应该留下来铸造颈链。我要是你,会抓紧一切时间,很快,长城上需要你。"他转向脸色苍白的学徒。"给杀手找间干燥的屋子。他先帮你照看乌鸦。"

"可——可——可是,"山姆结结巴巴地说,"其他博士……总管……我怎么跟他们交代?"

"赞美他们的博学和好意;告诉他们,伊蒙把你交给了他们;告诉他们,你一直梦想有一天能戴上颈链,为大人物服务,因为效忠是至高的荣耀,服从是无上的美德。但绝口不提预言或龙,除非你想粥里面被人下毒。"马尔温从门边木闩上取下一件褪色的皮斗篷,牢牢系到身上,"斯芬克斯,照顾好这家伙。"

"好的。"拉蕾萨答应,但博士已离开了。他们听见他的靴子踏着楼梯走下去。

"他去哪儿?"山姆疑惑地问。

"去码头。魔法师向来雷厉风行,痛恨浪费时间。"拉蕾萨微笑,"我向你坦白,山姆,我们并非偶遇,是魔法师派我来找你,抢在你面见席奥博德之前。他知道你来了。"

"他怎么会……?"

拉蕾萨朝玻璃蜡烛点点头。

山姆盯着那奇异苍白的火焰看了一会儿,眨眨眼,将视线移开。

窗外天色越来越黑。

"西塔我的房间下有间空卧室,里面有条楼梯一直通往楼上沃格雷夫的套房," 脸色苍白的年轻人说,"假如你不介意乌鸦聒噪,杀手,可以住那里,平时能欣赏蜜酒河的景色。这样好吗?"

"好吧。"他总得有地方睡。

"我给你拿些羊毛被单。即使是旧镇,石墙在夜里也会变冷的。"

"谢谢。"这个苍白柔弱的年轻人有种古怪的感觉,他不喜欢,但也不想显得无礼,因此补充道,"我不叫杀手。我是山姆。山姆威尔•塔利。"

"我是佩特,"对方说,"照着故事里的猪倌'雀斑'佩特取的名。"

附录

Appendix

附录一　国王们和他们的宫廷

太后摄政王

瑟曦·兰尼斯特一世，【劳勃·拜拉席恩一世国王】之遗孀，前任王后，现任全境守护者，凯岩城公爵夫人，太后摄政王。

——她的孩子：

——长子，【乔佛里·拜拉席恩一世国王】，在婚宴上被毒杀，终年十二岁。

——次女，弥赛菈·拜拉席恩公主，九岁的女孩，目前在阳戟城做道朗·马泰尔亲王的养女。

——三子，托曼·拜拉席恩国王，八岁的小国王。

——他养的猫，突击爵士、胡须小姐和靴子。

——她的兄弟：

——詹姆·兰尼斯特爵士，双胞胎弟弟，外号"弑君者"，御林铁卫队长。

——提利昂·兰尼斯特，外号"小恶魔"，为一侏儒，被指控弑君与弑亲。

——波德瑞克·派恩，提利昂的侍从，十岁的男孩。

——她的其他亲戚：

——凯冯·兰尼斯特爵士，她的叔叔。

——兰赛尔·兰尼斯特爵士，凯冯之长子，她的堂弟，从前是劳勃国王的侍从和瑟曦的情人，现被提拔为戴瑞城伯爵。

——【威廉·兰尼斯特】，凯冯之次子，在奔流城被谋害。

——马丁·兰尼斯特，凯冯之三子，威廉的孪生兄弟，侍从。

——珍娜，凯冯之四女，三岁的女孩。

——吉娜夫人，她的姑妈，嫁给艾蒙·佛雷爵士。

——他们的儿子：

——【克里奥·佛雷爵士】，长子，被土匪杀害。

——泰温·佛雷，小名"泰"，克里奥之长子。

——威廉·佛雷，克里奥之次子，侍从。

——莱昂诺·佛雷爵士，次子。

——【提恩·佛雷】，三子，在奔流城被谋害。

——瓦德·佛雷，四子，在凯岩城担任侍从，外号"红瓦德"。

——提瑞克·兰尼斯特，瑟曦的表弟，其先父为【提盖特爵士】。

——艾弥珊德·哈佛夫人，他还在襁褓中的妻子。

——杰依·希山，瑟曦的堂妹，其先父为【吉利安】，十一岁的女孩。

——莎琳娜·兰尼斯特，瑟曦的表妹，其先父为【史戴佛·兰尼斯特爵士】，瑟曦之舅。

——蜜莉儿·兰尼斯特，瑟曦的表妹，莎琳娜的双胞胎妹妹，其先父为【史戴佛·兰尼斯特爵士】，瑟曦之舅。

——达冯·兰尼斯特爵士，瑟曦的表弟，其先父为【史戴佛·兰尼斯特爵士】，瑟曦之舅。

——达米昂·兰尼斯特爵士，她的远房叔叔，娶了克雷赫家族的西蕊夫人。

——他的儿子，卢西昂·兰尼斯特爵士。

——他的女儿，拉娜，嫁给安塔诺·贾斯特伯爵。

——托曼国王的御前会议：
　　——【泰温·兰尼斯特公爵】，御前首相。
　　——詹姆·兰尼斯特爵士，御林铁卫队长。
　　——凯冯·兰尼斯特爵士，法务大臣。
　　——瓦里斯伯爵，太监，外号"八爪蜘蛛"，情报总管。
　　——派席尔大学士，顾问和医师。
　　——梅斯·提利尔公爵、马图斯·罗宛伯爵和派克斯特·雷德温伯爵，皆为顾问。

——托曼的御林铁卫：
　　——詹姆·兰尼斯特爵士，御林铁卫队长。
　　——马林·特兰爵士。
　　——柏洛斯·布劳恩爵士，起初被驱逐，后又复职。
　　——巴隆·史文爵士。
　　——奥斯蒙·凯特布莱克爵士。
　　——洛拉斯·提利尔爵士，外号"百花骑士"。
　　——【亚历斯·奥克赫特爵士】，派往多恩领保护弥赛菈公主。

——她在君临城的部属与宫廷成员：
　　——乔斯琳·史威佛，她的贴身女伴。
　　——塞蕾娜与多卡莎，她的女仆。
　　——鲁姆、"红脸"利斯特、普肯斯、"马腿"霍克与短耳，皆为兰尼斯特亲兵。

——玛格丽•提利尔王后，十六岁的处女，曾先后嫁给【乔佛里•拜拉席恩一世国王】和【蓝礼•拜拉席恩公爵】。
　　——玛格丽在君临的小宫廷：
　　　　——梅斯•提利尔，高庭公爵，她的父亲。
　　　　——海塔尔家族的艾勒莉夫人，她的母亲。
　　　　——雷德温家族的奥莲娜夫人，她的祖母，老迈的寡妇，外号"荆棘女王"。
　　　　　　——艾里克和阿里克，奥莲娜夫人的孪生护卫，被称为左手和右手。
　　　　——加兰•提利尔爵士，她的二哥，外号"勇武的"加兰。
　　　　　　——他的夫人，佛索威家族的莱昂妮。
　　　　——洛拉斯•提利尔爵士，她的三哥，外号"百花骑士"，为御林铁卫成员。
　　　　——派克斯特•雷德温，青亭岛伯爵。
　　　　　　——霍拉斯•雷德温爵士与霍柏•雷德温爵士，他的孪生子。
　　　　　　——巴拉拔学士，他的医师。
　　　　——马图斯•罗宛，金树城伯爵。
　　　　——威廉•韦斯尔爵士，玛格丽的侍卫队长。
　　　　　　——修夫•克莱夫顿，一名英俊的卫兵。
　　　　——波提菲•伍德怀特爵士和卢坎迪•伍德怀特爵士兄弟二人。
　　——奥斯佛利•凯特布莱克爵士，御林铁卫奥斯蒙•凯特布莱克爵士之二弟。

——奥斯尼·凯特布莱克爵士，御林铁卫奥斯蒙·凯特布莱克爵士之幼弟。
——格雷果·克里冈爵士，外号"魔山"，因致命的毒药而奄奄一息，痛苦无比。
——亚当·马尔布兰爵士，都城守备队（金袍子）队长。
——贾拉巴·梭尔，红花谷岛王子，从盛夏群岛放逐。
——【盖尔斯·罗斯比】，罗斯比城伯爵，被咳嗽病困扰。
——奥顿·玛瑞魏斯，长桌厅伯爵。
　　——他的妻子，密尔的坦妮娅。
——坦妲·史铎克渥斯，史铎克渥斯堡伯爵夫人。
　　——法丽丝，她的长女和继承人，嫁给巴尔曼·拜奇爵士。
　　——洛丽丝，她的幼女，弱智，被强暴后怀了孩子。
　　　　——黑水的波隆爵士，洛丽丝的丈夫，以前是佣兵。
　　　　——【雪伊】，洛丽丝的侍女，在泰温公爵的床上被扼死。
　　——法兰肯学士，她的医师和顾问。
——伊林·派恩爵士，御前执法官，刽子手。
　　——雷纳佛·伟维水，红堡地牢长官。
　　　　——罗根，红堡地牢的下层看守。
——火术士哈林伯爵，炼金术士公会的智者。
——纳霍·第米提斯，布拉佛斯铁金库的使节。
——科本，研究死灵术的前学士，被学城驱逐后曾加入勇士团。
——月童，国王的小丑兼弄臣。

——马克·穆伦道尔爵士，在黑水河一役中失去了他的猴子与半只胳膊。
——奥雷恩·维水，潮头岛的私生子。
——亚历山大·史戴蒙伯爵，外号"拜金伯爵"。
——罗兰·克林顿爵士，外号"红罗兰"，鹰巢堡的骑士。
——蓝柏特·特拔瑞爵士、雨林的德莫特爵士、"高个"塔拉德爵士、拜亚德·诺科斯爵士、"好人"博尼佛·哈斯提爵士和雨果·凡斯爵士，皆为效忠铁王座的骑士。
——"壮猪"李勒·克雷赫爵士、埃林·斯脱克皮爵士、"没胡子"琼恩·本特利爵士、史提夫伦·史威佛爵士和亨佛利·史威佛爵士，皆为效忠凯岩城的骑士。
——乔斯敏·派克顿，侍从，为黑水河战役中涌现的英雄。
——加列特·培吉和卢·派伯，皆为人质和侍从。

——君临城内的形色人等：
——总主教，教会之父，七神之音，一位年老体衰的人。
——雷那德修士、托伯特修士、奥利多修士和卢琛修士，皆为大主教，在贝勒大圣堂中侍奉七神。
——"麻雀"，卑微的普通信徒，但信仰坚定。
——莎塔雅，一家名妓院的所有者。
——她的女儿，爱拉雅雅。
——丹晰，玛丽，皆为她手下的妓女。
——贝蕾娜，曾是珊莎·史塔克夫人的侍女。

——托布·莫特，武器大师。
——"琴手"哈米西，为一年老的歌手。
——伊森人阿里克，为一周游世界的歌手。
——渥特，歌手，自称"蓝诗人"。
——西奥多·威尔斯爵士，一名虔诚的骑士，后来改名"真实的"西奥多爵士。

托曼国王的旗帜是拜拉席恩家族金底黑色的宝冠雄鹿与兰尼斯特家族红底金色的怒吼雄狮相结合。

长城上的王

史坦尼斯•拜拉席恩一世，史蒂芬•拜拉席恩公爵和伊斯蒙家族的卡珊娜夫人所生之次子，前龙石岛公爵，自立为维斯特洛七大王国的国君。

——他的王后，佛罗伦家族的**赛丽丝**，留守东海望。

——他们的独生女，**希琳公主**，十一岁的女孩。

——**补丁脸**，她的弱智弄臣。

——他的私生侄儿，**艾德瑞克•风暴**，十二岁的男孩，为【劳勃国王】与狄丽娜•佛罗伦夫人所生之私生子，目前乘疯狂普兰多号出走狭海。

——**杰拉德•高尔爵士**、**"渔妇"林斯**、**符山城的崔斯顿爵士**和**欧麦•布莱伯利**，皆为王党成员，艾德瑞克的保护者。

——他在黑城堡的宫廷：

——亚夏的**梅丽珊卓夫人**，称为"红袍女"，光之王拉赫洛的祭司。

——**曼斯•雷德**，塞外之王，目前是被判处死刑的俘虏。

——曼斯•雷德未命名的新生儿，为【妲娜】所生，被称为"野人王子"。

——此子的乳母，**吉莉**，一野人女孩。

——吉莉之子，同样未命名，其父为吉莉之父【卡斯特】。

——**里查德•霍普爵士**、**朱斯丁•马赛爵士**、克拉顿·宋格爵士、"巨人杀手"高迪·法林爵士、海伍德·费尔伯爵和科里斯·彭尼爵士，皆为后党成员。
——戴冯·席渥斯与拜兰·法林，史坦尼斯的侍从。

——他在东海望的宫廷：
——戴佛斯·席渥斯爵士，外号"洋葱骑士"，雨林伯爵，狭海舰队司令，御前首相。
——亚赛尔·佛罗伦爵士，赛丽丝王后的叔叔，后党领袖。
——萨拉多·桑恩，海盗和雇佣舰队的头子，瓦雷利亚号船长，统率着一支里斯划桨船舰队。

——他留在龙石岛的部队：
——罗兰德·风暴爵士，夜歌城的私生子，王党成员，龙石岛代理城主。
——派洛斯学士，顾问、医师和家教。
——"麦片粥"和"鳗鱼"，皆为狱卒。

——效忠龙石岛的诸侯：
——蒙特里·瓦列利安，六岁的男孩，"潮汐之王"，潮头岛伯爵。
——杜兰·巴尔艾蒙，十五岁的男孩，尖角伯爵。

——他在风息堡的部队：
——吉尔伯特·法林爵士，风息堡代理城主。
——埃伍德·梅斗伯爵，法林爵士的副手。

——朱纳学士，顾问和医师。

——效忠风息堡的诸侯：
　　——埃尔顿·伊斯蒙，绿石城伯爵，为史坦尼斯之叔，托曼国王的舅公，同时结好于两面。
　　　　——伊蒙·伊斯蒙爵士，埃尔顿的儿子和继承人，身在君临，为托曼国王所喜。
　　　　　　——埃林·伊斯蒙爵士，伊蒙的儿子，身在君临，为托曼国王所喜。
　　——洛马斯·伊斯蒙爵士，为埃尔顿之弟，史坦尼斯之舅，身在风息堡，支持史坦尼斯。
　　　　——安德鲁·伊斯蒙爵士，洛马斯爵士的儿子，在狭海上保护艾德瑞克·风暴。
　　——利斯特·莫里根，鸦巢城伯爵。
　　——卢科斯·齐特林伯爵，外号"小卢科斯"，十六岁的青年。
　　——戴佛斯·席渥斯，雨林伯爵。
　　　　——【戴尔】、【阿拉德】、【马索斯】、【马利克】，戴佛斯的四名年长的儿子，皆于黑水河战役中阵亡。
　　——戴冯，史坦尼斯国王的侍从。
　　——史坦尼斯，十岁的男孩，陪伴玛瑞亚夫人在风怒角。
　　——史蒂芬，六岁的男孩，陪伴玛瑞亚夫人在风怒角。

　　史坦尼斯国王的旗帜是光之王的烈焰红心，淡黄底色中央有橙色的火焰环绕着一颗红心，心脏中央绣有拜拉席恩家族黑色的宝冠雄鹿。

群屿与北境之王

派克岛的葛雷乔伊家族自称英雄纪元时代的"灰海王"后裔。传说灰海王不仅掌有整片汪洋,还娶人鱼为妻。龙王伊耿灭绝了末代铁群岛国王的世系,并允许残余的铁岛诸侯恢复古老习俗,自行选择领袖。他们选择了派克岛的维肯·葛雷乔伊头领。

葛雷乔伊家的标记是一片黑海上的一只金色海怪,他们的族语是"强取胜过苦耕"。

巴隆·葛雷乔伊针对铁王座的第一次叛乱被【劳勃·拜拉席恩一世国王】与艾德·史塔克公爵共同镇压了下去,在劳勃死后的乱局中,巴隆大王再竖反旗,并派船偷袭北境。

【巴隆·葛雷乔伊九世】,血脉承袭自灰海王,自称铁群岛之王和北境之王,海盐王与磐岩王,海风之子,派克岛掠夺者之首,坠海而亡。

——他的王后,哈尔洛家族的**亚拉妮丝**,现为寡妇。
 ——他们的子女:
  ——【罗德利克】,长子,巴隆第一次叛乱期间战死于海疆城。
  ——【马伦】,次子,巴隆第一次叛乱期间战死于派克城。
  ——阿莎,三女,黑风号船长,深林堡的征服者。
  ——席恩,幼子,自封为临冬城亲王,北境人称他为"变色龙"席恩。

——他的兄弟:

——【哈龙】，少年时代死于灰鳞病。
——【昆顿】，婴儿时代早夭。
——【唐纳尔】，婴儿时代早夭。
——攸伦，外号"鸦眼"，宁静号船长。
——维克塔利昂，铁岛舰队总司令，无敌铁种号船长。
——【乌尔刚】，因伤口感染而死。
——伊伦，外号"湿发"，为一侍奉淹神的僧侣。
　　——鲁斯和诺京，他手下的侍僧，被称为"淹人"。
——【罗宾】，婴儿时代早夭。

——他在派克城的部属：
　　——温达米尔学士，顾问和医者。
　　——海莉亚，派克城总管。

——他麾下的军官和武士：
　　——达格摩，外号"裂颚"，豪饮号船长，现指挥留在托伦方城的铁民。
　　——蓝牙，为一长船的船长。
　　——乌勒，斯基特，桨手和战士。

——在老威克岛的选王会上对海石之位提出要求的头领：
　　——吉尔伯特·法温，孤灯堡头领。
　　　　——他的助手：盖尔斯、尤根和约恩，皆为他的儿子。
　　——艾里·艾枚克，也被称为"破砧者"艾里和"公正的"艾里，一位老人，曾是著名的船长和掠夺者。

——他的助手：乌克、托莫尔和达衮，皆为他的孙子。
—邓斯坦·卓鼓，外号"骨手"，老威克岛头领。
——他的助手：他的儿子，丹尼斯和唐纳；"不苟言笑的"阿德利克，一名巨人般的战士。
—维克塔利昂，巴隆之弟，铁岛舰队总司令，无敌铁种号船长。
——他的助手："跛子"拉弗、红拉弗·斯通浩斯和"理发师"纽特。
——他的支持者：何索·哈尔洛、艾文·夏普、"强健的"弗拉莱格、罗姆尼·维纺、威尔·汉博利、小伦伍德·陶尼、拉弗·肯宁、马伦·沃马克和葛欧得·古柏勒。
——他的船员，"单耳"沃费和拉格诺·派克。
——他的床伴，一位深色皮肤的女人，是个没舌头的哑巴，为其兄攸伦的礼物。
—阿莎·葛雷乔伊，巴隆·葛雷乔伊唯一确认在世的后嗣，黑风号船长。
——她的斗士："少女"科尔，特里斯蒂芬·波特利和赫拉斯·哈尔洛爵士。
——她的支持者：罗德利克·哈尔洛头领、贝勒·布莱克泰斯头领、梅德瑞德·梅林伯爵和哈穆德·夏普。
—攸伦，外号"鸦眼"，巴隆之弟，宁静号船长。
——他的助手：吉蒙德·波特利、橡岛的奥克伍头领和唐诺·苏克利夫。

——他的支持者："褐牙"托沃德、"长脸"琼恩·密瑞、"自由民"罗德利克、"红桨手"、"左手"卢卡斯·考德、科伦·汉博利、"半血霍尔"赫伦、"杂种"克梅特·派克、"奴工"科尔、"石手"、"牧羊人" 拉弗和君王港的拉弗。

——他的船员，克莱贡。

——巴隆的下属，铁群岛的头领们：
——在君王港：
　——【沙汶·波特利】，君王港头领，被"鸦眼"攸伦淹死。
　　——【赫伦·波特利】，沙汶的长子，战死在卡林湾。
　　——特里斯蒂芬·波特利，沙汶的次子和继承人，但被其叔驱逐。
　　——赛蒙、哈龙、维肯和本利昂，皆为沙汶的儿子，同样被其叔驱逐。
　　——吉蒙德·波特利，沙汶的弟弟，自立为君王港头领。
　　　——巴隆和科伦，吉蒙德的儿子。
　　——萨贡与卢西莫，沙汶的同父异母兄弟。
　　　——威克斯，十二岁的哑巴男孩，萨贡的私生子，席恩·葛雷乔伊的侍从。

——瓦尔顿·温奇,铁林城头领。

——在哈尔洛岛:

——罗德利克·哈尔洛,外号"读书人",十塔城头领,哈尔洛岛的哈尔洛。

——关妮丝夫人,罗德利克的姐姐。
——亚拉妮丝夫人,罗德利克的妹妹,国王巴隆·葛雷乔伊留下的寡妇。

——西格弗里德·哈尔洛,外号"银发",哈尔洛厅的主人,为罗德利克的叔公。

——何索·哈尔洛,外号"驼背",闪光塔头领,为罗德利克的表亲。

——赫拉斯·哈尔洛爵士,外号"骑士",灰园堡头领,为罗德利克的表亲。

——博蒙德·哈尔洛,外号"蓝衣",赫利丹岭的主人,为罗德利克的表亲。

——罗德利克的武士与封臣:

——马伦·沃马克,沃马克城头领。
——密瑞家族、斯通垂家族和肯宁家族。

——罗德利克的部属:

——"三颗牙",管家,一名老妪。

——在黑潮岛:

——贝勒·布莱克泰斯,黑潮岛头领,夜行者号船长。
——盲人贝隆·布莱克泰斯,为一淹神的牧师。

——在老威克岛:

——邓斯坦·卓鼓，老威克岛头领，雷霆号船长。
——纽恩·古柏勒，碎石堡头领。
——斯通浩斯家族。
——塔勒，外号"三淹人"，为一淹神的牧师。
——在大威克岛：
——葛欧得·古柏勒，战捶角头领。
——葛雷顿、葛蓝和葛蒙德，他的三胞胎儿子。
——洁西拉和洁温，他的女儿
——莫伦莫学士，顾问、医师和家教。
——崔斯顿·法温，海豹皮角头领。
——斯帕头领。
——斯塔法伦·斯帕，他的儿子与继承人。
——梅德瑞德·梅林，卵石镇伯爵。

——在橡岛：
——橡岛的奥克伍家族。
——陶尼头领。

——在盐崖岛：
——唐诺·苏克利夫头领。
——桑德利头领。

——在其他小岛：
——吉尔伯特·法温，孤灯堡头领。
——"老灰鸥"，为一淹神的牧师。

大小家族

艾林家族

艾林家族袭自古老的山脉和谷地之王。他们的家徽是以天蓝为底的一弯白色新月和猎鹰。艾林家族没有参加"五王之战",他们的族语是"高如荣誉"。

劳勃·艾林,鹰巢城公爵,艾林谷的守卫者,被他母亲称为真正的东境守护,一名体弱多病的八岁男孩,小名唤作"乖罗宾"。

——他的母亲,【徒利家族的莱莎夫人】,为前首相【琼恩·艾林公爵】遗孀,被推出月门摔死。
——他的继父,培提尔·贝里席,外号"小指头",赫伦堡公爵,三叉戟河流域总督,峡谷守护者。
  ——阿莲·石东,培提尔公爵的私生女,十三岁的处女,实际上是珊莎·史塔克。
  ——罗索·布伦爵士,为培提尔公爵效命的佣兵,鹰巢城侍卫队长。
  ——奥斯威尔,为培提尔公爵效命的战士,头发斑白,为凯特布莱克一家的家主。
——他在鹰巢城的部属:
  ——马瑞里安,漂亮的年轻歌手,深得莱莎夫人宠爱,现被控谋杀莱莎夫人。
  ——柯蒙学士,顾问、医师和家教。
  ——莫德,一位残暴的、有黄金假牙的狱卒。
  ——玛迪、吉思尔和美拉,皆为女仆。

——他的封臣，谷地诸侯们：
  ——奈斯特·罗伊斯男爵，艾林谷最高总管，月门堡代理城主。
    ——艾尔拔·罗伊斯爵士，他的儿子和继承人。
    ——米兰达，小名"兰达"，他的女儿，一名没和丈夫做爱就成了寡妇的寡妇。
  ——他的部属：
    ——马文·贝尔摩爵士，侍卫队长。
    ——米亚·石东，管骡人和向导，为【劳勃·拜拉席恩一世国王】的私生女。
    ——奥斯和卡罗特，管骡人。
——莱昂诺·科布瑞，心宿城伯爵。
  ——林恩·科布瑞爵士，莱昂诺的二弟和继承人，拥有名剑"空寂女士"。
  ——卢卡斯·科布瑞爵士，莱昂诺的幼弟。
——琼恩·林德利，蛇木城伯爵。
  ——泰伦斯·林德利，他的儿子和继承人，年轻的侍从。
——艾德蒙·魏克利，烛穴城伯爵。
——杰洛·格拉夫森，海鸥镇伯爵。
  ——盖尔斯·格拉夫森，杰洛的幼子，一名侍从。
——崔斯顿·桑德兰，三姐妹群岛侯爵。
  ——高德瑞奇·波内尔，甜姐岛伯爵。
  ——罗兰德·朗多普，长姐岛伯爵。
  ——亚历山多·托伦特，小姐岛伯爵。

——公义者同盟，联合起来声明维护小劳勃公爵利益的艾林家诸侯：

——约恩·罗伊斯，外号"青铜约恩"，符石城伯爵，为罗伊斯家族本家的家主。
　　——他的唯一幸存的儿子，同时也是符石城的继承人，安答·罗伊斯爵士。
　——他的部属：
　　　　——亨威格学士，顾问、医师和家教。
　　　　——卢科斯修士。
　　　　——山姆·石东，外号"强壮的"，教头。
　　　　——罗伊斯·寇瓦特，水火城男爵。
　　　　——达蒙·谢特爵士，海鸥塔的骑士。
　　　　——乌瑟·托勒特，灰谷城男爵。
——安雅·韦伍德伯爵夫人，一位寡妇。
　——莫顿·韦伍德爵士，安雅的长子和继承人。
　——唐纳尔·韦伍德爵士，安雅的次子，血门骑士。
　——威利斯·韦伍德，安雅的幼子。
　——哈罗德·哈顿，安雅的养子，目前为侍从，被称为"继承人哈利"。
　——本内达·贝尔摩，洪歌城伯爵。
　——赛蒙·坦帕顿，九星城的骑士。
　——【伊恩·杭特】，长弓厅伯爵，最近突然暴病身亡。
　　　——杰伍德·杭特，伊恩的长子和继承人，外号"小杭特"。
　　　——小杭特的部属：
　　　　　——威廉学士，瓦德·佛雷侯爵的二十一子，顾问、医师和家教。

——尤斯塔斯·杭特爵士，伊恩的次子。
　　——哈兰·杭特爵士，伊恩的幼子。
——**霍顿·雷德佛**，红垒伯爵，曾三度结婚。
　　——贾斯皮·雷德佛爵士、克雷顿·雷德佛爵士和琼恩·雷德佛爵士，皆为霍顿的儿子。
　　——米歇尔·雷德佛，霍顿的幼子，刚刚成为骑士，娶了符石城的雅西娜·罗伊斯。

——明月山脉的原住民：
　　——石鸦部的多夫之子**夏嗝**，现在御林里当土匪。
　　——灼人部的提魅之子**提魅**。
　　——黑耳部的齐克之女**齐拉**。
　　——月人部的克罗之子**克劳恩**。

佛罗伦家族

亮水城的佛罗伦家族本是高庭的封臣。在"五王之战"初期，艾利斯特·佛罗伦伯爵站在他的封君提利尔公爵一边，为蓝礼国王而战，而他的兄弟亚赛尔·佛罗伦爵士则选择了史坦尼斯国王。两兄弟的侄女赛丽丝是史坦尼斯国王的王后。蓝礼死后，艾利斯特伯爵率全族倒向史坦尼斯国王，史坦尼斯封他为御前首相，并将舰队指挥权交给了他的侄子伊姆瑞·佛罗伦爵士。黑水河战役中，舰队与伊姆瑞·佛罗伦爵士玉石俱焚，艾利斯特伯爵企图展开和平谈判，结果被史坦尼斯国王视为叛逆。史坦尼斯国王将他给了红袍女祭司梅丽珊卓，后者则把他活活烧死，献祭于拉赫洛。

另一方面，铁王座因为佛罗伦家族支持史坦尼斯发动叛乱，剥夺了他们的领地与头衔，亮水城及其领有的土地被转封给加兰·提利尔爵士。

佛罗伦家族的家徽是一圈鲜花围绕着狐狸脑袋。

【艾利斯特·佛罗伦】，前亮水城伯爵，因叛国罪被烧死。
——他的夫人，克连恩家族的梅拉雅。
　　——他们的子女：
　　　　——阿勒肯·佛罗伦，被剥夺了亮水城伯爵的头衔，目前逃往旧镇求庇于海塔尔家族。
　　　　——梅丽莎夫人，嫁与蓝道·塔利伯爵。
　　　　——雷娅夫人，嫁与雷顿·海塔尔伯爵。
——他的手足：
　　——亚赛尔·佛罗伦爵士，后党首领，先在东海望的赛丽丝王后身边。

——【莱安·佛罗伦爵士】，因坠马事故而死。
　　——他的女儿，赛丽丝王后，嫁给史坦尼斯·拜拉席恩一世国王。
　　　　——他们的独生女，希琳·拜拉席恩公主。
　　——他的长子，【伊姆瑞·佛罗伦爵士】，在黑水河一役中战死。
　　——他的次子，伊伦·佛罗伦爵士，目前被关押于高庭。
——柯林·佛罗伦爵士，亮水城代理城主。
　　——他的女儿，狄丽娜夫人，嫁给霍斯曼·诺科斯爵士。
　　　　——她的子女：
　　　　　　——艾德瑞克·风暴，与【劳勃·拜拉席恩一世国王】所生的私生子。
　　　　　　——与霍斯曼爵士所生之长子，艾利斯特·诺科斯，九岁的男孩。
　　　　　　——与霍斯曼爵士所生之次子，蓝礼·诺科斯，三岁的男孩。
　　——他的长子，欧麦学士，在古橡城服务。
　　——他的次子，梅瑞尔·佛罗伦，在青亭岛做侍从。
——蕾拉妮夫人，嫁给理查德·克连恩爵士。

佛雷家族

佛雷家虽是徒利家族的封臣，但履行义务却从不积极。"五王之战"爆发时，罗柏·史塔克以迎娶瓦德·佛雷的女儿或孙女为代价，赢得了佛雷家族的支持。当他转而娶了简妮·维斯特林之后，佛雷家便和卢斯·波顿一起密谋，在婚宴上谋杀了少狼主及其追随者，这次婚礼也因之被称为"红色婚礼"。

瓦德·佛雷，河渡口领主，李河城侯爵。
——他的第一任夫人，罗伊斯家族的【皮雅】。
　　——他们的子女：
　　　　——【**史提夫伦·佛雷爵士**】，长子，死于牛津之战。
　　　　　　——他的第一任夫人，史文家族的【科萝妮】，因慢性疾病而死。
　　　　——他们的子女：
　　　　　　——**莱曼爵士**，史提夫伦的长子，李河城继承人。
　　　　　　　　——他的长子，艾德温·佛雷。
　　　　　　　　　　——他的夫人，杭特家族的简茜。
　　　　　　　　　　——他们的女儿，**瓦妲·佛雷**，九岁。
　　　　　　　　——他的次子，**瓦德·佛雷**，外号"黑瓦德"。
　　　　　　　　——他的三子，【**培提尔·佛雷**】，外号"疙瘩脸"。在荒石城被土匪吊死。

——他的夫人，卡伦家族的米兰塔。

——他们的女儿，皮雅·佛雷，五岁。

——他的第二任夫人，莱顿家族的【简妮】，死于坠马。

——他们的子女：

——【伊耿·佛雷】，史提夫伦的次子，外号"铃铛响"，被凯特琳·史塔克在红色婚礼上杀死。

——【玛格娜】，史提夫伦的三女，死于生产。

——她的丈夫，迪冯·凡斯爵士。

——他们的女儿，玛蕊莲·佛雷，未嫁之处女。

——他们的长子，瓦德·凡斯，现为侍从。

——他们的次子，派崔克·凡斯。

——他的第三任夫人，韦伍德家族的【马塞娜】，死于生产。

——他们的子女：

——沃顿·佛雷，史提夫伦的四子。

——他的夫人，哈顿家族的狄娜。

——他们的长子，史提夫伦·佛雷，外号"甜心"。

——他们的次女，瓦妲·佛雷，外号"美女瓦妲"。

——他们的三子，布赖恩·佛雷，一名侍从。
——艾蒙·佛雷爵士，次子。
　——他的夫人，兰尼斯特家族的吉娜。
　——他们的子女：
　　——【克里奥·佛雷爵士】，长子，被土匪杀害于女泉城附近。
　　　——他的夫人，戴瑞家族的简妮。
　　　——他们的长子，泰温·佛雷，十二岁的侍从。
　　　——他们的次子，威廉·佛雷，在烙印城当侍酒，十岁。
　　——莱昂诺·佛雷爵士，次子。
　　　——他的夫人，克雷赫家族的梅珊。
　　——【提恩·佛雷】，三子，侍从，身为俘虏被瑞卡德·卡史塔克杀害于奔流城。
　　——瓦德·佛雷，四子，十四岁，在凯岩城担任侍酒，外号"红瓦德"。
——伊尼斯·佛雷爵士，三子。
　——他的夫人，威尔德家族的【泰娜】，死于生产。
　——他们的子女：
　　——伊耿·佛雷，长子，落草为寇，外号"浴血伊耿"。
　　——雷加·佛雷，次子。
　　　——他的夫人，毕斯柏里家族的【简妮】，因慢性疾病而死。

——他们的长子，劳勃·佛雷，
　　　　十三岁的少年。
　　　——他们的次女，瓦妲·佛雷，
　　　　十一岁，外号"白瓦妲"。
　　　——他们的三子，杰诺斯·佛
　　　　雷，八岁的男孩。
——派娅妮夫人，四女。
　　——她的丈夫，勒斯林·海伊爵士。
　　——他们的子女：
　　　——哈瑞斯·海伊爵士，长子。
　　　　——他的儿子，瓦德·海伊，五
　　　　　岁。
　　　——唐纳尔·海伊爵士，次子。
　　　——埃林·海伊，一名侍从。

——他的第二任夫人，史文家族的【赛蕊妮】。
　——他们的子女：
　　——杰瑞·佛雷爵士，五子。
　　　——他的夫人，佛雷家族的【亚丽】。
　　——他们的子女：
　　　——【泰陀斯·佛雷爵士】，长
　　　　子，红色婚礼时被桑铎·克里冈所
　　　　杀。
　　　　——他的夫人，班树家族的佐娜。
　　　　——他们的女儿，佐妮·佛雷，
　　　　　十四岁的处女。

- ——他们的儿子，赞奇·佛雷，十二岁的少年，献身于教会，目前在旧镇的圣堂受训。
- ——凯拉，次女。
  - ——她的丈夫，【高斯·古柏克爵士】，红色婚礼时被杀。
  - ——他们的儿子，瓦德·古柏克，九岁的男孩。
  - ——他们的女儿，简妮·古柏克，六岁的女孩。
- ——卢琛修士，六子，在君临的贝勒大圣堂工作。

- ——他的第三任夫人，克雷赫家族的【阿梅丽】。
  - ——他们的子女：
    - ——霍斯丁·佛雷爵士，七子。
      - ——他的夫人，哈维克家族的贝娜娜。
      - ——他们的子女：
        - ——阿伍德·佛雷爵士，儿子。
          - ——他的夫人，蕾娅娜·罗伊斯。
          - ——他们的长女，蕾娅娜·佛雷，五岁。
          - ——他们的双胞胎儿子，安德鲁·佛雷和艾林·佛雷，皆为四岁。
          - ——他们的四女，霍斯娜，刚出生的婴儿。

——丽丝妮夫人，八女。
　　——她的丈夫，卢科斯•瓦尔平伯爵。
　　——他们的子女：
　　　　——爱亚娜•瓦尔平，长女。
　　　　　　——她的丈夫，琼恩•威尔德爵士。
　　　　　　——他们的儿子，里查•威尔德，四岁。
　　　　——达蒙•瓦尔平爵士，次子。
——赛蒙•佛雷，九子。
　　——他的夫人，布拉佛斯的贝罗丝。
　　——他们的子女：
　　　　——亚历山大•佛雷，长子，一名歌手。
　　　　——艾茜•佛雷，次女，十七岁的处女。
　　　　——巴达摩•佛雷，三子，十岁的男孩，目前在布拉佛斯巨商奥罗•特德丢斯处做养子。
——丹威尔•佛雷爵士，十子。
　　——他的夫人，河安家族的维纳芙。
　　——（他们有很多夭折和流产的子女）
——【梅里•佛雷】，十一子，被吊死于荒石城。
　　——他的夫人，戴瑞家族的玛丽亚。
　　——他们的子女：

——阿蕊丽，小名"阿丽"。
　　——她的前夫，蓝叉河的【佩特爵士】，被格雷果·克里冈爵士杀死。
——瓦妲·佛雷，二女，外号"胖子瓦妲"。
　　——她的丈夫，卢斯·波顿，恐怖堡公爵。
——玛瑞莎·佛雷，三女，十三岁的处女。
——瓦德·佛雷，四子，八岁的男孩，外号"小瓦德"，目前担任拉姆斯·波顿的侍从。

——【杰曼·佛雷爵士】，十二子，淹死。
　——他的夫人，韦伍德家族的卡萝琳。
　——他们的子女：
　　——桑铎·佛雷，长子，十二岁，侍从。
　　——茜丝·佛雷，次女，九岁，现在安雅·韦伍德伯爵夫人处当养女。
——雷蒙德·佛雷爵士，十三子。
　——他的夫人，毕斯柏里家族的布琳。
　——他们的子女：
　　——劳勃·佛雷，长子，现为学城的助理学士。
　　——马拉万·佛雷，次子，现在里斯的炼金术士处当学徒。

　　　　——西拉·佛雷和撒拉·佛雷，双胞胎女儿。
　　　　——瑟曦·佛雷，外号"小蜜蜂"。
　　　　——詹姆·佛雷与泰温·佛雷，双胞胎儿子，刚刚出生。

——他的第四任夫人，布莱伍德家族的【阿莱莎】。
　——他们的子女：
　　——罗索·佛雷，十四子，外号"跛子罗索"。
　　　——他的夫人，莱佛德家族的【莱昂娅】。
　　　——他们的子女：
　　　　——泰珊·佛雷，长女，七岁的女孩。
　　　　——瓦妲·佛雷，次女，五岁的女孩。
　　　　——恩蓄莉·佛雷，三女，三岁的女孩。
　　——杰莫斯·佛雷爵士，十五子。
　　　——他的夫人，培吉家族的莎蕾。
　　　——他们的子女：
　　　　——瓦德·佛雷，长子，八岁，外号"大瓦德"，目前担任拉姆斯·波顿的侍从。
　　　　——狄肯·佛雷和马图斯·佛雷，次子和三子，双胞胎，皆为五岁。
　　——惠伦·佛雷爵士，十六子。
　　　——他的夫人，培吉家族的索娃。
　　　——他们的子女：
　　　　——霍斯特·佛雷，长子，十二岁的男孩，目前是达蒙·培吉爵士的侍从。

——美瑞娜•佛雷，次女，十一岁的女孩，小名"美蕊"。
——莫雅夫人，十七女。
　——她的丈夫，佛列蒙•布拉克斯爵士。
　——他们的子女：
　　——劳勃•布拉克斯，长子，九岁的男孩，现在凯岩城当侍酒。
　　——瓦德•布拉克斯，次子，六岁的男孩。
　　——琼恩•布拉克斯，三子，三岁的婴儿。
——坦雅•佛雷，十八女，二十九岁的处女，外号"处女坦雅"。

——他的第五任夫人，河安家族的【莎娅】。
　——他们之间没有后代流传。

——他的第六任夫人，罗斯比家族的【蓓珊妮】。
　——他们的子女：
　　——派温•佛雷爵士，十九子。
　　——【本佛雷•佛雷爵士】，二十子，因红色婚礼上所受的伤感染致死。
　　　——他的夫人，佛雷家族的乔安娜，亦为他的表亲。
　　　——他们的子女：
　　　　——妲拉•佛雷，长女，三岁的女孩，外号"聋子妲拉"。

　　　　——奥斯蒙·佛雷,次子,两岁的婴儿。
　——威廉学士,二十一子,在长弓厅服务。
　——奥利法·佛雷爵士,二十二子,曾为罗柏·史塔克的侍从。
　——萝丝琳·佛雷,二十三女。
　　　——她的丈夫,艾德慕·徒利公爵。

——他的第七任夫人,法林家族的【安娜娜】。
　——他们的子女:
　　　——艾雯·佛雷,二十四女,十四岁的处女。
　　　——文德尔·佛雷,二十五子,十三岁的男孩,目前在海疆城当侍酒。
　　　——科马·佛雷,二十六子,已许给教会,十一岁的男孩。
　　　——瓦提尔·佛雷,二十七子,十岁的男孩,小名"提尔"。
　　　——艾尔玛·佛雷,二十八子,九岁的男孩,曾短暂地许婚给艾莉亚·史塔克。
　　　——希琳·佛雷,二十九女,六岁的女孩。

——他的第八任夫人,恩佛德家族的乔苏珊。
　——已经怀孕。

——他的私生子们,为其他形色女人所生。
　　——瓦德·河文,外号"杂种瓦德"。

——他的长子，伊蒙·河文爵士。

——他的女儿，瓦姐·河文。

——梅瓦学士，在罗斯比城服务。

——简妮·河文、马丁·河文、莱格·河文、朗诺尔·河文、梅拉萝·河文等等。

海塔尔家族

旧镇的海塔尔家族作为维斯特洛最古老最骄傲的几大贵族之一，血脉可以一直追溯到先民。在黎明之纪元，他们曾经称王，君临旧镇及其附近地区，安答尔人入侵时，他们从旁协助，未作反抗，后来臣服于历代河湾王，以放弃王冠为代价，得以保有古时的特权地位。参天塔的主人们虽然强大而且极端富有，但总是偏好贸易，不喜战争，鲜少参与维斯特洛的内战。

海塔尔家族投资建成了学城，并一直保护学城至今。精于打算的他们，一直是学士们和教会背后最大的赞助者，据说，海塔尔家族中还有人涉足炼金术、死灵术及其他巫术法门。

海塔尔家族的家徽乃是烟灰底色上，顶端燃烧着烽火的阶梯状白塔。他们的族语是"照亮前程"。

雷顿·海塔尔，旧镇之音，海港之主，参天塔伯爵，学城的守护者，南境之灯塔，外号"旧镇老翁"。

——他的第四任妻子，佛罗伦家族的**雷娅**。

——他们的子女：

- ——**贝勒·海塔尔爵士**，外号"欢笑"贝勒，雷顿的长子和继承人。
    - ——他的妻子，罗宛家族的**罗兰达**。
- ——**莫罗娅**，外号"疯女"，雷顿的二女。
- ——**艾勒莉**，雷顿的三女，嫁给梅斯·提利尔公爵。
- ——**加尔斯·海塔尔爵士**，雷顿的四子，外号"灰铁"。
- ——**丹妮斯**，雷顿的五女。

——她的丈夫，**戴斯蒙·雷德温爵士**。
——**勒拉**，雷顿的六女。
——她的丈夫，**琼恩·库柏斯爵士**。
——他们的儿子，**戴尼斯·库柏斯**，目前为侍从。
——**亚莉珊**，雷顿的七女。
——她的丈夫，**亚瑟·安布罗斯伯爵**。
——**琳妮丝**，雷顿的八女，目前为里斯贸易王子崔格·欧莫伦最宠幸的爱妾。
——她的丈夫，**乔拉·莫尔蒙伯爵**。
——**冈梭尔·海塔尔爵士**，雷顿的九子。
——他的夫人，绿苹果佛索威家的简妮。
——**亨佛利·海塔尔爵士**，雷顿的最小的儿子。

——他的封臣：
——**托曼·科托因**，三塔堡伯爵。
——**亚莉珊·布尔威**，黑冠城伯爵夫人，八岁的女孩。
——**马丁·穆伦道尔**，高地伯爵。
——**瓦伦·毕斯柏里**，蜜林伯爵。
——**布兰顿·库伊**，日葵厅伯爵。

——旧镇的形色人等：
——**艾玛**，"羽笔酒樽"的女招待，"羽笔酒樽"以热情的女招待和烈性苹果酒而闻名。
——**萝希**，艾玛的女儿，十五岁，刚刚有了月事，她的初夜值一个金龙。

——学城的博士们：

——诺伦博士，前任总管，他的戒指、权杖和面具是金银合金制品。

——席奥博德博士，现任总管，他的戒指、权杖和面具是铅制品。

——安布罗斯博士，大医师，他的戒指、权杖和面具是白银制品。

——马尔温博士，外号"魔法师"，他的戒指、权杖和面具是瓦雷利亚钢制品。

——佩雷斯坦博士，历史学家，他的戒指、权杖和面具是铜制品。

——维林博士，外号"酸醋"，天文学家，他的戒指、权杖和面具是青铜制品。

——莱安博士，他的戒指、权杖和面具是黄金制品。

——沃格雷夫博士，老人，已经痴呆，他的戒指、权杖和面具是黑铁制品。

——加拉多、卡多斯、扎巴罗、贝尼狄克、加佐昂、奈莫斯、瑟特雷、威尔佛、莫拉斯、哈东印、古伊雷、安格瓦和奥斯理，皆为博士。

——学城的学士、助理学士和学徒：

——葛曼学士，时常代理沃格雷夫博士的事务。

——阿曼，已打造了四根链条的助理学士。

——拉蕾萨，外号"斯芬克斯"，已打造了三根链条的助理学士，出色的弓箭手。

——劳勃·佛雷，十六岁，已打造了两根链条的助理学士。

——罗卡斯，已打造了九根链条的助理学士，负责为总管服务。

——莫兰德,学徒,天生脚有畸形。

——佩特,负责照顾沃格雷夫博士的鸦巢,前途黯淡的学徒。

——鲁尼,一名年轻学徒。

兰尼斯特家族

凯岩城兰尼斯特家族是铁王座上的托曼国王的主要支持者。他们自豪地宣称血脉承袭自英雄纪元时期最具传奇性的骗子"机灵的"兰恩。凯岩城和金牙城的金矿使得他们成为各大家族里最富裕的一家。他们的家徽是鲜红土地上的金色雄狮,他们的族语是"听我怒吼!"。

【泰温·兰尼斯特】,凯岩城公爵,西境守护,兰尼斯港之盾,御前首相,在厕所中被儿子杀害。

——他的夫人,【乔安娜】,亦为他的堂妹,生提利昂时死于难产。

——他们的子女:

——瑟曦太后,詹姆的双胞胎姐姐,现为凯岩城公爵夫人。

——詹姆·兰尼斯特爵士,瑟曦的双胞胎弟弟,外号"弑君者"。

——提利昂,外号"小恶魔",侏儒和弑亲者。

——他的手足和亲戚:

——凯冯爵士,泰温的大弟。

——他的夫人,史威佛家族的多娜。

——吉娜,泰温的二妹,

——她的丈夫,艾蒙·佛雷爵士,现为奔流城伯爵。

——他们的儿子:

- 【克里奥·佛雷爵士】，长子，被土匪杀害。
  - 他的夫人，戴瑞家族的简妮。
  - 他们的长子，泰温·佛雷，小名"小泰"，现为奔流城继承人。
  - 他们的次子，威廉·佛雷，侍从，九岁。
- 莱昂诺·佛雷爵士，次子。
- 【提恩·佛雷】，三子，侍从，在奔流城当俘虏时被杀害。
- 瓦德·佛雷，四子，十四岁，在凯岩城担任侍酒，外号"红瓦德"。
- "白色微笑"渥特，在吉娜夫人身边服务的歌手。
- 【提盖特爵士】，泰温的三弟，死于天花。
  - 他的儿子，提瑞克·兰尼斯特，目前失踪，恐已遇难。
    - 他还是婴儿的夫人，哈佛家族的艾弥珊德。
- 【吉利安】，泰温的幼弟，死于海难。
  - 他的私生女，杰依，十一岁。
- 【史戴佛·兰尼斯特爵士】，泰温的堂哥，故【乔安娜夫人】的哥哥，死于牛津战役。
  - 他的女儿，莎琳娜和蜜莉儿。
  - 他的儿子，达冯·兰尼斯特爵士。
- 达米昂·兰尼斯特爵士，泰温的表弟。
  - 他的夫人，克雷赫家族的西蕊。

——他的儿子，卢西昂·兰尼斯特爵士。
——他的女儿，拉娜。
　　——她的丈夫，安塔诺·贾斯特伯爵。
——玛歌夫人，泰温的表妹。
　　——她的丈夫，提图斯·培克伯爵。

——他在凯岩城的部属：

——克雷伦学士，顾问、医师和家教。
——维拉尔，侍卫队长。
——本德特·布隆爵士，教头。
——"白色微笑"渥特，歌手。

——他的封臣和武士们：

——达蒙·马尔布兰，烙印城伯爵。
　　——亚当·马尔布兰爵士，达蒙的儿子和继承人。目前在君临担任都城守备队队长。
——罗兰德·克雷赫，克雷赫城伯爵。
　　——【勃顿·克雷赫爵士】。罗兰德的弟弟，被土匪杀害。
　　——泰伯特·克雷赫爵士，罗兰德的长子和继承人。
　　——李勒·克雷赫爵士，罗兰德的次子，外号"壮猪"。
　　——梅隆·克雷赫爵士，罗兰德的幼子。
——塞巴斯顿·法曼，仙女岛伯爵。
　　——他的妹妹，简妮。

——她的丈夫，加雷斯·克莱夫顿爵士。

——泰陀斯·布拉克斯，角谷城伯爵。

　　——佛列蒙·布拉克斯爵士，泰陀斯的弟弟和继承人。

——昆腾·班佛特，祸垒领主。

——哈瑞斯·史威佛爵士，凯冯·兰尼斯特爵士的岳父。

　　——他的儿子，史提夫伦·史威佛爵士。

　　　　——他的女儿，乔安娜。

　　——他的女儿，西迩乐。

　　　　——她的丈夫，梅温·萨斯菲尔德爵士。

——雷根德·伊斯兰，狭厅伯爵。

——加文·维斯特林，峭岩城伯爵。

　　——他的夫人，斯派瑟家族的希蓓儿。

　　　　——她的哥哥，罗佛·斯派瑟爵士，新近被提拔为卡斯特梅城伯爵。

　　　　——她的表弟，山姆威尔·斯派瑟爵士。

　　——他们的子女：

　　　　——长子，雷纳德·维斯特林爵士。

　　　　——次女，简妮，【罗柏·史塔克】的遗孀。

　　　　——三女，艾琳妮亚，十二岁的女孩。

　　　　——四子，洛拉姆·维斯特林，九岁的男孩。

——撒尔门·斯脱克皮伯爵。

　　——他的长子，史提夫伦·斯脱克皮爵士。

　　——他的幼子，埃林·斯脱克皮爵士。

——特伦斯·肯宁，凯切镇伯爵。

——他麾下的骑士，凯切镇的肯洛斯爵士。
——安塔诺·贾斯特伯爵。
——罗宾·摩兰德伯爵。
——亚莉珊·莱佛德伯爵夫人。
——林斯·莱顿，深穴城伯爵。
——菲利普·普棱伯爵。
　　——他的儿子，丹尼斯·普棱爵士、皮特·普棱爵士和哈尔温·普棱爵士，后者外号"顽石"。
——加里森·普莱斯特伯爵。
　　——他的表弟，佛勒·普莱斯特爵士。
——格雷果·克里冈爵士，外号"会走路的魔山"，一名有产骑士。
　　——他的弟弟，桑铎·克里冈。
——罗伦特·洛奇爵士，一名有产骑士。
——加尔斯·格林菲尔爵士，一名有产骑士。
——莱蒙·维卡瑞爵士，一名有产骑士。
——曼佛利·尤尔爵士，一名有产骑士。
——雷那德·鲁特格尔爵士，一名有产骑士。
——泰伯特·赫斯班爵士，一名有产骑士。
　　——他的女儿，【梅拉雅·赫斯班】，在凯岩城当养女时被人淹死在井里。

马泰尔家族

多恩王国是七大王国中最后对铁王座效忠的国度，血脉、习俗、地理和历史使得多恩人在维斯特洛人中特质明显。"五王之战"初期，多恩没有参加任何一边；但在崔斯丹王子和弥赛菈•拜拉席恩公主订婚之后，阳戟城宣布支持乔佛里国王的事业。马泰尔家族的旗帜是一轮红日为一柄金枪所贯穿，他们的族语是"不屈不挠"。

道朗•纳梅洛斯•马泰尔，阳戟城公爵，多恩领亲王。
——他的夫人，自由贸易城邦诺佛斯的**梅拉莉欧**。
——他们的子女：
——**亚莲恩公主**，长女，阳戟城继承人。
——**盖林**，亚莲恩的乳奶兄弟和伙伴，为绿血河上的孤儿。
——**昆廷王子**，新晋的骑士，长期收养在伊伦林的伊伦伍德伯爵篱下。
——**崔斯丹王子**，被许给弥赛菈•拜拉席恩公主。
——他的手足：
——他的妹妹，【**伊莉亚公主**】，君临城陷时被强暴后杀害。
——她的孩子：
——【**雷妮丝公主**】，年幼的女孩，君临城陷时遇害。
——【**伊耿王子**】，襁褓中的婴儿，君临城陷时遇害。

——他的弟弟,【奥柏伦亲王】,外号"红毒蛇",在比武审判中被格雷果·克里冈爵士杀害。
  ——【奥柏伦亲王】的情妇,艾拉莉亚·沙德,哈曼·乌勒伯爵的私生女。
  ——"沙蛇"们,【奥柏伦亲王】的私生女:
    ——奥芭娅,二十八岁,【奥柏伦】与旧镇的妓女所生。
    ——纳梅莉亚,小名纳梅小姐,二十五岁,【奥柏伦】与瓦兰提斯贵妇人所生。
    ——特蕾妮,二十三岁,奥柏伦与修女所生。
    ——萨蕾拉,十九岁,【奥柏伦】与商船羽之吻号的船长所生。
    ——伊莉亚,十四岁,【奥柏伦】与艾拉莉亚·沙德所生。
    ——奥贝娜,十二岁,【奥柏伦】与艾拉莉亚·沙德所生。
    ——多娜,八岁,【奥柏伦】与艾拉莉亚·沙德所生。
    ——萝芮,六岁,【奥柏伦】与艾拉莉亚·沙德所生。

——他在流水花园的宫廷:
  ——阿利欧·何塔,诺佛斯佣兵,侍卫队长。
  ——卡洛特学士,顾问、医者与家教。
  ——六十多个贵族或平民出身的孩子,有男有女,他们是诸侯、骑士、绿血河孤儿、商人、船员和农民的后代,都是道朗亲王的养子。

——他在阳戟城的宫廷：
- ——弥赛菈·拜拉席恩公主，他的养女，被许配给崔斯丹王子。
    - ——【亚历斯·奥克赫特爵士】，弥赛菈的贴身护卫。
    - ——萝莎蒙·兰尼斯特，弥赛菈的侍女和伙伴，也是她的远亲。
    - ——伊兰婷修女，负责照顾弥赛菈。
- ——米斯学士，顾问、医师和家教。
- ——里卡索，阳戟城管家，年迈盲眼。
- ——曼佛里·马泰尔爵士，阳戟城代理城主。
- ——阿里斯·雷迪布莱特夫人，国库总管。
- ——绿血河的加斯科因爵士，崔斯丹王子的贴身护卫。
- ——鲍斯和提莫斯，阳戟城内的男仆。
- ——莫拉、梅勒、小赛德拉和贝兰达，阳戟城内的女仆。

——他的封臣，多恩领诸侯们：
- ——安德斯·伊伦伍德，伊伦伍德城伯爵，石路守护，血之贵胄。
    - ——克莱图斯·伊伦伍德，安德斯的儿子，眼睛不好。
    - ——凯德里学士，顾问、医师和家教。
- ——哈曼·乌勒，狱门堡伯爵。
    - ——艾拉莉亚·沙德，哈曼的私生女。

——乌里克·乌勒爵士，哈曼的弟弟。
——德尔龙·艾利昂，神恩城伯爵夫人。
　　——罗热·艾利昂爵士，德尔龙的儿子。
　　　　——戴蒙·沙德爵士，罗热的私生子，被称为神恩城的私生子。
——达苟士·曼伍笛，王冢城伯爵。
　　——莫尔斯与狄肯，达苟士的儿子。
　　——米斯·曼伍笛爵士，达苟士的弟弟。
——劳拉·布莱蒙，布莱蒙城伯爵夫人。
　　——乔妮莎·布莱蒙小姐，劳拉的女儿和继承人。
　　——彭罗斯·布莱蒙，劳拉的儿子，为一侍从。
——纳梅拉·托兰，魂丘伯爵夫人。
——昆廷·科格尔，沙石城伯爵。
　　——古利安·科格尔爵士，昆廷的长子和继承人。
　　——亚隆·科格尔爵士，昆廷的次子。
——丹泽尔·达特爵士，柠檬林的骑士。
　　——安德雷·达特爵士，丹泽尔的弟弟和继承人，小名"德雷"。
——福兰克林·佛勒，天及城伯爵，亲王隘口守护，外号"老隼鹰"。
　　——简妮和珍妮琳，福兰克林的双胞胎女儿。
——西蒙·桑塔加，斑木林的骑士。
　　——希尔娃·桑塔加，西蒙的女儿和继承人，因为长雀斑而被称为"斑点"希尔娃。
——艾德瑞克·戴恩，星坠城伯爵，现为侍从。
　　——杰洛·戴恩爵士，高隐城的骑士，外号"暗黑之星"，艾德瑞克的表亲和封臣。

——特拔·乔戴恩,托尔城伯爵。
　　——密蕊,他的女儿和继承人。
——崔蒙德·戈根勒斯,盐海岸伯爵。
——戴伦·万斯,红丘之主。

史塔克家族

史塔克家族的起源可以追溯到"筑城者"布兰登和远古的冬境之王。数千年来，他们坐镇临冬城，以"北境之王"自居，直到"降服王"托伦·史塔克为避免战端，向龙王伊耿宣誓效忠为止。

当临冬城的史塔克公爵被乔佛里国王处决之后，北境拒绝再向铁王座效忠，他们转而拥立艾德公爵之子罗柏为北境之王。在"五王之战"中，罗柏赢得了所有战斗，却遭遇背叛，在孪河城参加舅舅的婚宴时被佛雷家和波顿家联合害死。

【罗柏·史塔克】，北境之王，三叉戟河之王，临冬城公爵，前临冬城公爵【艾德·史塔克】与徒利家族的凯特琳夫人所生之长子，十六岁，外号"少狼主"，在红色婚礼上被谋害。

——他的冰原狼，【灰风】，在红色婚礼上被谋害。
——他的手足：
　　——珊莎，罗柏的妹妹。
　　　　——她的丈夫，提利昂·兰尼斯特。
　　——艾莉亚，十一岁的女孩，失踪，被认为已死。
　　　　——她的冰原狼，娜梅莉亚，目前在河间地巡游。
　　——布兰登，小名"布兰"，临冬城的继承人，九岁的残废男孩，被认为已死。
　　　　——他的冰原狼，夏天。
　　　　——他的伙伴和保护者：
　　　　　　——梅拉·黎德，十六岁的处女，为灰水望头领霍兰·黎德的女儿。
　　　　　　——玖健·黎德，十三岁的男孩，梅拉·黎德的弟弟。
		——阿多，为一单纯弱智的马童，有七尺高。
	——瑞肯王子，四岁的男孩，被认为已死。
		——他的冰原狼，**毛毛狗**。
		——他的伙伴和保护者：
			——欧莎，一名在临冬城服务的女野人俘虏。
	——琼恩•雪诺，罗柏的私生兄弟，誓言效命的守夜人弟兄。
		——他的冰原狼，**白灵**，白色而沉默。

——他的贴身护卫：
	——【唐纳•洛克】、【欧文•诺瑞】、【黛西•莫尔蒙】、【文德尔•曼德勒爵士】、【罗宾•菲林特】，皆在红色婚礼上被谋害。
	——哈里斯•莫兰，侍卫队长，护送【艾德•史塔克】的遗骨北返临冬城。
		——杰克斯、昆特、夏德，皆为临冬城侍卫。

——他的亲属：
	——班扬•史塔克，【艾德公爵】的幼弟，于长城外巡逻时失踪，被认为已死。
	——【莱莎•艾林】，凯特琳夫人之妹，【琼恩•艾林公爵】的寡妇，鹰巢城夫人，被推出月门摔死。
		——他们的儿子，劳勃•艾林，鹰巢城公爵和艾林谷守护者，体弱多病。
	——艾德慕•徒利爵士，凯特琳夫人之弟，奔流城公爵，在红色婚礼上做了俘虏。

——布林登·徒利爵士，凯特琳夫人之叔，奔流城代理城主，外号"黑鱼"。

——他的封臣，北境诸侯们：
——卢斯·波顿，恐怖堡公爵，变节者。
——【多米利克】，卢斯的嫡子和继承人，因胃病而死。
——拉姆斯·波顿（以前为拉姆斯·雪诺），卢斯的私生子，外号"波顿的私生子"，恐怖堡代理城主。
——瓦德·佛雷和瓦德·佛雷，被称作"大瓦德"和"小瓦德"，皆为拉姆斯的侍从。
——【臭佬】，一名体臭极重的亲随，在伪装拉姆斯时被杀。
——"艾莉亚·史塔克"，卢斯公爵得到的女孩，许配给拉姆斯。
——"铁腿"沃顿，卢斯亲信的军官。
——凯拉、贝丝·凯索、班蒂、席拉、帕拉、"芫菁"、老奶妈，皆为临冬城的眷属，目前被关押在恐怖堡。
——琼恩·安柏，外号"大琼恩"，最后壁炉城伯爵，目前在孪河城做俘虏。
——【琼恩·安柏】，外号"小琼恩"，为大琼恩的长子和继承人，在红色婚礼上被谋害。
——"鸦食"莫尔斯，大琼恩的叔父，最后壁炉城的代理城主之一。

——"妓魔"霍瑟，大琼恩的叔父，最后壁炉城的代理城主之一。

——【瑞卡德·卡史塔克】，卡霍城伯爵，因叛国和谋害俘虏罪而被诛杀。

　　——【艾德·卡史塔克】，瑞卡德的儿子，在呓语森林一役中被杀。

　　——【托伦·卡史塔克】，瑞卡德的儿子，在呓语森林一役中被杀。

　　——哈利昂·卡史塔克，瑞卡德唯一幸存的儿子，目前在女泉城当俘虏。

　　——亚丽，瑞卡德的女儿，十五岁的处女。

　　——阿尔夫·卡史塔克，瑞卡德的叔叔，卡霍城代理城主。

——盖伯特·葛洛佛，深林堡领主，未婚。

　　——罗贝特·葛洛佛，盖伯特的弟弟和继承人。

　　　　——他的妻子，洛克家族的希贝娜。

　　　　——他们的子女：

　　　　　　——加文·葛洛佛，三岁的男孩。

　　　　　　——艾娜·葛洛佛，一岁的女婴。

　　　　——他的养子，劳伦斯·雪诺，【哈瑞斯·霍伍德伯爵】的私生子，十三岁的男孩。

——霍兰·黎德，灰水望头领，泽地人。

　　——他的妻子，健娜，泽地人。

　　——他们的孩子：

　　　　——梅拉·黎德，年轻的女猎人。

　　　　——玖健·黎德，拥有绿之视野的男孩。

——威曼·曼德勒，白港伯爵，极其肥胖。
　　——威里斯·曼德勒爵士，威曼的长子和继承人，极其肥胖，在赫伦堡做俘虏。
　　　　——他的妻子，渥尔菲家族的里雅。
　　　　　　——他的大女儿，薇尔菲德，十九岁的处女。
　　　　　　——他的二女儿，薇拉，十五岁的处女。
　　——【文德尔·曼德勒爵士】，威曼的次子，在红色婚礼上被谋害。
　　——玛龙·曼德勒爵士，威曼的表亲，白港守备队队长。
　　——席奥默学士，顾问、医师和家教。
——梅姬·莫尔蒙，熊岛伯爵夫人。
　　——【黛西·莫尔蒙】，梅姬的长女和继承人，在红色婚礼上被害。
　　——亚莉珊、莱拉、乔蕊儿和莱安娜，皆为梅姬的女儿。
　　——【杰奥·莫尔蒙】，梅姬的哥哥，守夜人军团总司令，外号"熊老"，被手下杀害。
　　　　——乔拉·莫尔蒙，杰奥大人的儿子，曾是熊岛伯爵，现为获罪流浪的骑士。
——【赫曼·陶哈爵士】，托伦方城领主，在暮谷城战死。
　　——【本福德·陶哈】，赫曼的儿子和继承人，在磐石海岸为铁民所害。
　　——艾妲，赫曼的女儿，目前在托伦方城做俘虏。
　　——【兰巴德·陶哈】，赫曼的弟弟，死于临冬城之战。

——他的妻子，霍伍德家族的贝拉夫人，目前在托伦方城做俘虏。
——他们的子女：
——布兰登•陶哈，目前在托伦方城做俘虏。
——贝伦•陶哈，目前在托伦方城做俘虏。
——罗德利克•莱斯威尔，溪流地领主。
——芭芭蕾•达斯丁，罗德利克的长女，荒冢屯伯爵夫人，【威廉•达斯丁伯爵】的寡妇。
——海伍德•史陶，芭芭蕾的封臣，效忠荒冢屯的小领主。
——【蓓珊妮•波顿】，罗德利克的二女儿，卢斯•波顿公爵的第二任妻子，高烧而死。
——罗杰•莱斯威尔、瑞卡德•莱斯威尔、卢斯•莱斯威尔，皆为罗德利克的表亲和封臣，彼此争斗不休。
——莱珊•菲林特，寡妇望伯爵夫人。
——【克雷•赛文】，赛文城伯爵，死于临冬城之战。
——他的妹妹，乔俐儿•赛文，二十三岁的处女。
——欧鲁•洛克，老城伯爵，年事已高。
——雨果•渥尔，渥尔氏族首领。
——布兰登•诺瑞，诺瑞氏族首领。
——托伦•里德尔，里德尔氏族首领。

史塔克家族的旗帜是在冰雪皑皑大地上奔驰的灰色冰原狼，他们的族语是"凛冬将至"。

徒利家族

奔流城的艾德敏·徒利伯爵是第一批投效征服者伊耿的河间地领主之一。伊耿称王后为犒赏徒利家族，将其提升为三叉戟河流域的统治者。

徒利家族的家徽是一尾自河中跃出的银色鳟鱼，底色则是红蓝波纹。徒利家族的箴言是"家族、责任、荣誉"。

艾德慕·徒利，奔流城公爵，在婚宴上被俘，目前被佛雷家族扣为人质。

——他年轻的妻子，佛雷家族的萝丝琳。

——他的大姐，【凯特琳·史塔克夫人】，临冬城公爵【艾德·史塔克】的遗孀，在红色婚礼上被害。

——他的二姐，【莱莎·艾林】，鹰巢城公爵【琼恩·艾林】的遗孀，被推出月门摔死。

——他的叔叔，布林登·徒利爵士，奔流城代理城主，外号"黑鱼"。

——他在奔流城的部属：

——韦曼学士，顾问、医师和家教。

——戴斯蒙·格瑞尔爵士，教头。

——罗宾·莱格爵士，侍卫队长。

——埃伍德、德普和长人卢，皆为他手下的侍卫。

——乌瑟莱斯·韦恩，奔流城总管。

——他的封臣，河间地诸侯们：

　　——泰陀斯•布莱伍德，鸦树城伯爵。
　　　　——【卢卡斯•布莱伍德】，泰陀斯的儿子，在红色婚礼上被谋害。
　　——杰诺斯•布雷肯，石篱城伯爵。
　　——杰森•梅利斯特，海疆城伯爵，目前被关押在自己的城堡中。
　　　　——派崔克•梅利斯特，杰森的儿子，目前和父亲关押在一起。
　　　　——丹尼斯•梅利斯特，杰森的叔叔，在守夜人军团服役。
　　——克莱蒙特•派柏，红粉城伯爵。
　　　　——马柯•派柏爵士，克莱蒙特的儿子和继承人，在红色婚礼中被俘。
　　——卡列尔•凡斯，旅息城伯爵。
　　　　——莉莲安，卡列尔的长女和继承人。
　　　　——萝娅塔和埃菲娅，卡列尔的二女和三女。
　　——诺勃特•凡斯，亚兰城伯爵，已盲。
　　　　——他的长子和继承人，"坏人"罗纳德•凡斯爵士。
　　　　——他的其他儿子，雨果•凡斯爵士、埃勒里•凡斯爵士、凯司•凡斯爵士和琼恩学士。
　　——托马•斯莫伍德，橡果厅伯爵。
　　　　——他的夫人，史文家族的拉文娜。
　　　　——他们的女儿，凯瑞琳。
　　——威廉•莫顿，女泉城伯爵。

——希拉·河安,被驱逐的赫伦堡伯爵夫人。
　　——维里·渥德爵士,为河安夫人效劳的骑士。
——哈蒙·培吉爵士。
——莱蒙·古柏克伯爵。

提利尔家族

提利尔家族原本世代担任河湾国王的总管之职,但宣称他们的母系血统承继自先民的园丁王"青手"加尔斯。当最后的河湾王、园丁家族的孟恩九世死于"怒火燎原"之役后,他的总管哈兰·提利尔把高庭献给征服者伊耿。作为回报,伊耿将高庭城堡和河湾地区的统治权赐给了哈兰。

"五王之战"开始时,梅斯·提利尔公爵支持蓝礼·拜拉席恩的事业,并将自己的女儿玛格丽许配给他。蓝礼死后,高庭和兰尼斯特家族结盟,转将玛格丽许配给乔佛里国王。

梅斯·提利尔,高庭公爵,南境守护,边疆守护者,河湾至高统领。

——他的夫人,旧镇的海塔尔家族的**艾勒莉**。
——他们的子女:
——**维拉斯**,长子,高庭继承人。
——**加兰爵士**,次子,外号"勇武的"加兰,新近成为水城伯爵。
——他的夫人,佛索威家族的**莱昂妮**。
——**洛拉斯爵士**,幼子,外号"百花骑士",御林铁卫成员。
——**玛格丽**,女儿,二度结婚,又二度成为寡妇。
——她的伙伴和侍女:
——**梅歌、雅兰和埃萝**,她的三位表妹。
——**埃林·安布罗斯**,埃箩的未婚夫,目前为侍从。

——亚莉珊·布尔威伯爵夫人。

——梅内狄斯·克连恩，外号"欢乐的玛瑞"。

——坦妮娅·玛瑞魏斯夫人。

——艾丽斯·格雷佛德伯爵夫人。

——娜丝特瑞卡修女。

——他守寡的母亲，雷德温家族的奥莲娜夫人，外号"荆棘女王"。

　　——艾里克和阿里克，奥莲娜夫人的孪生护卫，被称为左手和右手。

——他的妹妹：

　　——米娜，嫁给青亭岛伯爵派克斯特·雷德温。

　　　　——他们的子女：

　　　　　　——霍拉斯·雷德温爵士，霍柏爵士的孪生兄弟，外号"恐怖爵士"。

　　　　　　——霍柏·雷德温爵士，霍拉斯爵士的孪生兄弟，外号"流口水爵士"。

　　　　　　——黛丝梅拉·雷德温，十六岁的处女。

　　——洁娜，嫁给琼恩·佛索威爵士。

——他的叔叔和舅舅：

　　——加尔斯，他的叔叔，高庭总管，外号"粗胖的"加尔斯。

　　　　——他的两个私生子：贾尔斯·佛花和盖略特·佛花。

　　——莫林·提利尔爵士，他的叔叔，旧镇守备队司令。

　　　　——他的长子，【罗斯爵士】。

——他的夫人，诺瑞吉家族的嫒琳。
——他们的长子，**特奥多爵士**。
　　——他的夫人，西瑞家族的莱娅。
　　——他们的长女，埃箩。
　　——他们的次女，罗斯，现为侍从。
——他们的次子，**梅德威克学士**。
——他们的三女，奥兰妮。
　　——她的丈夫，里奥·布莱巴尔爵士。
——他的次子，里奥，外号"懒人"里奥，目前在旧镇的学城当学徒。

——**葛曼学士**，他的叔叔，一名学城的学者。
——【**昆丁爵士**】，他的舅舅，死于白杨滩。
　——他的儿子，奥莱莫爵士。
　　——他的夫人，梅斗家族的莱莎。
　　——他们的儿子，雷蒙德和瑞卡德。
　　——他们的女儿，**梅歌**。
——**诺曼德学士**，他的舅舅，在黑冠城服务。
——【**维克多爵士**】，他的舅舅，被御林兄弟会的微笑骑士所杀。
　——他的长女，维多利亚。
　　——她的丈夫，【琼恩·布尔威伯爵】，死于夏季热病。
　　——他们的女儿，亚莉珊·布尔威伯爵夫人，八岁的女孩。
　——他的次子，里奥爵士。
　　——他的夫人，毕斯柏里家族的亚丽。

——他们的女儿，雅兰和里雅。
——他们的儿子，莱昂诺、卢卡斯和洛伦特。

——他在高庭的部属：
——洛米斯学士，顾问、医师与家教。
——艾耿·莱维尔，侍卫队长。
——佛提莫·克连恩爵士，教头。
——黄油饼，小丑和弄臣，非常肥胖。

——他的封臣，河湾地诸侯们：
——蓝道·塔利，角陵伯爵。
——派克斯特·雷德温，青亭岛伯爵。
——恐怖爵士和流口水爵士，派克斯特的孪生子。
——巴拉拔学士，派克斯特的医师。
——艾雯·奥克赫特，古橡城伯爵夫人。
——【亚历斯·奥克赫特爵士】，艾雯伯爵夫人的幼子，御林铁卫的成员。
——马图斯·罗宛，金树城伯爵。
——他的夫人，雷德温家族的蓓珊妮。
——雷顿·海塔尔伯爵，旧镇之音，海港之主。
——亨佛利·赫威特，橡盾岛伯爵。
——法莉亚，亨佛利的私生女。
——奥斯伯特·西瑞，南盾岛伯爵。
——塔尔勃特·西瑞爵士，奥斯伯特的儿子和继承人。

——冈塞·切斯塔伯爵,绿盾岛伯爵。
——马巴德·格林,灰盾岛伯爵。
——奥顿·玛瑞魏斯,长桌厅伯爵。
　　——他的夫人,密尔的**坦妮娅**。
　　——他们的儿子,**鲁赛尔**,八岁的男孩。
——亚瑟·安布罗斯伯爵。
　　——他的夫人,海塔尔家族的**亚莉珊**。

——他的骑士和军官:
　　——**琼恩·佛索威**爵士,来自绿苹果佛索威家。
　　——**坦通·佛索威**爵士,来自红苹果佛索威家。

　　提利尔家族的家徽是一朵盛开于青翠绿野之上的金玫瑰。他们的箴言是"生生不息"。

各路人士

小贵族、流浪者和平民

——克雷顿·朗勃爵士和"穷鬼"伊利佛爵士,结伴旅行的雇佣骑士。
——亥巴德,一名胆小兼吝啬的商人。
——幽影谷的夏德里奇爵士,外号"疯鼠",为亥巴德服务的雇佣骑士。
——布蕾妮,塔斯之女,也被称为"美人"布蕾妮,一位接受任务出外冒险的处女。
　——她的父亲,塔斯岛的塞尔温伯爵,外号"暮之星"。
　——她的追求者们:【大个子本恩·布希】、艾德蒙·安布罗斯爵士、海尔·亨特爵士、【瑞卡德·法洛爵士】、修夫·毕斯柏里爵士、马克·慕伦道尔爵士、【"鹳鸟"威尔】、欧文·因契费爵士、雷蒙德·内兰、哈利·索耶和罗伯特·波特。
——瑞佛雷·莱克,暮谷城伯爵。
　——卢佛斯·李科爵士,独腿骑士,暮谷城代理城主。
——威廉·慕顿,女泉城伯爵。
　——他的长女和继承人,依兰诺。
——蓝道·塔利,角陵伯爵,统辖指挥在三河流域的国王军。
　——他的儿子和继承人,狄肯,年轻的侍从。
　——海尔·亨特爵士,在蓝道伯爵麾下服务。
　——埃林·亨特爵士,海尔爵士的堂兄,在蓝道伯爵麾下服务。

——**狄克•克莱勃**,外号"机灵狄克",来自蟹爪半岛的克莱勃家族。

——**尤斯塔斯•布伦**,恐穴堡男爵。

——**本纳德•布伦爵士**,尤斯塔斯的表亲,褐穴山的骑士。

——**罗杰•霍格爵士**,母猪角的骑士。

——**梅里巴德修士**,赤脚僧侣。

——他的狗,**狗儿**。

——**寂静岛的长老**。

——**劳尼兄弟、纳伯特兄弟和吉拉曼兄弟**,在寂静岛忏悔的兄弟。

——**昆西•考克斯爵士**,盐场镇骑士,一名智力衰退的老人。

——在十字路口的旅馆:

——**简妮•海德**,外号"长腿简妮",店家,十八岁的高大女孩。

——**垂柳•海德**,简妮严厉的妹妹,喜欢拿着勺子发号施令。

——**艾菊、佩特、"铜板"琼恩和本恩**,旅馆收养的孤儿。

——**詹德利**,一名见习铁匠,【劳勃•拜拉席恩一世国王】的私生子,还不清楚自己的身世。

——在赫伦堡:

——**拉佛德**,外号"甜嘴拉夫",臭嘴,邓森,守备队成员。

——大拇指本恩，铁匠和武器匠。
——皮雅，女仆，曾经很漂亮。
——古利安学士，顾问、医师和家教。

——在戴瑞城：
——阿蕊丽夫人，外号"门房阿丽"，一名多情的年轻寡妇，被许配给蓝赛尔·兰尼斯特伯爵。
——阿蕊丽的母亲，戴瑞家族的玛丽亚，【梅里·佛雷】的遗孀。
——阿蕊丽的妹妹，玛瑞莎，十三岁的处女。
——哈尔温·普棱，外号"顽石"，戴瑞城守备队长。
——奥托莫学士，顾问、医师和家教。

——在屈膝之栈：
——沙玛，店家、厨师兼产婆。
——她的丈夫，直接被唤作"老公"。
——"小子"，他们收养的战争孤儿。
——热派，面包师的孩子，目前成了孤儿。

土匪与残人

【贝里·唐德利恩】，前黑港伯爵，曾六次被杀。
——他的侍从，艾德瑞克·戴恩，星坠城伯爵，十二岁的男孩。
——他不稳定的盟友，石堂镇的"疯猎人"。
——他不稳定的盟友，绿胡子，一名泰洛西佣兵。
——"射手"安盖，来自多恩边疆地的弓箭手。
——月镇的梅利、磨坊主瓦特、"潮湿的"梅吉和努屯的琼恩，属于他团伙的土匪。

石心夫人，常以兜帽遮面，又被称为静默姐妹、无情圣母和绞架女。
——柠檬，外号"柠檬斗篷"，曾是一名士兵。
——密尔的索罗斯，为一红袍僧。
——哈尔温，胡伦之子，北境人，从前在临冬城为【艾德·史塔克公爵】服务。
——"幸运"杰克，逃犯，只有一只眼。
——七泉地方的汤姆，外号七弦汤姆和七神汤姆，一名夸夸其谈的歌手。
——"可靠的"卢克、墨吉、诺奇和没胡子的迪克，加入她团伙的土匪。

桑铎·克里冈，外号"猎狗"，曾是【乔佛里国王】的贴身护卫，后来加入御林铁卫，最终因为高烧发作而在三叉戟河畔奄奄一息。

【瓦格•霍特】，来自自由贸易城邦科霍尔，掌管佣兵团"勇士团"，外号"山羊"。他说话口齿不清，最后在赫伦堡为格雷果•克里冈所杀。

——勇士团（"血戏子"）的成员：

——队长，"虔诚的"乌斯威克。

——队长，【厄特修士】，被贝里•唐德利恩大人吊死。

——多恩人提蒙、罗尔杰、胖子佐罗、尖牙、伊班的托格•莽斯、帕格、"三趾"，夏格维，皆四散逃亡。

——在石堂镇的妓院蜜桃客栈的人等：

——艾菊，妓院的红发老鸨。

——卡丝、拉娜、吉欣、艾丽斯、钟儿和海丽，皆为她手下的"桃子"。

——在斯莫伍德家族的家堡橡果厅的人等：

——史文家族的拉文娜，嫁给托马•斯莫伍德伯爵。

——分散各处的人等：

——莱蒙•莱彻斯特伯爵，一名神智不清的老人，过去在桥上阻挡过梅纳德爵士。

——他年轻的照顾者，鲁尼学士。

——高尚之心的鬼魂。

——树叶夫人。

——激舞村的修士。

守夜人军团

琼恩·雪诺，临冬城的私生子，守夜人军团第九百九十八任总司令。
　　——他的白色沉默的冰原狼，白灵。
　　——他的事务官，艾迪森·托勒特，外号"忧郁的艾迪"。

（在黑城堡的人等）
——班扬·史塔克，守夜人军团首席游骑兵，于长城外失踪，被怀疑已死。
　　——文顿·史陶爵士，年老的游骑兵，已有痴呆症。
　　——白眼肯基、"巨人"贝德威克、梅沙、戴文、"灰羽"加尔斯、御林的乌尔马、埃龙、派普、"笨牛"葛兰、黑杰克布尔威、黄伯纳、刺棒、提姆·石东、"松鼠"高夫和胡子本恩，皆为游骑兵。
——【唐纳·诺伊】，一只手的武器师傅和铁匠，被强壮的玛格所杀。
——"三指"哈布，大厨和事务官。
——波文·马尔锡，总务长。
　　——呆子欧文、结巴提姆、穆利、库甘、"美女"唐纳·希山、杰伦、"左手"卢和"麻杆"威克，皆为事务官。
——奥赛尔·亚威克，首席工匠。

——省靴、霍德、阿贝特和木桶，皆为工匠。
——康威与葛伦，皆为"浪鸦"。——专司为守夜人军团收集招募孤儿、罪犯等。
——赛勒达修士，为一酗酒的僧侣。
——艾里沙·索恩爵士，前教头。
——杰诺斯·史林特，前君临都城守备队司令和赫伦堡伯爵。
——【伊蒙·坦格利安学士】，顾问和医师，盲人，已有一百零二岁高龄。
　　——他的助手，克莱达斯。
　　——他的助手，山姆威尔·塔利，肥胖，爱书。
——埃恩·伊梅特，从前在东海望，现任教头。
——"马儿"哈里士、双胞胎艾隆和艾蒙克、纱丁和"跳脚"罗宾，受训的新兵。

（在东海望的人等）
卡特·派克，东海望指挥官。
　　——哈慕恩学士，顾问和医者。
　　——"老破烂"，黑鸟号船长。
　　——葛兰登·赫威特爵士。
　　——戴利恩，歌手和事务官。

（在影子塔的人等）
丹尼斯·梅利斯特爵士，影子塔指挥官。
　　——威利斯·马赛，他的事务官兼侍从。
　　——穆林学士，顾问和医者。
　　——【断掌科林】，指挥影子塔的游骑兵，在长城外被琼恩·雪诺所杀。

——【侍从戴里吉】，【伊班】，皆为游骑兵，在风声峡被杀。

——石蛇，游骑兵和攀登者，步行在风声峡失踪。

（留在卡斯特的堡垒的叛徒们）

——短刃，谋杀了主人【卡斯特】。

——独臂奥罗，谋杀了总司令【杰奥·莫尔蒙】。

——格林纳威的加尔斯、毛尼、葛鲁布和罗斯比的阿兰，从前都是游骑兵。

——畸足卡尔、孤儿奥斯和"唠叨"比尔，从前都是事务官。

野人或称自由民

曼斯·雷德，塞外之王，目前在黑城堡当俘虏。
——他的妻子，【妲娜】，因生产而死。
——他们的儿子，在战场上诞生，尚未命名。
——瓦迩，【妲娜】的妹妹，被称为"野人公主"，目前在黑城堡当俘虏。

——野人酋长和头领：
——【哈犸】，外号"狗头"，在长城下被杀。
——她的弟弟，哈尔克。
——骸骨之王，被嘲笑作"叮当衫"，掠袭者，指挥着自己的部队，目前在黑城堡当俘虏。
——【耶哥蕊特】，一名年轻的矛妇，琼恩·雪诺的爱人，攻击黑城堡时被杀。
——里克，外号"长矛"，归属于骸骨之王麾下。
——芮温勒、朗尔，归属于骸骨之王麾下。
——斯迪，瑟恩的马格拿。
——他的儿子，赛贡，新任马格拿。
——托蒙德，红厅的蜜酒之王，巨人克星，吹牛大王，吹号者，破冰人，雷拳，雪熊之夫，生灵之父和诸神的代言人，指挥着自己的部队。
——他的儿子，"高个"托雷格、"驯服的"托温德、多蒙德和戴温。
　　——他的女儿，蒙姐。
——"哭泣者"，掠袭者，指挥着自己的部队。
——【"猎鸦"阿夫因】，掠袭者，被【断掌科林】击杀。
——【欧瑞尔】，外号"鹰眼欧瑞尔"，被琼恩·雪诺杀死在风声峡的易形者。
——【玛格·玛兹·屯多·铎尔·威格】，被称为"强壮的玛格"，巨人的头领，在黑城堡的大门内为【唐纳·诺伊】所杀。
——"六形人"瓦拉米尔，易形者，三匹狼、一只影子山猫和一只雪熊的主人。
——【贾尔】，年轻的掠袭者，瓦迩的情人，从长城摔下来摔死。
——山羊格里格、埃洛克、波吉、麻绳丹、戴尔、"头盔"亨克、"大疖子"、棱和"手指脚"，野人和掠袭者。

【卡斯特】，卡斯特堡垒的主人，不屈服于任何人。
——吉莉，他的老婆。
　　——吉莉的新生儿，尚未命名。
——芬妮、姐娅和妮拉，他十九个老婆中的三人。

狭海对岸

狭海对岸的女王

丹妮莉丝·坦格利安一世，弥林女王，安答尔人、罗伊拿人和先民的女王，七国统治者暨全 守护者，大草原上多斯拉克人的卡丽熙，人称风暴降生，不焚者，龙之母。

——她的龙，雷哥、韦赛利昂和卓耿。

——她的大哥，【雷加】，龙石岛亲王，在三叉戟河一役为【劳勃·拜拉席恩】所杀。

　——【雷妮丝公主】，【雷加】的女儿，君临城陷时遇害。

　——【伊耿王子】，【雷加】的儿子，君临城陷时遇害，当时尚为襁褓中的婴儿。

——她的二哥，【韦赛里斯三世】，被人唤作"乞丐王"，以熔金加冕而死。

——她的丈夫，【卓戈】，多斯拉克卡奥，因伤感染而死。

　——他们死产的儿子，【雷戈】，被【弥丽·马兹·笃尔】害死在子宫里。

——她的女王铁卫：

　——巴利斯坦·赛尔弥爵士，外号"无畏的巴利斯坦"，曾是【劳勃国王】驾前的御林铁卫队长。

　——乔戈，寇和血盟卫，使鞭。

　——阿戈，寇和血盟卫，使弓。

　——拉卡洛，寇和血盟卫，使刀。

　——"壮汉"贝沃斯，从前是太监角斗士。

——她的队长和指挥官：

  ——达里奥·纳哈里斯，一名浮华的泰洛西佣兵，暴鸦团团长。

  ——本·普棱，一名混血佣兵，次子团团长。

  ——灰虫子，太监，负责指挥"无垢者"——太监步兵军团。

  ——潘托斯的格罗莱，以前是大商船赛杜里昂号的船长，现为没有军舰的海军司令。

——她的侍女：

  ——伊丽和姬琪，皆为多斯拉克女孩，同为十六岁。

  ——弥桑黛，来自纳斯的文书和翻译。

——她已知和可能的敌人：

  ——格拉兹旦·莫·厄拉兹，渊凯贵族。

  ——波诺卡奥，从前是【卓戈卡奥】的寇。

  ——贾科卡奥，从前是【卓戈卡奥】的寇。

    ——他的血盟卫，马戈。

  ——魁尔斯的不朽者，为一群男巫。

    ——俳雅·菩厉，魁尔斯男巫的成员。

  ——遗憾客，为一魁尔斯杀手公会。

  ——乔拉·莫尔蒙爵士，前熊岛伯爵。

  ——【弥丽·马兹·笃尔】，女祭司和巫魔女，侍奉拉扎林的至高牧神。

——她过去和现在的、不稳定的朋友：

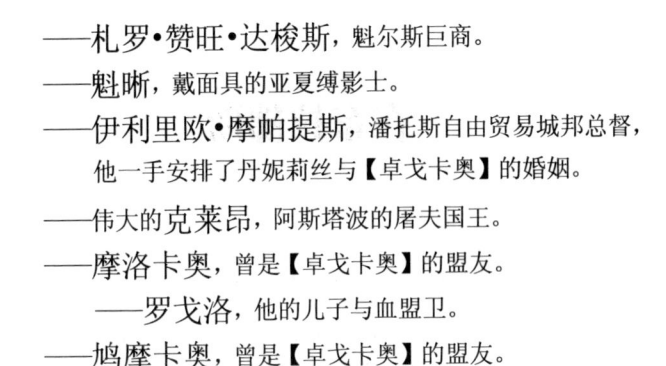

——札罗·赞旺·达梭斯，魁尔斯巨商。
——魁晰，戴面具的亚夏缚影士。
——伊利里欧·摩帕提斯，潘托斯自由贸易城邦总督，
　他一手安排了丹妮莉丝与【卓戈卡奥】的婚姻。
——伟大的克莱昂，阿斯塔波的屠夫国王。
——摩洛卡奥，曾是【卓戈卡奥】的盟友。
　　——罗戈洛，他的儿子与血盟卫。
——鸠摩卡奥，曾是【卓戈卡奥】的盟友。

坦格利安家族是真龙血脉，是古瓦雷利亚自由堡垒大贵族们的后裔，他们继承了淡紫、靛青或紫罗兰色的眼睛，银金色的头发。为保持血统高贵纯正，坦格利安家族通常族内通婚，兄与妹、表亲与表亲、舅舅同外甥等等。坦格利安王朝的建立者"征服者"伊耿便同时娶了两位妹妹为妻，并和两人都留下了儿子。

坦格利安家族的旗帜是黑底红色的三头火龙，三个龙头分别代表伊耿和他的两个妹妹。坦格利安家族的族语是"血火同源"。

在布拉佛斯

费雷哥·安塔里昂，布拉佛斯的海王。
——魁罗·瓦伦丁，布拉佛斯首席剑士，海王的保镖。
——贝乐洁·奥瑟里斯，艺名"黑珍珠"，交际花，乃是同名的海盗女王的后代。
——"蒙面女士"、"女诗人"、"月影"、"美人鱼女王"、"幽暗之女"和"夜莺"，皆为著名的交际花。
——特尼西奥·特里斯，商船泰坦之女号的船长。
　　——他的儿子，约寇与德尼奥。
——摩雷多·普莱斯坦，商船母狐号船长。
——洛托·罗内尔，旧书和旧卷轴的商贩。
——艾泽黎诺，红袍僧，嗜酒。
——尤斯塔斯修士，已遭贬黜。
——瞎子贝括，鱼贩子。
——布鲁斯科，鱼贩子。
　　——他的女儿，布瑞亚和泰丽亚。
——梅瑞琳，外号"快乐梅丽"，是旧衣贩码头边的妓院快乐码头的老板。
　　——"水手之妻"，快乐码头的妓女。
　　　　——她的女儿，兰娜，快乐码头的年轻妓女。
　　——"红脸"蓓珊妮、独眼伊娜，伊班女人艾萨朵拉，皆为快乐码头的妓女。
——红罗戈、吉洛罗·多塞尔、吉勒诺·多塞尔、写剧本的奎尔和魔术师科索莫，皆为快乐码头的恩客。
　　——塔甘纳罗，码头边的混混和小偷。
　　——"海豹王"卡索，塔甘纳罗训练的宠物。
　　——小纳博，塔甘纳罗平时的伙伴。
——弥尔梅罗、"忧愁的"乔斯、昆斯、艾拉括和斯洛伊，每晚在戏子船上表演的戏子。
——丝芙蓉，码头边的妓女，多次谋财害命。
——"醉女儿"，脾气阴晴不定的妓女。
——"祸害"简妮，性别神秘的妓女。
——慈祥的人和流浪儿，在黑白之院里侍奉千面之神。
　　——乌玛，神庙的厨师。
　　——胖子、古板脸、美男子、斜眼，领主和饿鬼，皆为千面之神的仆人。
　　——史塔克家族的艾莉亚，拥有铁币的女孩，又被称为阿盐、乳鸽、娜娜、黄鼠狼、阿利和猫儿。
——库忽鲁·莫，来自盛夏群岛高树镇，商船月桂风号的船长。
　　——他的女儿，蔻佳·莫，红箭手。
　　——崇·鲁，大副。

附录二　地图

南境

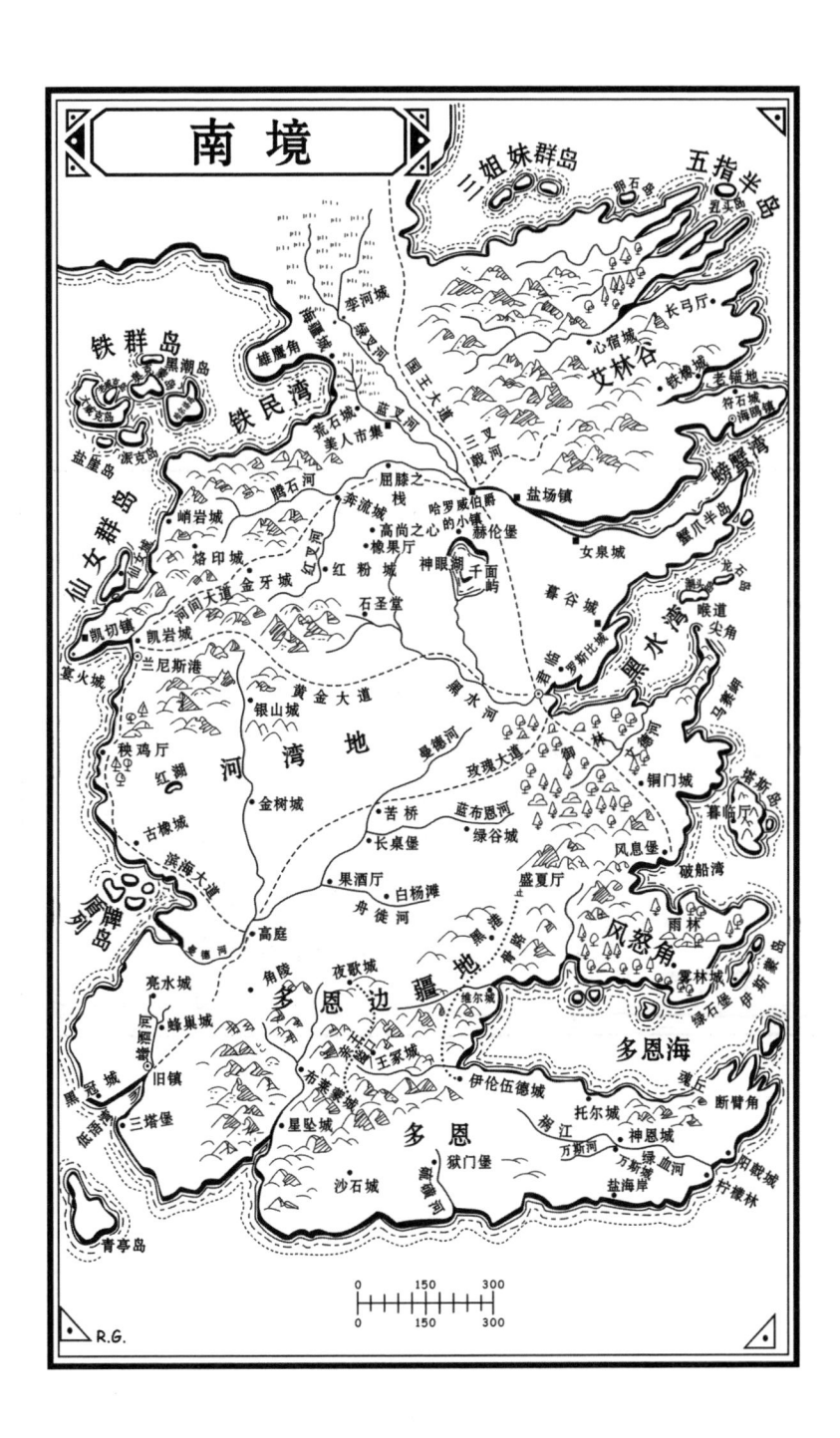

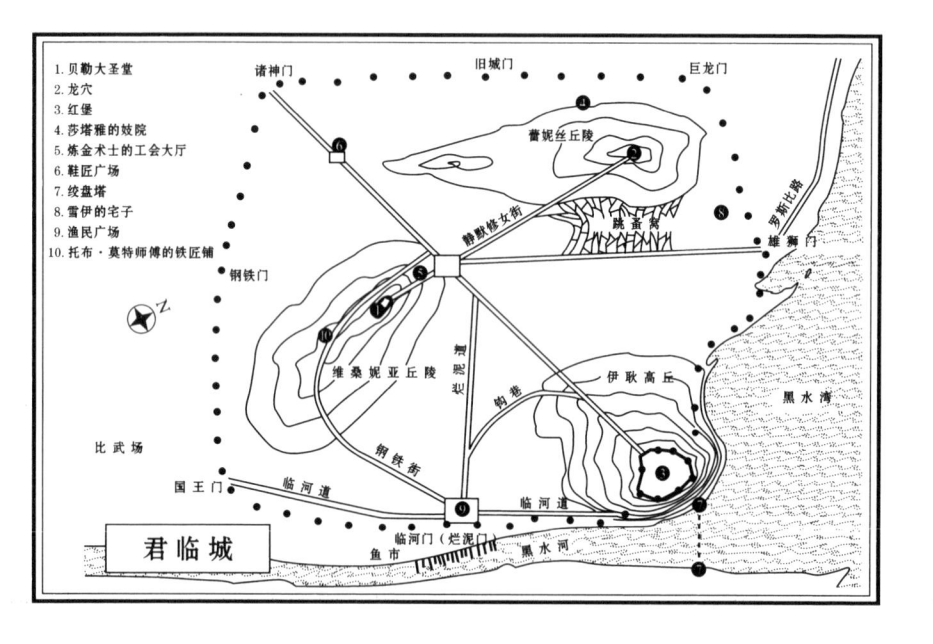

1. 贝勒大圣堂
2. 龙穴
3. 红堡
4. 莎塔雅的妓院
5. 炼金术士的工会大厅
6. 鞋匠广场
7. 绞盘塔
8. 雷伊的宅子
9. 渔民广场
10. 托布·莫特师傅的铁匠铺

诸神门　旧城门　巨龙门

蕾妮丝丘陵

跳蚤窝

静默修女街

罗斯比路

钢铁门

维桑妮亚丘陵

伊耿高丘

黑水湾

比武场

国王门　临河道

钢铁街

临河道

临河门（烂泥门）

鱼市　黑水河

君临城

塞外

守夜人的堡垒

1 西桥望
2 影子塔
3 哨兵楼
4 灰卫堡
5 石门寨
6 霜雪山
7 冰痕城
8 长夜堡
9 深湖居
10 王后门
11 黑城堡
12 橡木盾
13 水滨寨
14 黑貂厅
15 冰晶门
16 长车楼
17 烽火台
18 绿卫堡
19 东海望

永冬之地
（没有地图记录）

瑟恩

颤抖海

乳河

风声峡

霜雪之牙

先民拳峰

鬼影森林

卡斯特的堡垒

白树村

峡谷

绝境长城

寒冰湾

布兰登的馈赠

后冠镇

新赠地

海豹湾

斯卡格斯岛

斯托鲁之角

观雉堡

国王大道

R.G.

铁群岛

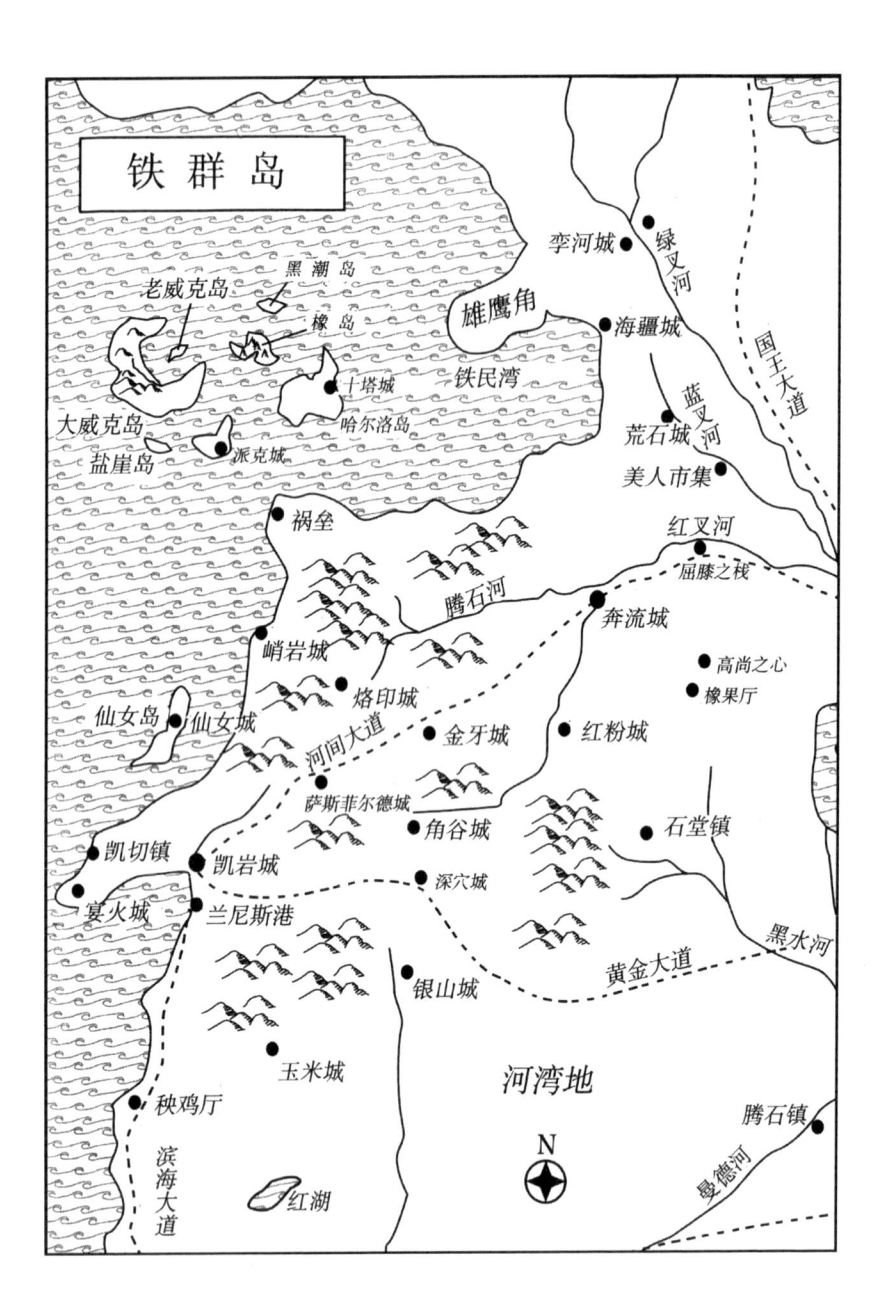

- 绿叉河
- 李河城
- 海疆城
- 雄鹰角
- 黑潮岛
- 老威克岛
- 橡岛
- 铁民湾
- 蓝叉河
- 十塔城
- 哈尔洛岛
- 荒石城
- 大威克岛
- 派克城
- 美人市集
- 盐崖岛
- 国王大道
- 祸垒
- 红叉河
- 屈膝之栈
- 腾石河
- 奔流城
- 峭岩城
- 高尚之心
- 烙印城
- 橡果厅
- 仙女岛
- 仙女城
- 河间大道
- 金牙城
- 红粉城
- 萨斯菲尔德城
- 角谷城
- 石堂镇
- 凯切镇
- 凯岩城
- 深穴城
- 宴火城
- 兰尼斯港
- 黄金大道
- 黑水河
- 银山城
- 玉米城
- 河湾地
- 秧鸡厅
- 腾石镇
- 滨海大道
- 红湖
- 曼德河

N

附录三 度量衡表

本书中所有计量单位皆为英制

1英寸=2.54厘米
1英尺=12英寸=0.3048米
1英码=3英尺=0.9144米
1英里=1760码=1.6093公里
1里格=3英里=4.8279公里

1英亩=4046.86平方米

1石=6.35公斤